新潮文庫

パンドラの匣

太宰治著

新潮社版

2149

目次

パンドラの匣《はこ》

正義と微笑

わがあしかよわく
のぼりがたくとも
たのしきしらべに
ききていさみたつ

けわしき山路《やまじ》
ふもとにありて
たえずうたわば
ひとこそあらめ

――さんびか第百五十九

四月十六日。金曜日。

すごい風だ。東京の春は、からっ風が強くて不愉快だ。埃《ほこり》が部屋の中にまで襲来し、机の上はざらざら、頬《ほっ》ぺたも埃だらけ、いやな気持だ。これを書き終えたら、風呂《ふろ》へはいろう。背中にまで埃が忍び込んでいるような気持で、やり切れない。

僕《ぼく》は、きょうから日記をつける。このごろの自分の一日一日が、なんだか、とても重大なもののような気がして来たからである。人間は、十六歳と二十歳までの間にその人格がつくられると、ルソオだか誰《だれ》だか言っていたそうだが、或《あ》いは、そんなものかも知れない。僕も、すでに十六歳である。十六になったら、僕という人間は、カタリという音をたてて変ってしまった。他《ほか》の人には、気が附《つ》くまい。謂《い》わば、形而上《けいじじょう》の変化なのだから。じっさい、十六になったら、山も、海も、花も、街の人も、青空も、まるっきり違って見えて来たのだ。悪の存在も、ちょっとわかった。この世には、困難な問題が、実に、おびただしく在るのだという事も、ぼんやり予感出来るようになったのだ。だから僕は、このごろ毎日、不機嫌《ふきげん》なんだ。ひどく怒りっぽくなった。智《ち》慧《え》の実を食べると、人間は、笑いを失うものらしい。以前は、お茶目で、わざと間抜けた失敗なんかして見せて家中の人たちを笑わせて得意だったのだが、このごろ、そんな、とぼけたお道化が、ひどく馬鹿《ばか》らしくなって来た。お道化なんてのは、卑屈な男子のする事だ。お道化を演じて、人に可愛《かわい》がられる、あの淋《さび》しさ、たまらない。空虚だ。人間は、もっと真面目《まじめ》に生きなければならぬものである。男子は、人に可愛がられようと思ったりしては、いけない。男子は、人に「尊敬」されるように、努力すべきものである。このごろ、僕の表情は、異様に深刻らしい。深刻すぎて、とうとう昨夜、兄さんから忠告を受けた。

「進《すすむ》は、ばかに重厚になったじゃないか。急に老《ふ》けたね。」と晩ごはんのあとで、兄さんが笑いながら言った。僕は、深く考えてから、答えた。

「むずかしい人生問題が、たくさんあるんだ。僕は、これから戦って行くんです。たとえば、学校の試験制度などに就いて、――」

と言いかけたら、兄さんは噴き出した。

「わかったよ。でも、そんなに毎日、怖い顔をして力《りき》んでいなくてもいいじゃないか。このごろ少し痩《や》せたようだぜ。あとで、マタイの六章を読んであげよう。」

いい兄さんなのだ。帝大の英文科に、四年前にはいったのだけれども、まだ卒業しない。いちど落第したわけなんだが、兄さんは平気だ。頭が悪くて落第したんじゃないから、決して兄さんの恥辱ではないと僕も思う。兄さんは、正義の心から落第したのだ。きっとそうだ。兄さんには、学校なんか、つまらなくて仕様が無いのだろう。毎晩、徹夜で小説を書いている。

ゆうべ兄さんから、マタイ六章の十六節以下を読んでもらった。それは、重大な思想であった。僕は自分の現在の未熟が恥ずかしくて、頬《ほお》が赤くなった。忘れぬように、その教えをここに大きく書き写して置こう。

「なんじら断食《だんじき》するとき、偽善者のごとく、悲しき面容《おももち》をすな。彼らは断食することを人に顕《あらわ》さんとて、その顔色を害《そこな》うなり。誠に汝《なんじ》らに告ぐ、彼らは既にその報《むくい》を得たり。なんじは断食するとき、頭《かしら》に油をぬり、顔を洗え。これ断食することの人に顕れずして、隠れたるに在《いま》す汝の父にあらわれん為《ため》なり。さらば隠れたるに見たまう汝の父は報い給《たま》わん。」

微妙な思想だ。これに較《くら》べると、僕は、話にも何もならぬくらいに単純だった。おっちょこちょいの、出しゃばりだった。反省、反省。

「微笑もて正義を為《な》せ！」

いいモットオが出来た。紙に書いて、壁に張って置こうかしら。ああ、いけねえ。

すぐそれだ。「人に顕さんとて、」壁に張ろうとしています。僕は、ひどい偽善者なのかも知れん。よくよく気をつけなければならぬ。十六から二十までの間に人格が決定されるという説もある事だ。本当に、いまは大事な時なのである。

一つには、わが混沌《こんとん》の思想統一の手助けになるように、また一つには、わが日常生活の反省の資料にもなるように、また一つには、わが青春のなつかしい記録として、十年後、二十年後、僕が立派な口鬚《くちひげ》でもひねりながら、こっそり読んでほくそ笑むの図などをあてにしながら、きょうから日記をつけましょう。

けれども、あまり固くなって、「重厚」になりすぎてもいけない。

微笑もて正義を為せ！　爽快《そうかい》な言葉だ。

以上が僕の日記の開巻第一ペエジ。

それからきょうの学校の出来事などを、少し書こうと思っていたのだが、ああもう、これはひどい埃です。口の中まで、ざらざらして来た。とても、たまらぬ。風呂へはいろう。いずれまた、ゆっくり、などと書いて、ふと、なあんだ誰もお前を相手にしちゃいないんだ、と思って、がっかりした。誰も読んでくれない日記なんだもの、気取って書いてみたって、淋しさが残るばかりだ。智慧の実は、怒りと、それから、孤独を教える。

きょう学校の帰り、木村と一緒にアズキを食いに行って、いや、これは、あす書こう。木村も孤独な男だ。

四月十七日。土曜日。

風はおさまったけれど、朝はどんより曇って昼頃《ひるごろ》ちょっと雨が降り、それから、少しずつ晴れて来て、夜は月が出た。今夜は、まず、きのうの日記を読みかえしてみて、そうして恥ずかしく思った。実に下手だ。顔が赤くなってしまった。十六歳の苦悩が、少しも書きあらわされていない。文章が、ただたどしいばかりでなく、御本人の思想が幼稚なのだ。どうも、仕方がない。いま、ふと考えた事だが、なぜ僕は、四月の十六日などという、はんぱな日から日記を書きはじめたのだろう。自分でも、わからない。不思議である。前から日記をつけたいと思っていたのだが、おととい兄さんから、いい言葉を教えられ、それで興奮して、よし、あしたからと覚悟したのかも知れない。十六歳の十六日、マタイ六章の十六節。けれども、それは皆、偶然の暗合に過ぎない。つまらぬ暗合を喜ぶのは、みっともない。さらに深く考えてみよう。そうだ！　少しわかったところもある。その秘密は、十六日という日数《ひかず》にあるのでは無くて、金曜日というところにあるのではないかしら。僕は、金曜日という日には、奇妙に思案深くなる男だったのだ。前から、そんな癖があったのである。変にくすぐったい日であった。この日は、キリストにとっても不幸な日であった。それ故《ゆえ》、外国でも、不吉な日として、いやがられているようだ。僕は、別に、外国人の真似《まね》をして迷信を抱いているわけでもないが、どうも、この日を平気で過すわけには行かなかった。そうだ、僕は、此《こ》の日を好きなのだ。僕には、たぶんに、不幸を愛する傾向があるのだ。きっと、そうだ。なんでもない事のようだけれど、これは重大な発見である。この不幸にあこがれるという性癖は、将来、僕の人格の主要な一部分を形成するようになるのかも知れぬ。そう思うと、なんだか不安な気もする。ろくでもない事が起りそうな気がする。つまらん事を考え出したものだ。でも、これは事実だから仕方がない。真理の発見は必ずしも人に快楽を与えない。智慧の実は、にがいものだ。

さて、きょうは木村の事を書かなければならぬのだが、もう、いやになった。簡単に言えば、僕はきのう木村に全く敬服したのである。木村は学校でも有名な不良である。何度も落第して、もう十九歳になっている筈《はず》だ。僕は、いままで木村とゆっくり話合ってみた事はなかったが、きのう学校の帰りに、木村にひっぱられて、おしるこやに行って、アズキを食べながら、はじめて人生論を交換してみた。

木村は意外にも非常な勉強家であった。ニイチェをやっているのだ。僕は、ニイチェの事は、まだ兄さんから教わっていないので、なんにもわからず、ただ赤面した。僕は、聖書の事と、それから、蘆花《ろか》のことを言ったけれども、かなわなかった。木村の思想は、ちゃんと生活に於《おい》ても実行せられているのだから凄《すご》いのだ。木村の説に依《よ》れば、ニイチェの思想はヒットラアにつながっているのだそうだ。どうしてつながっているか、木村がいろいろ哲学上の説明をしてくれたが、僕には一つもわからなかった。木村は実に勉強している。僕は、この友を偉いと思った。もっと深くつき合ってみたいと思った。彼は、来年は陸軍士官学校を受験するそうだ。やはり、ニイチェ主義とも関係があるらしい。でも、陸軍士官学校は、とてもむずかしいそうだから、だめかも知れない。

「よしたほうがいいぜ。」と僕は小声で言ったら、木村は、ぎょろりと僕をにらんだ。おそろしかった。木村に負けずに、僕も勉強しようと思った。僕は、英単一千語をやって、それから代数と幾何を、はじめからやり直そうと、その時に、決意した。木村の思想の強さには敬服しても、なぜだか、ニイチェを読もうとは思わなかった。

きょうは、土曜日である。学校で、修身の講義を聞きながら、ぼんやり窓の外を眺《なが》めていた。窓一ぱいにあんなに見事に咲いていた桜の花も、おおかた散ってしまって、いまは赤黒い萼《がく》だけが意地わるそうに残っている。僕は、いろいろの事を考えた。おととい僕は、「むずかしい人生問題が、たくさんあるんです。」と言って、それから「たとえば、試験制度に就いて、——」と口を滑らせて、兄さんに看破されてしまったが、僕のこのごろの憂鬱《ゆううつ》は、なんの事は無い、来年の一高受験にだけ原因しているのかも知れない。ああ、試験はいやだ。人間の価値が、わずか一時間や二時間の試験で、どしどし決定せられるというのは、恐ろしい事だ。それは、神を犯す事だ。試験官は、みんな地獄へ行くだろう。兄さんは僕を買いかぶっているもんだから、大丈夫、四年から受けてパスできるさ、と言っているが、僕には全く自信が無い。けれども僕は、中学生生活は、もう、ほとほといやになったのだから来年は、一高を失敗しても、どこか明るい大学の予科にでも、さっさとはいってしまうつもりだ。さて、それから僕は一生涯《いっしょうがい》の不動の目標を樹立して進まなければならぬのだが、これが、むずかしい問題なのだ。一体どうすればいいのか、僕には、さっぱりわからない。ただ、当惑して、泣きべそを搔《か》くばかりだ。「偉い人物になれ！」と小学校の頃からよく先生たちに言われて来たけど、あんないい加減な言葉はないや。何がなんだか、わからない。馬鹿にしている。全然、責任のない言葉だ。僕はもう子供でないんだ。世の中の暮しのつらさも少しずつ、わかりかけて来ているのだ。たとえば、中学校の教師だって、その裏の生活は、意外にも、みじめなものらしい。漱石の「坊ちゃん」にだって、ちゃんと書かれているじゃないか。高利貸の世話になっている人もあるだろうし、奥さんに呶鳴《どな》られている人もあるだろう。人生の気の毒な敗残者みたいな感じの先生さえ居るようだ。学識だって、あんまり、すぐれているようにも見えない。そんなつまらない人が、いつもいつも同じ、あたりさわりの無い立派そうな教訓を、なんの確信もなくべらべら言っているのだから、つくづく僕らも学校がいやになってしまうのだ。せめて、もっと具体的な身近かな方針でも教えてくれたら、僕たちは、どんなに助かるかわからない。先生御自身の失敗談など、少しも飾らずに聞かせて下さっても、僕たちの胸には、ぐんと来るのに、いつもいつも同じ、権利と義務の定義やら、大我と小我の区別やら、わかり切った事をくどくどと繰り返してばかりいる。きょうの修身の講義など、殊《こと》に退屈だった。英雄と小人《しょうじん》という題なんだけど、金子先生は、ただやたらに、ナポレオンやソクラテスをほめて、市井《しせい》の小人のみじめさを罵倒《ばとう》するのだ。それでは、何にもなるまい。人間がみんな、ナポレオンやミケランジェロになれるわけじゃあるまいし、小人の日常生活の苦闘にも尊いものがある筈だし、金子先生のお話は、いつもこんなに概念的で、なっていない。こんな人をこそ、俗物というのだ。ああ、先生も頭が古いのだろう。もう五十を過ぎて居られるんだから、仕方が無い。

生徒に同情されるようになっちゃ、おしまいだ。本当に、この人たちは、きょうまで僕になんにも教えてはくれなかった。僕は来年、理科か文科か、どちらかを決定的に選ばなければならぬのだ！　事態は急迫しているのだ。まったく、深刻にもなるさ。どうすればよいのか、ただ、迷うばかりだ。学校で、金子先生の無内容なお話をぼんやり聞いているうちに、僕は、去年わかれた黒田先生が、やたら無性《むしょう》に恋いしくなった。焦《こ》げつくように、したわしくなった。あの先生には、たしかになにかあった。だいいち、利巧だった。男らしく、きびきびしていた。中学校全体の尊敬の的だったと言ってもいいだろう。或《あ》る英語の時間に、先生は、リヤ王の章を静かに訳し終えて、それから、だし抜けに言い出した。がらりと語調も変っていた。嚙《か》んで吐き出すような語調とは、あんなのを言うのだろうか。とに角、ぶっきら棒な口調だった。それも、急に、なんの予告もなしに言い出したのだから僕たちは、どきんとした。

「もう、これでおわかれなんだ。はかないものさ。実際、教師と生徒の仲なんて、いい加減なものだ。教師が退職してしまえば、それっきり他人になるんだ。君達が悪いんじゃない、教師が悪いんだ。じっせえ、教師なんて馬鹿野郎ばっかりさ。男だか女だか、わからねえ野郎ばっかりだ。こんな事を君たちに向って言っちゃ悪いけど、俺《おれ》はもう、我慢が出来なくなったんだ。教員室の空気が、さ。無学だ！　エゴだ。生徒もういけねえ。もう、二年間も教員室で頑張《がんば》って来たんだ。俺は、もう、君たちを愛していないんだ。クビになる前に、俺のほうから、よした。きょう、この時間だけで、おしまいなんだ。もう君たちとは逢《あ》えねえかも知れないけど、お互いに、これから、うんと勉強しよう。勉強というものは、いいものだ。代数や幾何の勉強が、学校を卒業してしまえば、もう何の役にも立たないものだと思っている人もあるようだが、大間違いだ。植物でも、動物でも、物理でも化学でも、時間のゆるす限り勉強して置かなければならん。日常の生活に直接役に立たないような勉強こそ、将来、君たちの人格を完成させるのだ。何も自分の知識を誇る必要はない。勉強して、それから、けろりと忘れてもいいんだ。覚えるということが大事なのではなくて、大事なのは、カルチベートされるということなんだ。カルチュアというのは、公式や単語をたくさん諳記《あんき》している事でなくて、心を広く持つという事なんだ。つまり、愛するという事を知る事だ。学生時代に不勉強だった人は、社会に出てからも、かならずむごいエゴイストだ。学問なんて、覚えると同時に忘れてしまってもいいものなんだ。けれども、全部忘れてしまっても、その勉強の訓練の底に一つかみの砂金が残っているものだ。これだ。これが貴いのだ。勉強しなければいかん。そうして、その学問を、生活に無理に直接に役立てようとあせってはいかん。ゆったりと、真にカルチベートされた人間になれ！

これだけだ、俺の言いたいのは。君たちとは、もうこの教室で一緒に勉強は出来ないね。けれども、君たちの名前は一生わすれないで覚えているぞ。君たちも、たまには俺の事を思い出してくれよ。あっけないお別れだけど、男と男だ。あっさり行こう。最後に、君たちの御健康を祈ります。」すこし青い顔をして、ちっとも笑わずに、先生のほうから僕たちにお辞儀をした。

僕は先生に飛びついて泣きたかった。

「礼！」級長の矢村が、半分泣き声で号令をかけた。六十人、静粛に起立して心からの礼をした。

「今度の試験のことは心配しないで。」と言って先生は、はじめてにっこり笑った。

「先生、さよなら！」と落第生の志田が小さい声で言ったら、それに続いて六十人の生徒が声をそろえて、

「先生、さよなら！」と一斉《いっせい》に叫んだ。

僕は声をあげて泣きたかった。

黒田先生は、いまどうしているだろう。ひょっとしたら出征したかも知れない。まだ三十歳くらいの筈だから。

こうして黒田先生の事を書いていると、本当に、時の経《た》つのを忘れる。もう深夜、

十二時ちかい。兄さんは、隣室で、ひっそり小説を書いている。長篇《ちょうへん》小説らしい。もう二百枚以上になったそうだ。兄さんは、昼と夜とが逆なのだ。毎日、午後の四時頃に起きる。そうして必ず徹夜だ。からだに悪いんじゃないかしら。僕は、もう眠くてかなわぬ。これから、蘆花の思い出の記を少し読んで、寝るつもりだ。あすは日曜だから、ゆっくり朝寝が出来る。日曜のたのしみは、そればかりだ。

四月十八日。日曜日。

晴れたり、曇ったり。きょうは、午前十一時に起床した。別に変った事も無い。それは、当り前の話だ。日曜だからって、何かいい事があるかと思うのは間違いだ。人生は、平凡なものなんだ。あすは又、月曜日だ。あすから又、一週間、学校へ行くんだ。僕は、かなり損な性分らしい。現在のこの日曜を、日曜として楽しむ事が出来ない。日曜の蔭《かげ》にかくれている月曜の、意地わるい表情におびえるのだ。月曜は黒、火曜は血、水曜は白、木曜は茶、金曜は光、土曜は鼠《ねずみ》、そうして、日曜は赤の危険信号だ。淋しい筈だ。

きょうは昼から、英語の単語と代数を、がむしゃらにやった。いやに、むし暑い日だった。タオルの寝巻一枚で、なりも振りもかまわず勉強した。晩ごはんの後のお茶が、おいしかった。兄さんも、おいしいと言っていた。お酒の味って、こんなものじゃないかしらと思った。

さて、今夜は、何を書こうかな。何も書く事が無いから、一つ僕の家族の事でも書いてみましょう。僕の家族は、現在、七人だ。お母さんと、姉《ねえ》さんと、兄さんと、僕と、書生の木島さんと、女中の梅やと、それから先月から家に来ている看護婦の杉野《すぎの》さんと、七人である。お父さんは、僕が八つの時に死んだ。生前は、すこし有名な人だったらしい。アメリカの大学を出て、クリスチャンで、当時の新知識人だったらしい。政治家というよりは、実業家と言ったほうがいいだろう。晩年に政界にはいって、政友会のために働いたのだが、それは、ほんの四、五年間の事で、その前は市井の実業家だった。政界にはいってからの、五六年の間に、財産の大部分が無くなったのだそうだ。僕が財産の事など言うのは可笑《おか》しいけど、お母さんは、ひどくその当時は苦労したらしい。家も、お父さんが死んで間もなく、牛込《うしごめ》のあの大きい家から、いまの此の麴町《こうじまち》の家に引越して来たのだ。そうしてお母さんは病気になって、今でも寝ている。でも僕は、お父さんをちっとも憎めない。お父さんは、僕の事を、坊主《ぼうず》、坊主《ぼうず》と呼んでいた。お父さんに就いての記憶は、あまり残っていない。毎朝、牛乳で顔を洗っていたのだけは、はっきり覚えている。ひどくお洒落《しゃれ》な人だったらしい。客間に飾られてある写真を見ても、端正な立派な顔である。姉さんの顔が一ばんお父さんに似ているのだそうだ。僕の姉さんは、気の毒な人である。姉さんは、ことし二十六である。いよいよ、今月の二十八日にお嫁に行くのである。長い間、お母さんの病気の看護と、僕たち弟の世話のために、お嫁に行けなかったのだ。お母さんは、お父さんの死んだ直後に病床に倒れてしまった。脊髄《せきずい》カリエスなのだ。もう十年ちかく寝たきりである。お母さんは、病人のくせに、とても口が達者で、それにわが儘《まま》で、看護婦をやとっても、すぐに追いやってしまうのだ。姉さんでなければ、いけないのだ。けれども、ことしのお正月に、兄さんが、びしびしとお母さんに言って、とうとう姉さんの結婚を承諾させてしまったのだ。兄さんは、怒る時には、とても凄《すご》い。姉さんの結婚も、もう間近になったから、先月、看護婦の杉野さんが来て、姉さんに教えられながらお母さんのお世話をはじめるようになったのである。お母さんは、ぶつぶつ言いながらも、あきらめて杉野さんの世話を受けているようだ。お母さんも、兄さんには、かなわないらしい。お母さん！　姉さんがいなくなっても、気を落さず、兄さんとそれから僕の為《ため》に、どうか元気を出して下さい。姉さんだって、もう二十六ですから、可哀《かわい》そうです。わあ、いけねえ。ませた事を言った。でも、結婚は、人生の大事件だ。

殊に婦人にとって、唯一《ゆいいつ》の大事件と言っていいかも知れないのだ。てれずに、まじめに考えてみましょう。

姉さんは、尊い犠牲者であった。姉さんの青春は、家事とそれからお母さんの看病で終ってしまった、と言っても過言ではなかろう。しかしながら、この永い忍苦は、姉さんにとって、決して無駄《むだ》ではなかったと思う。姉さんは、僕たちと比較にならぬほど、深い分別《ふんべつ》をお持ちになったに違いない。忍苦は、人間の理性を磨《みが》いてくれるものだ。姉さんの瞳《ひとみ》は、このごろとても綺麗《きれい》に澄んでいる。結婚が近づいても、気障《きざ》にはしゃいだり、お調子に乗ったりしないから、偉い。平静な気持で、結婚生活にはいるらしい。相手の鈴岡《すずおか》さんも、もう四十ちかい重役さんだ。柔道四段だそうだ。鼻が丸くて赤いのが、欠点だけれど、親切な人らしい。僕は好きでもなければ、きらいでもない。どうせ、他人だ。けれども、こんな義兄があると何かにつけて心強いものだと、兄さんが言っていた。そんなものかも知れない。でも僕は、義兄の世話になどは、ならぬつもりだ。僕は、ただ、姉さんの幸福を、ひたすら祈っているばかりである。姉さんがいなくなったら、家の中が、どんなに淋《さび》しくなるだろう。火が消えたようになるかも知れない。けれども僕たちは我慢するのだ。姉さんが、幸福だったら、それでよい。姉さんは、立派な妻になるだろう。それは、僕が、肉親の一人として、はっきり責任を以《もっ》て保証できるのです。最高のお嫁さんとして推薦できるのだ。僕たちは、本当に、姉さんには手数をかけた。もし姉さんがいなかったら、僕たちは、どうなったか、分らない。僕は、いまごろは不良少年になっていたかも知れない。姉さんは、弟たちの個性を見抜き、それを温かに育てて下さったのである。姉さんと兄さんと僕と三人、プラトニックな高い結びつきがあった。神聖な同盟があった。そうして姉さんは、理性に於て僕たちよりもすぐれていたから、いつでも自然に僕たちをリイドしていた。僕は、信じている。姉さんは、結婚生活に於ても、きっと静かな幸福を生むだろう。暗い災難に襲われても、姉さんは、夫婦の幸福を、決して、けがさせない尊い力を持っているのだ。姉さん！　おめでとう。姉さんは、これから幸福になれるのです。あまり立ちいった事を言うのは、失礼ですが、姉さんは、まだ夫婦の間の愛情というものは、ご存じないでしょう。（しかしながら、僕だって、まるっきり知らないのだ。見当さえつかない。案外つまらないものかも知れない。）けれども、夫婦愛というものが、もし此の世の中にあるとしたなら、その最高のものを姉さんは実現なさるでしょう。姉さん！　僕の此の美しい「まぼろし」をこわさないで下さい。

さらば、行け！　御無事に暮せ！　もしこれが、永遠のお別れならば、永遠に、御無事に暮せ。

以上は、姉さんだけに、こっそり話かけている気持で書いたのですが、姉さんは、この僕のひそかなお別れの言葉に、永久に気がつかないかも知れない。これは、僕ひとりの秘密の日記帳なのだから。でも、姉さんがこれを見たら、笑うだろうな。この、お別れの言葉を、姉さんに直接言ってあげるほどの勇気が僕に無いのは、腑《ふ》甲斐《がい》なく、悲しい事だ。

あすは月曜日。ブラック・デー。もう寝よう。神様。僕を忘れないで下さい。

四月十九日。月曜日。

だいたい晴れ。きょうは、実に不愉快だった。もう、蹴球部《しゆうきゆうぶ》を脱退しようと思った。脱退しないまでも、もう、スポーツがいやになった。これからは、いい加減に附《つ》き合ってやるんだ。きゃつらが、いい加減なのだから、仕様が無い。きょう、キャプテンの梶《かじ》を、一発なぐってやった。梶は卑猥《ひわい》だ。

きょう放課後、部員が全部グランドにあつまって、今学年最初の練習を開始した。去年のチイムに較《くら》べて、ことしのチイムは、その気魄《きはく》に於ても、技術に於ても、がた落ちだ。これでは、今学期中に、よそと試合できるようになるかどうか、疑問である。ただ、メンバーがそろったというだけで、少しもチイムワアクがとれていない。キャプテンがいけないんだ。梶には、キャプテンの資格が無いんだ。ことし卒業の筈《はず》だったのに、落第したから、としの功でキャプテンになったのだ。チイムを統率するには、凄いキックよりも、人格の力が必要なのだ。梶の人格は低劣だ。練習中にも、汚い冗談ばっかり言い散らしている。ふざけている。梶ばかりでなく、メンバー全体が、ふざけている。だらけている。ひとりひとり襟首《えりくび》をつかまえて水につっ込んでやりたい位だった。練習が終ってから、れいに依《よ》ってすぐ近くの桃の湯に、みんなで、からだを洗いに行った。脱衣場で、梶が突然、卑猥な事を言った。しかも、僕の肉体に就いて言ったのである。それは、どうしても書きたくない言葉だ。僕は、まっぱだかのままで、梶の前に立った。

「君は、スポーツマンか？」と僕が言った。

誰かが、よせよせと言った。

梶は脱ぎかけたシャツをまた着直して、

「やる気か、おい。」と顎《あご》をしゃくって、白い歯を出して笑った。

その顔を、ぴしゃんと殴ってやった。

「スポーツマンだったら、恥ずかしく思え！」と言ってやった。

梶は、どんと床板を蹴《け》って、

「チキショッ！」と言って泣き出した。

実に案外であった。意気地の無い奴《やつ》なんだ。僕は、さっさと流し場へ行って、からだを洗った。

まっぱだかで喧嘩《けんか》をするなんて、あまりほめた事ではない。もうスポーツが、いやになった。健全な肉体に健全な精神が宿るという諺《ことわざ》があるけれど、あれには、ギリシャ原文では、健全な肉体に健全な精神が宿ったならば！という願望と歎息《たんそく》の意味が含まれているのだそうだ。兄さんがいつかそう言っていた。健全な肉体に、健全な精神が宿っていたならば、それは、どんなに見事なものだろう、けれども現実は、なかなかそんなにうまく行かないからなあ、というような意味らしい。梶だって、ずいぶん堂々たる体格をしているが、全く惜しいものだ。あの健全な体格に、明朗な精神が宿ったならば！だ。

夜、ヘレン・ケラー女史のラジオ放送を聞いた。梶に聞かせてやりたかった。めくら、おし、そんな絶望的な不健全の肉体を持っていながら、努力に依って、口もきけるようになったし、秘書の言う事を聞きとれるようにもなったし、著述も出来るようになって、ついには博士号を獲得したのだ。僕たちは、この婦人に無限の尊敬をはらうのが本当であろう。ラジオの放送を聞いていたら、時折、聴衆の怒濤《どとう》の如《ごと》き拍手が聞えて来て、その聴衆の感激が、じかに僕の胸を打ち、僕は涙ぐんでしまった。ケラー女史の作品も、少し読んでみた。宗教的な詩が多かった。信仰が、女史を更生させたのかも知れない。信仰の力の強さを、つくづく感じた。宗教とは奇蹟《きせき》を信じる力だ。合理主義者には、宗教がわからない。宗教とは不合理を信じる力である。不合理なるが故《ゆえ》に、「信仰」の特殊的な力、――ああ、いけねえ、わからなくなって来た。もう一遍、兄さんに聞いてみよう。

あすは火曜日。いやだ、いやだ。男子が敷居をまたいで外へ出ると敵七人、というが、全くそのとおりだ。油断もなにも、あったもんじゃない。学校へ行くのは、敵百人の中へ乗り込んで行くのと変らぬ。人には負けたくないし、さりとて勝つ為には必死の努力が要るし、どうも、いやだ。勝利者の悲哀か。まさか。梶よ、あしたは、にっこり笑い合って握手しよう。全くお前に銭湯で言われたとおり、僕のからだは白すぎるんだ。いやで、たまらないんだ。けれども僕は、へんな所におしろいなんか、つけていないぜ。ばかにしていやがる。今夜は、これから聖書を読んで寝よう。

心安かれ、我なり、懼《おそ》るな。

四月二十日。火曜日。

晴れ、といっても、日本晴れではない。だいたい晴れ、というようなところだ。きょうは、さっそく梶と和解した。いつまでも不安な気持でいるのは、いやだから、梶の教室へ行って、あっさりあやまった。梶は、うれしそうにしていた。

わが友の、

笑って隠す淋しさに、

われも笑って返す淋しさ。

けれども僕は、以前と同じように梶を軽蔑《けいべつ》している。これは、どうにも仕様がない。梶は、いやに思案深いような、また、僕を信頼しているような低い声で、「いちどお前に相談しようと思っていたんだがな、こんど蹴球部に一年生の新入《しんいり》が十五人もあったんだ。みんな、なっちゃいねえんだ。つまらねえのを、たくさん入れても、部の質が落ちるばかりだしなあ、俺《おれ》だって、張り合いがねえや。考えて置いて呉《く》れ。」と言うのだが、僕には滑稽《こっけい》に聞えた。梶は、自己弁解をしているのだ。自分のだらし無さを、新入生のせいにしようとしているのだ。いよいよ卑劣な奴だ。

「多くたってかまわないじゃないか。練習を張り切ってやれぁ、だめな奴はへたばるし、いいやつは残るだろうしさ。」と僕が言ったら、「そうもいかねえ。」と大声で言って、空虚な馬鹿笑いをした。なぜ、そうもいかねえのか、僕にはわからなかった。いずれにもせよ、僕には、もう蹴球部に対して、以前ほどの情熱が無いのだ。お好きなようにやってみ給《たま》え。こんにゃくチイムが出来るだろう。

学校の帰り、目黒キネマに寄って、「進め竜騎兵《りゅうきへい》」を見て来た。つまらなかった。実に愚作だ。三十銭損をした。それから、時間も損をした。不良の木村が、凄い傑作だから是非とも見よ、と矢鱈《やたら》に力こぶをいれて言うものだから、期待して見に行ったのだが、なんという事だ、ハアモニカの伴奏でもつけたら、よく似合うような、安ポマードの匂《にお》いのする映画だった。木村はいったい、どこにどう感心したのだろう。不可解だ。あいつは、案外、子供なんじゃないかな？　馬が走ると、それだけで嬉《うれ》しいのだろう。あいつのニイチェも、あてにならなくなって来た。チュウインガム・ニイチェというところかも知れない。

今夜は、姉さんが鈴岡さんからの電話で、銀座へおでかけ。婚前交際というやつだ。二人で、いやに真面目《まじめ》な顔をして銀座を歩いて、資生堂でアイスクリイム・ソオダとでもいったところか。案外、「進め竜騎兵」なんかを見て感心しているのかも知れない。結婚式も、もうすぐなのに、のんきなものだ。やめたほうがいい。お母さんは、ついさっき癇癪《かんしゃく》を起した。からだを洗う金盥《かなだらい》のお湯が熱すぎると言って、金盥をひっくり返してしまったのだそうだ。看護婦の杉野さんは泣く。梅やはどたばた走り廻《まわ》る。たいへんな騒ぎだった。姉さんがいらしたら、何でもなくおさまる事なのだけれど。僕は、気が気でなかった。姉さんがいらしたら、何でもなくおさまる事なのだけれど。杉野さんは階段の下で、永い事すすり泣いていた様子で、それを書生の木島さんが哲学者ぶった荘重な口調で何かと慰めていたのは滑稽だった。木島さんは、お母さんの遠縁の者だそうだ。五、六年前、田舎の高等小学校を卒業して僕の家へ来たのである。いちど徴兵検査のため田舎へ帰っていたのだが、しばらくして又、家へやって来た。近眼が強い為《ため》に、丙種だったのである。にきびが、とてもひどいけれど、わるい顔ではない。政治家になるのが、理想らしい。けれども、ちっとも勉強していないから、だめだろう。僕のお父さんの事を、外へ出ると、「伯父さん」と呼んでいるそうだ。悪気のない、さっぱりした人だ。けれども、それだけの人だ。一生、僕の家にいるつもりかも知れない。

姉さんは、いま、やっと御帰宅。十時八分。

僕は、これから、代数約三十題。疲れて、泣きたい気持だ。ロバートなんとか氏の曰《いわ》く、「一人の邪魔者の常に我身に附《つ》き纏《まと》うあり、其名《そのな》を称して正直と云《い》う」芹川進《せりかわすすむ》氏の曰く、「一人の邪魔者の常に我身に附き纏うあり、其名を称して受験と云う」

無試験の学校へはいりたい。

四月二十一日。水曜日。

曇、夜は雨。どこまでつづく暗鬱《あんうつ》ぞ。日記をつけるのも、いやになった。きょう、数学の時間に、たぬきが薄汚いゴム長靴《ながぐつ》などはいて来て、このクラスには四年から受ける人が何人いるかね、手を挙げて、と言うから、ハッとして思わずちょっと手を挙げたら、僕ひとりだった。級長の矢村さえ、用心して手を挙げない。うつむいて、もじもじしている。卑怯《ひきょう》な奴だ。たぬきは、へえ、芹川がねえ、と言って、にやりと笑った。僕は恥ずかしくて、一瞬間、世界が真暗になった。

「どこへ受けるのかね。」たぬきの口調は、ひとを軽蔑し切った口調だった。

「きまっていません。」と答えた。さすがに、一高、と言い出す勇気は無かった。悲しかった。

たぬきは、口鬚《くちひげ》を片手でおさえてクスクス笑った。実に、いやだった。

「しかし、みんなも、」とたぬきは改まった顔つきをして、みんなを見渡し、「四年から受けるならば、ちょっと受けてみましょうなんて、ひやかしの気分からでなく、必ず合格しようという覚悟をきめて受けなくてはいかん。ふらついた気持で受けて、落ちると、もう落ちる癖がついて、五年になってから受けても、もうだめになっている場合が多い。よくよく慎重に考えて決定するように。」と、まるっきり僕の全存在を、黙殺しているような言いかただった。

僕はたぬきを殺してやろうかと思った。こんな失敬な教師のいる学校なんて、火事で焼けてしまえばよいと思った。僕はもう、なんとしても、四年から他の学校に行ってしまうのだ。五年なんかに残るものか。こっちのからだが腐ってしまう。僕は語学に較《くら》べて数学の成績があまりよくなかったけれど、でも、だから、それだから、毎日毎晩、勉強していたのだ。ああ、一高へはいって、たぬきの腹をでんぐり返してやりたいのだが、だめかも知れない。なんだか、勉強もいやになった。

学校の帰り、武蔵野館《むさしのかん》に寄って、「罪と罰」を見て来た。伴奏の音楽が、とてもよかった。眼をつぶって、音楽だけを聞いていたら、涙がにじみ出て来た。僕は、堕落したいと思った。

家へ帰ってからも何も勉強しなかった。長い詩を一つ作った。その詩の大意は、自分は今、くらい、どん底を這《は》いまわっている。けれども絶望はしていない。どこかわからぬところから、ぼんやり光が射《さ》して来ている。けれども、その光は、なんであるか自分にはわからない。光を、ぼんやり自分の掌《てのひら》に受けていながらも、その光の意味を解く事が出来ない。自分はただ、あせるばかりだ。不思議な光よ、というような事を書いたのである。いつか、兄さんに見てもらおうと思っている。兄さんは、いいなあ。才能があるんだから。兄さんの説に依《よ》れば、才能というものは、或《あ》るものに異常な興味を持って夢中でとりかかる時に現出される、とか、なんだか、そんな事だったが、僕のようにこんなに毎日、憎んだり怒ったり泣いたりして、むやみに夢中になりすぎるのも、ただ滅茶滅茶《めちゃめちゃ》なばかりで、才能現出の動機にはなるまい。かえって、無能者のしるしかも知れぬ。ああ、誰《だれ》かはっきり、僕を規定してくれまいか。馬鹿か利巧か、嘘《うそ》つきか。天使か、悪魔か、俗物か。殉教者たらんか、学者たらんか、または大芸術家たらんか。自殺か。本当に、死にたい気持にもなって来る。お父さんがいないという事が、今夜ほど、痛切に実感せられた事がない。いつもは、きれいに忘れているのだけれども、不思議だ。「父」というものは、なんだか非常に大きくて、あたたかいものだ。キリストが、その悲しみの極まりし時、「アバ、父よ！」と大声で呼んだ気持もわかるような気がする。

母のあいより　なおもあつく
地のもといより　さらにふかし
ひとのおもいの　うえにそびえ
おおぞらよりも　ひろらかなり
——さんびか第五十二

四月二十二日。木曜日。
曇。別段、変った事もないから書かぬ。学校、遅刻した。

四月二十三日。金曜日。
雨。夜、木村が、ギタを持って家へ遊びに来たので、ひいてみ給え、と言ってやった。下手くそだった。僕が、いつまでも黙っているので、木村は、じゃ失敬と言って帰った。雨の中を、わざわざギタをかかえてやって来る奴は、馬鹿だ。疲れているので、早く寝る。就寝、九時半。

四月二十四日。土曜日。

晴。きょう朝から一日、学校をさぼった。こんないい天気に、学校に行くなんて、もったいない。上野公園に行き、公園のベンチで御弁当を食べて、午後は、ずっと図書館。正岡子規《まさおかしき》全集を一巻から四巻まで借出して、あちこち読みちらした。暗くなってから、家へ帰った。

四月二十七日。火曜日。

雨。いらいらする。眠れない。深夜一時、かすかに工夫《こうふ》の夜業の音が聞える。雨中、無言の労働である。シャベルと砂利の音だけが、規則正しく聞えて来るのだ。かけ声ひとつ聞えない。あすは、姉さんの結婚式だ。姉さんが、この家に寝るのも、今夜が最後である。どんな気持だろう。ひとの事なんか、どうだっていい。終り。

四月二十八日。水曜日。

快晴。朝、姉さんに、坐《すわ》ってちゃんとお辞儀をして、さっさと登校。お辞儀をしたら姉さんは、進ちゃん！ と言って、泣き出した。すすむ、すすむ、とお母さんが奥で呼んでいたようだったが、僕は、靴の紐《ひも》も結ばずに玄関から飛び出した。


五月一日。土曜日。

だいたい晴れ。日記がおろそかになってしまった。なんの理由もない。ただ、書きたくなかったからである。いま突然、書いてみようと思い立ったから、書く。きょうは、兄さんに、ギタを買ってもらった。晩ごはんがすんでから、兄さんと銀座へ散歩に出て、その途中で僕が楽器屋の飾窓をちょっとのぞき込んで、

「木村も、あれと同じのを持ってるよ。」と何気なく言ったら、兄さんは、

「ほしいか？」と言った。

「ほんと？」と僕が、こわいような気がして、兄さんの顔色をうかがったら、兄さんは黙って店へはいって行って買ってくれた。

兄さんは、僕の十倍も淋《さび》しいのだ。

五月二日。日曜日。

雨のち晴れ。日曜だというのに、めずらしく八時に起きた。起きてすぐ、ギタを、布《きれ》で磨《みが》いた。いとこの慶ちゃんが遊びに来た。商大生になってから、はじめての御入来である。新調の洋服が、まぶしいくらいだ。

「人種が、ちがったね。」とお世辞を言ってやったら、えへへ、と笑った。だらしのねえ奴だ。商大へはいったからって、人種がちがってたまるものか。赤縞《あかじま》のワイシャツなどを着て、妙に気取っている。「体《からだ》は衣《ころも》に勝《まさ》るならずや」とあるを未だ読まぬか。「ドイツ語がむずかしくってねえ。」などとおっしゃる。へえへえ、さようでござんすか。大学生ともなれば、やっぱり、ちがったもんですねえ。むしゃくしゃして来て、僕は、ギタをひいてばかりいた。銀座へ、さそわれたけれど、断る。

僕は、いま、少しも勉強していない。何もしていない。Doing nothing is doing ill. 何事をも為《な》さざるは罪をなしつつあるなり。僕は慶ちゃんに嫉妬《しっと》していたのかも知れぬ。下品な事だ。よく考えよう。

五月四日。火曜日。

晴れ。きょう蹴球部《しゅうきゅうぶ》の新入部員歓迎会が学校のホールで催された。ちょっと覗《のぞ》いてみて、すぐ帰った。ちかごろの僕の生活には、悲劇さえ無い。


五月七日。金曜日。

曇。夜は雨。あたたかい雨である。深夜、傘《かさ》をさして、こっそり寿司《すし》を食いに出る。ひどく酔っぱらった女給と、酔ってない女給と二人、寿司をもぐもぐ食っていた。酔っぱらった女給は、僕に対して失敬な事を言った。僕は、腹も立たなかった。苦笑しただけだ。


五月十二日。水曜日。

晴れ。きょう数学の時間に、たぬきが応用問題を一つ出した。時間は二十分。

「出来た人は?」

誰も手を挙げない。僕は、出来たような気がしていたのだが、三週間まえの水曜日みたいな赤恥をかくのは厭《いや》だから、知らん振りをしていた。「なんだ、誰も出来んのか。」たぬきは嘲笑《ちょうしょう》した。「芹川、やってごらん。」どうして僕に指名したりなどしたのだろう。ぎょっとした。立って行って、黒板に書いた。両辺を二乗すれば、わけがないのだ。答は0《ゼロ》だ。答、0、と書いたが、若《も》し間違っていたら、またこないだみたいに侮辱されると思ったから、答、0デショウ、と書いた。すると、たぬきは、わははと笑った。「芹川には、実際かなわんなあ。」と首を振り振り言って、僕が自席にかえってからも、僕の顔を、しげしげ眺《なが》めて、「教員室でも、みんなお前を可愛《かわい》いと言ってるぜ。」と無遠慮な事を言った。クラス全体が、どっと笑った。実に、いやな気がした。こないだの水曜日以上に不愉快だった。クラスの者に恥ずかしくて顔を合せられないような気がした。たぬきの神経も、また教員室の雰囲気《ふんいき》も、もうとても我慢の出来ぬほど失敬な、俗悪きわまるものだと思った。僕は、学校からの帰途、あっさり退学を決意した。家を飛び出して、映画俳優になって自活しようと思った。兄さんはいつか、進には俳優の天分があるようだね、と言った事がある。それをハッキリ思い出したのである。

けれども、晩ごはんの時、つぎのような有様で、なんという事もなかった。

「学校がいやなんだ。とても、だめなんだ。自活したいなあ。」

「学校っていやなところさ。だけど、いやだいやだと思いながら通《かよ》うところに、学生生活の尊さがあるんじゃないのかね。パラドックスみたいだけど、学校は憎まれるための存在なんだ。僕だって、学校は大きらいなんだけど、でも、中学校だけでよそうとは思わなかったがなあ。」

「そうですね。」

ひとたまりも無かったのである。ああ、人生は単調だ！

五月十七日。月曜日。

晴れ。また蹴球をはじめている。きょうは、二中と試合をした。僕は前半に二点、後半に一点をいれた。結局、三対三。試合の帰りに、先輩と目黒でビイルを飲んだ。自分が低能のような気がして来た。

五月三十日。日曜日。

晴れ。日曜なのに、心が暗い。春も過ぎて行く。朝、木村から電話。横浜に行かぬかというのだ。ことわる。午後、神田《かんだ》に行き、受験参考書を全部そろえた。夏休みまでに代数研究（上・下）をやってしまって、夏休みには、平面幾何の総復習をしよう。夜は、本棚《ほんだな》の整理をした。

暗憺《あんたん》。沈鬱《ちんうつ》。われ山にむかいて目をあぐ。わが扶助《たすけ》はいずこよりきたるや。

六月三日。木曜日。

晴れ。本当は、きょうから六日間、四年生の修学旅行なのだが、旅館でみんな一緒に雑魚《ざこ》寝《ね》をしたり、名所をぞろぞろ列をつくって見物したりするのが、とても厭《いや》なので、不参。

六日間、小説を読んで暮すつもりだ。きょうから漱石の「明暗」を読みはじめている。暗い、暗い小説だ。この暗さは、東京で生れて東京で育った者にだけ、わかるのだ。どうにもならぬ地獄だ。クラスの奴らは、いまごろ、夜汽車の中で、ぐっすり眠っているだろう。無邪気なものだ。

勇者は独り立つ時、最も強し。——（シルレル、だったかな？）

六月十三日。日曜日。

曇。蹴球部の先輩、大沢殿と松村殿がのこのこやって来た。接待するのが、馬鹿らしくてたまらない。蹴球部の夏休みの合宿が、お流れになりそうだ、大事件だ、と言って興奮している。僕は、ことしの夏休みは合宿に加わらないつもりだったから、かえって好都合なのだが、大沢、松村の両先輩にとっては、楽しみが一つ減ったわけだから、不平満々だ。梶《かじ》キャプテンが会計のヘマを演じて、合宿の費用を学校から取れなくなってしまったのだそうだ。松村殿は、梶を免職させなければいけないと、大いにいきまいていた。とにかく、みんな馬鹿だ。すこしも早く帰ってもらいたかった。

夜は、久し振りでお母さんの足をもんであげる。

「なにごとも、辛抱して、——」

「はい。」

「兄弟なかよく、——」

「はい。」

お母さんは二言目には、「辛抱して」と、それから「兄弟なかよく」を言うのである。

七月十四日。水曜日。

晴れ。七月十日から一学期の本試験がはじまっている。あす一日で、終るのだ。それから一週間経《た》つと、成績の発表があって、それから、いよいよ夏休みだ。うれしい。やっぱり、うれしい。ああ、という叫びが、自然に出て来る。成績なんか、どうでもいい。今学期は思想的にもずいぶん迷ったから、成績もよほど落ちているかも知れない。でも国漢英数だけは、よくなっている積りだが、発表を見ないうちは、確言できない。ああ、もう、夏の休みだ。それを思うと、つい、にこにこ笑ってしまう。明日も試験があるというのに、なんだか日記を書きたくて仕様がない。このごろずいぶん日記をなまけた。生活に張り合いが無かったからだ。僕自身が、無内容だったからでしょうよ。いや、深く絶望したものがあるからでしょうよ。僕は、たいへん、ずるくなった。自分の思っている事を、むやみに他人に知らせるのが、いやになった。僕が今、どんな思想を抱いているか、あんまり他人に知られたくないのです。ただ一言だけ言える。「僕の将来の目標が、いつのまにやら、きまっていました。」あとは言わない。あすも試験があるのです。勉強、勉強。

一月四日。水曜日。

晴れ。元旦《がんたん》、二日、三日、四日は遊んで暮してしまった。昼も夜も、ことごとく遊びである。遊んでいたって、何もかも忘れて遊んでいるわけではなし、ああもう厭《いや》だな、面白《おもしろ》くねえや、などと思いながらも、つい引きずられて遊んでしまうのであるが、遊んだあとの淋《さび》しさと来たら、これはまた格別である。極度の淋しさである。勉強しようと、つくづく思う。この一箇月間、自分にはなんの進歩も無かったような気がする。たまらなく、あせった気持である。本当に、ことしこそ、むらのない勉強をしてみたい。去年は毎日毎日、ガタピシして、こわれかかった自動車に乗っているような落ちつかぬ気持で暮して来たが、ことしになって、何だか、楽しい希望も生れて来たような気がする。もうすぐそこに、手をのばせば、何だか暖い、いいものが摑《つか》めそうな気がして来た。

十七歳。ちょっと憎々しい年《とし》である。いよいよ真面目《まじめ》になった気持である。急に、平凡な人間になったような気もする。もう、おとなになってしまったのかも知れない。やはりことしの三月には、入学試験もあるのだから緊張していなくてはいけない。僕《ぼく》は、文科を一高を受けるつもりだ。そうして、断然、文科だ！　去年、たぬきに二、三度やられてから、理科のほうは、ふっつり思い切ったのだ。兄さんも賛成してくれた。「芹川《せりかわ》の家には、科学者の血が無いからな。」と言って、笑っていた。さて、僕は、文科を選んだからって、兄さんほどの文科的才能が、あるかどうか、そいつは疑問である。だいいち僕には、一高英文科に入学できる自信がない。兄さんは、大丈夫、大丈夫と気軽に言うが、兄さんは自分で楽に入学できたものだから、他のひとも楽に入《はい》れるものと思っているらしい。兄さんは、人間にハンデキャップを認めていないらしい。みんな御自身と同じ能力を持っているものと思い込んでいるらしいのだ。だから、僕にも時々、とても無理な事を平気で言いつける事がある。無意識に惨酷《ざんこく》な事を、おっしゃいます。やっぱり、お坊ちゃんなのかも知れない。僕は、どうも一高は、にがてだ。たぶん落ちるだろう。落ちたら私立のR大学へでもはいるつもりだ。中学の五年に残る気はしない。もう一年、たぬきなどにからかわれるくらいなら、死んだほうがいい。R大学は、キリスト教の学校だから、聖書の事も深く勉強できてたのしいだろうと思う。あかるい学校のような気がする。

一日、二日はゼスチュア遊びをして、はじめは面白かったが、二日には、全然いやになって、鎌倉《かまくら》の圭《けい》ちゃんの発案で、兄さん、新宿のマメちゃん、僕と四人で「父帰る」の朗読をやった。やっぱり僕が、断然うまかった。兄さんの「父親」は、深刻すぎて、まずかった。三日には、高尾山《たかおさん》へ、以上の四人で冬のハイキングを決行した。寒いのには閉口した。僕はひどく疲れて、帰りの電車では、兄さんの肩によりかかって眠ってしまった。圭ちゃん、マメちゃんの御両所は、ゆうべも家《うち》へ泊った。

きょうは、御両所のお帰りのあとで、木村と佐伯《さえき》が遊びに来た。もうこんな、つまらない中学生とは遊ばない決心をしていたのであるが、やはり遊んでしまった。トランプ。ツウテンジャック。木村の勝負のしかたが、あまりにも汚いので呆《あき》れた。木村は、去年の暮に、家から二百円持ち出して、横浜、熱海《あたみ》と遊びまわり、お金を使い果してから、ぼんやり僕の家へやって来たので、僕は木村の家へ、すぐに電話をかけて知らせてやった。木村の家では警察に捜査願いを出していたのだそうだ。彼の家では、いまは僕が大恩人という事になっているとの事である。木村の家庭もわるいようだが、木村も馬鹿である。やっぱり、ただの不良である。ニイチェが泣きますよ。佐伯だって馬鹿だ。このごろ、つくづくいやになって来た。大ブルジョアの子供で、背丈は六尺ちかく、ひょろひょろしている。からだが弱いから中学だけで、学校はよすのだそうだ。はじめは外国文学の話など、いろいろ僕に話して聞かせるので、僕も、木村のニイチェに興奮した時みたいに、大いに感激して僕の友人は佐伯ひとりだと思い、すすんでこちらからも彼の家に遊びに行ってやったものだが、どうも彼は柔弱でいけない。家にいる時は、五つか六つの子供が着るような大きい絣《かすり》の着物を着て、ごはんの事を、おマンマなんて言いやがる。ぞっとした。だんだん附《つ》きあってみるに従って、話が合わなくなって来た。男か女かわかりゃしない。べろべろしている。よだれでも垂れているような顔だ。からだが弱いので、大学へは行かず、家で静かに芹川君と交際しながら一緒に文学を勉強して行きたい、などと殊勝らしく、こないだも言っていたが、まっぴら御免だ。「まあ考えたほうがいいぜ。」と言って置いた。

木村と佐伯のお相手をしていたら、日が暮れた。一緒にお餅《もち》をたべた。二人が帰ると、こんどは、チョッピリ女史の御入来だ。げっそりした。この女史は、お父さんの妹である。だから僕たちの叔母さんである。芳紀まさに四十五、だか六だか、とにかく相当なとしである。未婚である。お花の大師匠である。なんとか婦人会の幹事をしている。兄さんは、チョッピリ女史を芹川一族の恥だと言っている。わるい人ではないが、どうも、少しチョッピリなのである。チョッピリという名は、兄さんが去年発明したのである。姉さんの結婚披露宴《ひろうえん》の時、この叔母さんは兄さんと並んで坐《すわ》ってい

た。よその紳士が、叔母さんにお酒をすすめた。女史はからだを、くねくねさせて、

「あの、いただけないんざますのよ。」

「でも、まあ、一ぱい。」

「オホホホホ。ではまあ、ほんの、チョッピリ！」

いやらしい！　兄さんは、あまりの恥ずかしさに席を蹴《け》って帰りたかったそうだ。一事は万事である。どうも、気障《きざ》ったらしくてかなわない。今夜も僕の顔を見て、

「あらまあ！　進ちゃん、鼻の下に黒い毛が生えて来たじゃないの！　しっかりなさいよ。」と言った。愚劣だ。実に不潔だ。乱暴だ。無態だ。まさしく一家の恥である。同席は、ごめんである。こっそり兄さんと、うなずき合って、一緒に外出した。銀座は、ひどい人出《ひとで》である。みんな僕たちみたいに家が憂鬱《ゆううつ》だから、こうして銀座へ出て来ているのであろうか、と思ったら、おそろしい気がした。資生堂でコーヒーを飲みながら兄さんは、「芹川の家には、淫蕩《いんとう》の血が流れているらしい。」と呟《つぶや》いたので、ぎょっとした。帰りのバスの中では、「誠実」という事に就いて話し合った。兄さんも、このごろは、くさっているらしい。姉さんがいなくなったので、家の仕事も見なければならず、小説も思うようにすすまないようだ。

帰ったら十一時。チョッピリ女史は、すでに退散。

さて、明日からは高邁《こうまい》な精神と新鮮な希望を持って前進だ。十七歳になったのだ。僕は神さまに誓います。明日は、六時に起きて、きっと勉強いたします。

一月五日。木曜日。

曇天。風強し。きょうは、何もしなかった。風の強い日は、どうもいけない。御起床が、すでに午後一時であった。去年よりも、さらにだらしが無くなったような気がする。起きてまごまごしていたら、いまは下谷《したや》に家を持っている姉さんから僕に電話だ。「あそびにいらっしゃい。」というのだが、僕は困惑した。例の優柔不断の気持から、「うん」と答えてしまった。僕は、本当は、鈴岡さんの家がきらいなのだ。どうも俗だ。姉さんも、変ってしまった。結婚して、ほどなく家へ遊びにやって来たが、もう変っていた。カサカサに乾いていた。ただの主婦《おかみ》さんだ。ふくよかなものが何も無くなっていた。おどろいた。あれはお嫁に行ってから十日と経《た》たない頃《ころ》の事であったが、手の甲がひどく汚くなっていた。それから、いやに抜け目がなく、利己的にさえなっていた。姉さんは隠そうと努めていたが、僕には、ちゃんとわかったのだ。いまではもう全く、鈴岡の人だ。顔まで鈴岡さんに似て来たようだ。顔といえば、僕は俊雄《としお》君の顔を考えるたびに、しどろもどろになるのである。俊雄君は、鈴岡さんの実弟だ。去年、田舎の中学を出て、いまは姉さんたちと同居して慶応の文科にかよっているのだ。こんな事を言っちゃ悪いけれど、この俊雄君は、僕が今までに見た事もない醜男《ぶおとこ》なのだ。実に、ひどいんだ。僕だって、ちっとも美しくないし、また、ひとの顔の事は本当に言いたくないのだが、俊雄君の顔は、あまりにもひどいので、僕は、しどろもどろになってしまうのだ。鼻がどうの、口がどうのというのではないのだ。全体が、どうも、ばらばらなのだ。ユウモラスなところも無い。僕はあの人と顔を合せると、いつでも奇妙に考え込んでしまう。一万人に一人というところなのだ。こんな言いかたは、僕自身も不愉快だし、言ってはいけない事なんだが、どうも事実だから致しかたが無い。あんな顔は、僕は生れてはじめて見た。男は顔なんて問題じゃない、精神さえきよらかなら大丈夫、立派に社会生活ができるという事は、僕も堅く信じているが、俊雄君のように若くて、そうして慶応の文科のような華やかなところで勉強している身が、あんな顔では、ずいぶん苦しい事だってあるだろうと思う。実際、顔を合せると、こちらまで人生がいやになるくらいなのだ。本当に、ひどいのだ。あの人は、これからの永い人生に於《お》いても、その先天的なもののために、幾度か人に指さされ、かげ口を言われ、敬遠せられる事だろう。僕はそれを考えると、現代の社会機構に対して懐疑的になり、この世が恨めしくなって来るのだ。世の中の人々の冷酷な気持が、いやになる。おのずから義憤も感ずる。俊雄君が、将来それ相当の職業について、食うに困らぬくらいの生活が出来たら、それは実に好もしく祝福すべき事だ。けれども結婚の場合は、どうだろう。これはと思う婦人があっても、自分の醜い顔のために結婚できなかった時には、どんなに悲惨な思いをするだろう。大声で、うめくだろう。ああ、俊雄君の事を考えると憂鬱だ。心の底から同情はしているけれど、どうも、いやだ。ひどいんだ。何も形容が出来ないのである。なるべく見たくないのだ。僕にもやっぱり、世の中の人と同じ様な、冷酷で、いい気なものがあるのかも知れない。考えれば考えるほど、しどろもどろになってしまう。僕は、去年からまだ下谷の家には、二度しか行っていないのだ。姉さんには逢《あ》いたいけれど、旦那《だんな》さまの鈴岡氏は、また、えらく兄さん振って、僕の事を坊や、坊やと呼ぶんだから、かなわない。豪傑肌《ごうけつはだ》とでも言うんだろうが、「坊や」は言い過ぎであると思う。十七にもなって、「坊や」と呼ばれて、「はい」なんて返事するのは、いやなことだ。返事をしないでプリプリ怒ってやろうかとも思うのだが、なにせ相手は柔道四段だそうだから、やはり怖い。自然に僕は、卑屈になるのだ。俊雄君と顔を合せると、しどろもどろになるし、鈴岡氏に対しては、おどおどするし、僕は、下谷の家へ行くと、だめになるのだ。きようも姉《ねえ》さんから、遊びに来ないか、と言われて、つい、うんと答えてしまったが、それから、さんざ迷った。どうしても、行きたくないのだ。とうとう兄さんに相談した。

「下谷から、遊びに来いって言って来たんだけど、行きたくないんだ。こんな風の強い日に、ひでえや。」

「でも、行くって返事したんだろ？」兄さんは、少し意地が悪い。僕の優柔不断を見抜いているのだ。「行かなくちゃいけない。」

「あいたた！　にわかに覚ゆる腹痛。」

兄さんは笑い出した。

「そんなにいやなら、はじめから、はっきり断ったらよかったのに。むこうじゃ待っているぜ。お前は四方八方のいい子になりたがるからいけない。」

とうとう説教されちゃった。僕は説教は、いやだ。兄さんの説教でも、いやだ。僕は今まで、説教されて、改心した事が、まだいちどもない。お説教している人を、偉いなあと思った事も、まだ一度もない。お説教なんて、自己陶酔だ。わがままな気取りだ。本当に偉い人は、ただ微笑してこちらの失敗を見ているものだ。けれどもその微笑は、実に深く澄んでいるので、何も言われずとも、こちらの胸にぐっと来るのだ。

ハッと思う、とたんに目から鱗《うろこ》が落ちるのだ。本当に、改心も出来るのだ。説教は、どうもいやだ。兄さんの説教でも、いやだ。僕は、むくれてしまった。

「はっきり断ったらいいんでしょう?」と言って、やや殺気立って下谷へ電話をかけたら、いけねえ、鈴岡氏が出て、

「坊やかい? 新年おめでとう。」

「はい、おめでとう。」なにせ柔道四段だからなあ。

「姉ちゃんが待ってるぜ。早くおいでよ。」姉ちゃんだなんて言いやがる。

「あのう、おなかが痛いんですけど。」われながら情ない。「俊雄君にも、よろしく。」要らぬお世辞まで言ってしまった。

兄さんに合せる顔も無く、そのまま部屋にとじこもって日の暮れるまで、キエルケゴールの「基督《キリスト》教に於ける訓練」を、読みちらした。一行《いちぎょう》も理解できなかった。ただ、あちこちの活字に目をさらして、他《ほか》の、とりとめのない事ばかり考えていた。

きょうは、阿呆《あほう》の一日であった。どうも、下谷の家は難物だ。あの家に姉さんがいらして、そうして幸福そうに笑ったりなんかしているのかと思うと、何が何やらわからなくなってしまう。晩ごはんの時、

「夫婦って、どんな事を話しているもんだろう。」と僕が言ったら、兄さんは、

「さあ、何も話していねえだろう。」と、つまらなそうな口調で答えた。

「そうだろうねえ。」

兄さんは、やっぱり頭がいい。下谷のつまらなさを知っているのだ。

夜、のどが痛くて、早く寝る。八時。寝ながら日記をつけている。お母さんは、このごろ元気がよい。この冬を無事に越せば、そろそろ快方に向うかも知れない。なにせ、やっかいな病気だ。それはそれとして、五円できないかなあ。佐伯に返さなくちゃいけないんだ。きれいに返して絶交するんだ。どうも、お金を借りていると、人間は意気地がなくなっていけない。古本を売って、つくるか。やっぱり兄さんに、たのむか。

申命記《しんめいき》に之《これ》あり。「汝《なんじ》の兄弟より利息を取《とる》べからず。」兄さんにたのむのが安全らしい。僕には、ケチなところがあるようだ。

颪いまだ強し。

一月六日。金曜日。

晴れ。寒気きびし。毎日、決心ばかりして、何もせぬのが恥ずかしい。ギタが、ますます巧《うま》くなったが、これは何も自慢にならない。ああ、悔恨の無い日を送りたい。お正月は、もういやだ。のどの痛みは、なおったが、こんどは頭が痛い。なんにも書く気がしない。

一月七日。土曜日。

曇。ついに一週間、無為。朝から、ひとりで蜜柑《みかん》をほとんど一箱たべた。てのひらが黄色くなったようである。

恥じよ！　芹川進。お前の日記は、ちかごろ、だらしがなさ過ぎるぞ。知識人らしい面影《おもかげ》が、どこにもないじゃないか。しっかりしなければならぬ。お前の大望を忘れたか。お前は、すでに十七歳だ。そろそろひとりまえの知識人なのだ。なんというだらしなさだ。お前は小学校時代に毎週、兄さんに連れられて教会へ行って聖書を習ったのを忘れたか。イエスの悲願も、ちゃんと体得した筈《はず》だ。イエスのような人になろうと、兄さんと約束したのを忘れたか。「ああエルサレム、エルサレム、予言者たちを殺し、遣《つかわ》されたる人々を石にて撃つ者よ、牝鶏《めんどり》のその雛《ひな》を翼の下に集むるごとく、我なんじの子どもを集めんと為《せ》しこと幾度《いくたび》ぞや」という所まで読んで、思わず声を挙げて泣いたあの夜を、忘れたか。毎日毎日、覚悟ばっかり立派で、とうとう一週間、馬鹿のように遊んでしまった。

ことしの三月には、入学試験もあるのだ。受験は人生の最終の目的ではないけれども、兄さんの言ったように、これと戦うところに学生生活の貴さがあるのだ。キリストだって勉強したんだ。当時の聖典を、のこりくまなく研究なさったのだ。古来の天才はすべて、ひとの十倍も勉強したんだ。

芹川進よ、お前は大馬鹿だぞ！　日記など、もうよせ！　馬鹿が甘ったれてだらだら書いた日記など、豚も食わない。お前は、日記をつけるために生活しているのか？　ひとりよがりの、だらだら日記は、やめるがいい。無の生活を、どんなに反省しても、整頓《せいとん》しても、やっぱり無である。それを、くどくど書いているのは、実に滑稽《こっけい》である。お前の日記は、もう意味ないぞ。

「吾人《ごじん》が小過失を懺悔《ざんげ》するは、他に大過失なき事を世人に信ぜしめんが為《ため》のみ。」

――ラ・ロシフコオ。

ざまあ見やがれ！

あさってから、第三学期がはじまります。

張り切って、すすめ！

四月一日。土曜日。

うす曇り。烈風なり。運命的な日である。生涯《しょうがい》、忘れ得べからざる日である。一高の発表を見に行った。落ちていた。胃と腸が、ふっと消えたような感じ。体内が、からっぽになった感じ。残念、という感じではない。ただ、ホロリとした。進が、ふびんだった。でも、落ちて当然のような気もした。

家へかえりたくなかった。頭が重くて、耳がシンシン鳴って、のどが、やたらに乾《かわ》く。銀座へ出た。四丁目の角に立って、烈風に吹かれながらゴー・ストップを待っていたら、はじめて涙が出た。声が出そうになった。無理もねえさ、生れてはじめての落第だもの、と思ったら、とても耐え切れなくなった。どうして歩いたか、わからない。振り返って僕を見たひとが、二人あった。地下鉄に乗った。浅草雷門《あさくさかみなりもん》まで来た。浅草は、大勢の人出《ひとで》であった。もう泣いていない。自分を、ラスコリニコフのような気がした。ミルクホールにはいる。卓の上が、ほこりで白くなっている。僕の舌も、ほこりでざらざらしている。とても呼吸が苦しい。落第生。いい図じゃねえぞ。両脚がだるくて、抜けそうだ。眼前に、幻影がありありと浮ぶ。

ローマの廃墟《はいきょ》が黄色い夕日を浴びてとても悲しい。白い衣にくるまった女が下を向きながら石門の中に消える。

額に冷汗が出ている。R大学の予科にも受けたのだけれど、まさか、――でも、いや、どうだっていいんだ。はいったって、どうせ、籍を置くだけなんだ。卒業する気はねえんだ。僕は、明日から自活するんだ。去年の夏休みの直前から、僕の覚悟は出来ていたんだ。もう、有閑階級はいやだ。その有閑階級にぺったり寄食していた僕はまあ、なんてみじめな野郎だったんでしょう。富める者の神の国に入《い》るよりは、駱《らく》駝《だ》の針の孔《あな》を通るかた反《かえ》って易《やす》し。ほんにいい機会じゃござんせんか。明日からは、もう家《うち》の世話にはなりませぬ。ああ荒天よ！　魂よ！　あすから僕の世渡りだ。また、眼前に幻影が浮ぶ。

おそろしく鮮やかな緑だ。泉が湧《わ》く。こんこんと湧いて緑の草の上を流れる。チャプチャプと水の音が聞える。鳥が飛び立つ。

消える。僕のテエブルの隣りに、醜い顔の洋装の娘が、からのコーヒー茶碗《ちゃわん》を前に置いて、ぼんやり坐《すわ》っている。コンパクトを取り出して、鼻の頭をたたいた。その時の表情は、白痴のようであった。けれども脚は、ほっそりしていて、絹の靴下《くつした》は、やけに薄い。男が来た。ポマードを顔にまで塗ってるみたいな男だ。女は、にっと笑って立ち上った。僕は顔をそむけた。こんな女のひとをも、キリストは、愛してやったのだろうか。家を飛び出したら僕もまた、あんな女と平気で冗談を言い合うようになってしまうのだろうか。いやなものを見たわい。のどが乾く。ミルクを、もう一つ飲もう。わが未来の花嫁は、かの口吻《こうふん》突出の婦人にして、わが未来の親友は、かの全身ポマードの悪臭高き紳士なり。この予言、あたります。外は、ぞろぞろ人の流れ。みんな帰るべき巣を持っているのだろう。

「おや、お帰りなさい。きょうは、お早かったじゃないの。」

「うむ、仕事の話がいい工合《ぐあい》にまとまってね。」

「それは、よござんした。お風呂《ふろ》へおいでになりますか？」

平凡な、そして静かな憩《いこ》いの巣。僕には、帰るところがない。落第坊主《ぼうず》。なんという不名誉だ！　僕は今まで、落第生というものをどんなに強く軽蔑《けいべつ》していたか知れやしない。人種がちがうものだとばっかり思っていたが、あにはからんや、僕の額にもはっきり落第生の焼鏝《やきごて》が押されてしまった。新入《しんいり》でござんす、よろしくお願い致します。

諸君は四月一日の夜、浅草のネオンの森を、野良犬《のらいぬ》の如《ごと》くうろついて歩いていた一人の中学生を見かけなかったか。見かけましたか？　見かけたならば、それならば、なぜその時に、ひとこと「おい、君」と声を掛けてくれなかったの？　僕は君の顔を見上げて、「お友達になって下さい！」とお願いしたに違いない。そうして、君と一緒に烈風の中をさまよい歩きながら、貧しい人を救おうね！　と幾度も幾度も誓い合ったにちがいない。ひろい世界に、思いがけぬ同志を得たという事は、君にとっても僕にとっても、なんと素晴らしい事だったろう。けれども、誰も僕に言葉をかけてはくれなかったのだ。僕はヨボヨボになって麹町《こうじまち》の家へ帰ったのです。

それからのことを書くのは、さらにくるしい。僕の生涯に於《おい》て、再びかかる悪事をなさぬことを神に誓う。僕は兄さんを殴ってしまったのだ。夜十時頃、こっそり家へ帰って、暗い玄関で靴の紐《ひも》を解いていたら、ぱっと電燈《でんとう》がついて兄さんが出て来た。

「どうだったい？　だめか？」のんきな声である。僕は黙っていた。靴を脱いで、式台に立って、無理に薄笑いしてから、答えた。

「きまってるじゃないか。」声が、のどにひっからまる。

「へえ！」兄さんは眼を丸くした。「本当かい？」

「お前がわるいんだ！」矢庭に兄の頰《ほお》を殴った。ああ、この手よ腐れ！　全く理由の無い憤怒である。僕がこんなに、死ぬほど恥ずかしい思いをしているのに、お前たちは上品ぶって、涼しそうな顔をして生きている、くたばれ！　というような凶暴な発作にかられて、兄を殴った。兄は、子供のような、べそを掻《か》いた。「ごめん、ごめん、ごめん。」僕は兄さんの頸《くび》を抱いてわあわあ泣いていた。

書生の木島さんが僕を部屋にかつぎ込んで来て、僕の洋服を脱がせてくれながら、「無理ですよ。ねえ、まだ十七なのに、無理ですよ。お父さんでも、いらっしゃったら、ねえ。」と小さい声で言うのである。何か誤解しているらしかった。「喧嘩《けんか》じゃないよ。ばか。喧嘩じゃないよ。」と僕は、泣きじゃくりながら何度も言った。木島なぞには、わからない。木島さんに蒲団《ふとん》を掛けてもらって、寝た。

僕はいま、寝床に腹這《はらば》いになって、この「最後」の日記をつけている。もういいんだ。僕は、家を出るんだ。あしたから自活だ。この日記帳は、僕の形見《かたみ》として、この家に残して行こう。兄さんが読んだら泣くだろう。佳《よ》い兄さんだった。兄さんは、僕が八つの時から、お父さんの身代りになって僕を可愛《かわい》がり、導いて下さった。兄さんがいなかったら、僕はいまごろ、凄《すご》い不良になっていたかも知れない。兄さんがしっかりしているから、お父さんも、あの世で、安心しているだろう。お母さんも、このごろ工合がよくなって、なんだか、もうすぐ全快するのではないかとさえ思われるくらいだ。うれしい事だ。僕がいなくなっても力を落さず、かならず、進の成功を信じて気楽にしていて下さい。僕は、決して堕落しません。かならず世に打ち勝ちます。

いまに、うんとお母さんを喜ばせてあげます。さようなら。机よ、カーテンよ、ギタよ、ピエタよ。みんな、さようなら。泣かずに、僕の首途《かどで》を笑って祝福しておくれ。

さらば。

四月四日。火曜日。

晴れ。僕はいま、九十九里浜《くじゆうくりはま》の別荘で、とても幸福に暮している。きのう、兄さんに連れられてやって来たのだ。きのう午後一時二十三分の汽車で両国を立ち、生れてはじめての旅行のように窓外の風景を、胸をおどらせて絶えずきょろきょろ眺《なが》めていた。両国を立って、しばらくは、線路の両側にただ工場、また工場、かと思えばその間に貧しい小さい家が、油虫のように無数にかたまって建っている、と思うと、ぱらりと開けてわずかな緑地が見えてサラリイマンの住宅らしい赤瓦《あかがわら》の小さい屋根が、ちらりほらり見える。僕は、このごみっぽい郊外に住んでいる人たちの生活に就いて考えた。ああ、民衆の生活というものは、とても、なつかしくて、そうして悲しいものだ。僕には、まだまだ苦労が足りない、と思った。千葉で十五分待って、それから勝浦《かつうら》行に乗りかえ、夕方、片貝《かたかい》につく。ところが、バスが無い。最終のバスが、三十分前に出てしまったというのだ。二人で、円タクに掛け合ったが、運転手が病気だそうで、話にならない。

「歩こうか。」と兄さんが寒そうに首をちぢめながら言った。

「そうね。荷物は僕が持ちますから。」

「いいよ。」兄さんは笑い出した。

二人で、まず海岸へ出た。磯伝《いそづた》いに行くと割に近いのだ。夕日が照って、砂は黄色く美しかったが、風は強く頰を撃って、寒かった。九十九里の別荘へは、この四、五年、来た事がない。東京から遠すぎるし、場所も淋しいから、夏休みにも、たいてい沼津の母の実家のほうに行ってしまう。でも、久し振りで来てみると、九十九里の海は、昔ながらにひろびろとして青い。大きいうねりが絶えまなく起きては崩れている。子供の頃には、毎年のように来たものだ。別荘は、松風園と呼ばれて、九十九里の名物になっていたものだ。たくさんの避暑客が、別荘の庭を見に来て、お父さんは誰かれの差別なく、ていねいに接待してあげたらしく、みんな、よろこんで帰って行ったものだ。本当に、お父さんは、人を喜ばすのが好きだったようだ。いまは、川越一太郎というとしとったお巡りさんが、老妻のキンさんと共に別荘に住んで留守番をしているのだが、僕の家《うち》のひとも、あまりやって来ないし、チョッピリ女史がお弟子やら友達やらを連れて時たまやって来ては利用しているだけで、ほとんど廃屋に近くなっているのだ。庭も荒れ放題になって、いまでは松風園も、ほろびてしまった。九十九里の避暑客だって、もう松風園を忘れてしまったのだろう。庭におとずれて来る酔狂な人もないようだ。いろいろのことを考え、兄さんの後について、サクサクと砂を踏んで歩く。黒い影法師が二つ、長く長く砂の上に落ちている。ふたり。芹川《せりかわ》の家には、兄さんと僕と、二人しかいないのだ。仲良く、たすけ合って行こう、としみじみ思った。

別荘についた頃には、もう、まっくらになっていた。電報を打って置いたので、キン婆《ばあ》さんは、ちゃんと支度をして待っていた。すぐ風呂にはいり、うまいおさかなで晩ごはんを食べて、座敷に仰向に寝ころがったら、腹の底から大きい溜息《ためいき》がほうと出た。

ついたちと二日《ふつか》の、あの地獄の狂乱が、いまでは夢のように思われる。二日の朝、未明に起きて、トランクに身のまわりのものをつめ、こっそり家を脱《ぬ》け出した。お金は、ついたちの朝にもらった四月分のお小遣い二十円が、まだ半分以上も残っている。それでも心細いので、兄さんから借りているストップ・ウォッチと、僕の腕時計と二つ忘れずに持って出た。二つ一緒だと、百円くらいには売れるかも知れない。外は、ひどい霧だった。四谷見附《よつやみつけ》まで来たら、しらじらと夜が明けはじめた。省線に乗った。横浜。なぜ横浜までの切符を買ったのか、僕にも、うまく説明がつかない。とにかくそこへ行くと、いい運が待っているような気がした。けれども何も無かった。横浜の公園のベンチに、僕はひるごろまで坐っていた。港の汽船を眺めていた。鷗《かもめ》が飛んでいた。公園の売店から、パンを買ってたべた。それからまたトランクをさげて、桜木町の駅に行き、大船《おおふな》までの切符を買った。食えなくなったら映画俳優になるんだ。僕は去年、たぬきという数学の教師に侮辱されて、あっさり学校をよそうとしたが、その時にも、よし映画俳優になって自活してやると決意した。どういう訳か僕は、俳優になりさえすれば、立派に成功できるという、へんな自惚《うぬぼれ》を持っていたのである。顔に就いての自惚れではない。教養と芸に就いての自惚れである。僕は、映画俳優をあこがれてはいない。くるしい、また一面みじめな職業だとさえ考えている。けれども、この職業以外に、僕の出来そうなものはちょっと考えつかないのである。牛乳配達には、自信がないのだ。僕は大船で降りた。どんな事があっても、かならずねばって、誰かひとり、監督に逢《あ》うつもりであった。僕は、この事は、一高のドロップを知った直後に、颯《さ》っときめてしまっていたのだ。最後はそれだと決意していた。眼にものが見えぬほど異様に意気込んで撮影所の正門まで行ったが、これは、深刻な苦笑に終った。日曜であった！　なんという迂闊《うかつ》な子だろう。何事も、神の御意《みこころ》だったのかも知れない。日曜であったばかりに、僕の運命は、またもやぐるりと逆転した。

僕はトランクをさげて、また東京へ帰った。東京の夕暮は美しかった。有楽町のプラットホームのベンチに腰をおろして、僕は明滅するビルデングの灯を、涙で見えなくなるまで眺めていた。その時、或《あ》る紳士に軽く肩を叩《たた》かれたのだ。泣いたのがいけなかったのである。交番に連れて行かれて、けれども僕は、ていねいに取りあつかわれた。父の名が有効だったらしい。兄さんと、木島さんが迎えに来た。三人で自動車に乗って、しばらくして木島さんが、だしぬけに言い出した。

「しかし、日本の警察は、世界一じゃありませんかね。」

兄さんは一言も口をきかなかった。

家の前で自動車から降りる時、兄さんは誰に言うともなく、

「お母さんには何も知らせてないからね。」と口早に言った。

僕はその夜は疲れて、死んだように眠った。そうしてあくる日、兄さんは僕を連れて九十九里浜にやって来た。つまり、きのうの事である。僕たちは磯伝いに歩いて、日没の頃、この別荘に着いたのだ。風呂へはいり、おいしい晩ごはんを食べて、座敷にひっくりかえって寝たら、大きい長い溜息が腹の底からほうと出た。夜は久し振り

で、兄さんと蒲団を並べて寝た。

「一高なんかを受けさせて悪かったな。兄さんがいけなかったんだ。」

僕はなんと答えたらいいのだろう。気軽に、いいえ僕がいけないのです、等《など》と言ってその場の形を、さりげなく整えるなんて芸当は僕には出来ない。そんな白々しい、不誠実な事は僕には出来ない。僕はただ、おゆるし下さい、と、せつない思いで、胸の奥深いところで、神さまと兄さんにこっそりお詫《わ》びをしているばかりだ。僕は蒲団の中で、大きく身をくねらせた。からだの、やり場に窮したのだ。

「お前の日記を見たよ。あれを見て、兄さんも一緒に家出をしたくなったくらいだ。」と言って兄さんは、低く笑った。「でも、そいつぁ滑稽《こっけい》だったろうな。無理もねえ、なんて僕まで眼のいろを変えてあたふたと家出してみたところで、まるで、ナンセンスだものね。木島も、おどろくだろう。そうして木島も、あの日記を読んで、これも家出だ。そうして、お母さんも梅やも、みんな家出して、みんなで、あたらしくまた一軒、家を借りた、なんて。」

僕も、つい笑ってしまった。兄さんは、僕に気まずい思いをさせまいとして、こんな冗談を言うのである。兄さんは、いつでもそうだ。兄さんは、僕よりも、もっと気の弱い人なのだ。

「R大学のほうの発表は、いつだい？」

「六日《むいか》。」

「R大学のほうはパスだろうと思うけど、どうだい、パスなら、ずっとやって行く気かい？」

「やって行ってもいいんだけど、――」

「はっきり言ったほうがいいぜ。やって行く気は無いんだろう？」

「無いんだ。」

二人、笑った。

「楽に話そう。実はね、兄さんも、先月、大学のほうは、よした。いつまでも、むだに授業料ばかり納めているのも意味がないしね。これから十年計画で、なんとかして、いい小説を書いてみるつもりだ。いま迄《まで》、書いて来たものは、みんなだめだ。いい気なものだったよ。てんでなっちゃいないんだ。生活が、だらしなかったんだね。ひとりで大家《たいか》気取りで、徹夜なんかしてさ。ことしから、新規蒔直《しんきまきなお》しで、やってみるつもりだ。進も、ひとつ、どうだい、ことしから一緒に勉強してみないか？」

「勉強？　もういちど一高を受けるの？」

「何を言ってるんだ。もう、そんな無理は言わんよ。受験勉強だけが勉強じゃない。

お前の日記にも書いてあったじゃないか。将来の目標が、いつのまにやら、きまっていました、なんて書いてあったけど、あれは嘘《うそ》かい？」

「嘘じゃないけど、本当は、僕にも、よくわからないんだ。はっきり、きまっているような気がしているんだけど、具体的に、なんだか、わからない。」

「映画俳優。」

「まさか。」僕は、ひどく狼狽《ろうばい》した。

「そうなんだよ。お前は映画俳優になりたいんだよ。何も悪い事がないじゃないか。日本一の映画俳優だったら、立派なものじゃないか。お母さんも、よろこぶだろう。」

「兄さん、怒ってるの？」

「怒ってやしない。けれども、心配だ。非常に心配だ。進、お前は十七だね。何になるにしても、まだまだ勉強しなければいけない。それは、わかってるね？」

「僕は兄さんと違って、頭がわるいから、ほかには何も出来そうもないんだ。だから、俳優なんて事も、考えるのだけど、――」

「僕がわるいんだ。僕が無責任に、お前を、芸術の雰囲気《ふんいき》なんかに巻き込んでしまったのがいけなかったんだ。どうも不注意だった。罰だ。」

「兄さん、」僕は少しむっとした。「そんなに、芸術って、悪いものなの？」

「失敗したら悲惨だからねえ。でもお前は、これから、その方の勉強を一生懸命にやって行くつもりならば、兄さんだって、何も反対はしないよ。反対どころか、一緒に助け合って勉強して行こうと思っている。まあ、これから十年の修業だ。やって行けるかい？」

「やって行きます。」

「そうか。」兄さんは溜息をついた。「それなら、まず、R大学へも行け。卒業するしないは別として、とにかく、R大学へはいりなさい。大学生生活も少しは味わって置いたほうがいいよ。約束するね。それから、いますぐ、映画なんかのほうへ行こうと思わず、五六年、いや、七八年でも、どこか一流のいい劇団へかよって、基本的な技術を、みっちり仕込んでもらうんだ。どこの劇団へはいるか、そいつは、またあとで二人で研究しよう。そこまでだ。不服は無いだろう。兄さんは眠くなって来たよ。眠ろう。もう十年くらい、細々ながら生活するくらいのお金はある。心配無用だ。」

僕は、僕の将来の全部の幸福の、半分、いや五分の四を、兄さんにあげようと思った。僕の幸福は、これではあまり大きすぎるから。

けさは七時に起きた。こんなすがすがしい朝は、何年振りだろう。兄さんと二人で砂浜へ裸足《はだし》で飛んで出て、かけっこをしたり、相撲をとったり、高飛びをしたり、三段飛びをしたり、ひるすぎからは、ゴルフなるものをはじめた。ゴルフと言っても本式のものではない。インク瓶《びん》に布を厚く巻いて、それがボールだ。それを野球のバットでゴルフみたいなフオムで打って、畑の向うの約百米《メートル》ばかり離れた松の木の下の穴に入れるのである。途中の畑が、たいへんな難関なのである。たのしかった。僕たちは大声で笑い合った。カアン！　とインク瓶の球をふっ飛ばすと、実に気持がよい。キン婆さんが、お餅《もち》と蜜柑《みかん》を持って来てくれる。大いに感謝してむしゃむしゃ喰《た》べながら、またゴルフをつづける。僕は、たった六回で穴にいれた。きょうのレコードだった。浜の子供が四人、いつのまにやら、僕たちについて歩いている。

「おらは、おぼえただ。」

「おらも、おぼえただ。あすこの穴にぶち込めばええだ。」などと、こそこそ話合っている。仲間にはいりたい様子である。

兄さんが、「やってごらんなさい。」と言ってバットを差し出したら、果して、嬉々《きき》として、「おらは、おぼえただ。」を連発しながら、やたらにバットを振りまわした。とても可愛《かわい》い。この子供たちは毎日、どんな事をして遊んでいるのだろうかと思ったら、ホロリとした。ああ、誰もかれも、みんな同じように幸福になりたい。子供たちは、それこそ、「むさぼるように」遊んでいた。僕たちは疲れて、砂浜に寝ころがった。夕焼け。雲の裂け間から見える赤い光は、燃えている真紅のリボンのようだ。頭をあげて見ると、別荘をかこんでいる松の林は、その赤い光を受けて、真赤にキラキラ輝いている。海は、——銚子《ちょうし》の半島も、むらさき色に幽《かす》かに見えて、水平線は鏡のふちのように、ほのかな緑。鷗が小さく海面とすれすれに飛んでいる。波は絶え間なく、うねり、崩れる。ああ、人生には、こんな一刻もあるのだ。ああ、きょうは誰にも遠慮せず、この素晴らしい幸福感を、充分に味わえ！　人間は幸福な時には、ばかになっていてもいいのだ。神も、ゆるし給《たま》わん。この一日は、僕たち二人の安息日だ。兄さんは、貝殻《かいがら》に鉛筆で詩を書いた。

「なに？」といって覗《のぞ》き込んだら、

「ひめたる祈りを書いたのさ。」と言って笑って、その貝を海にほうった。

家へかえって、風呂へはいり、晩ごはんをすましたら、もう眠くなった。兄さんは、まっさきに蒲団にもぐり込んで、大鼾《おおいびき》をかいて眠ってしまった。こんなによく眠る兄さんを見た事が無い。僕は、ひと眠りしてから、また起きて、この日記をしたためた。この三日間の出来事を、一つも、いつわらずに書いたつもりだ。一生涯、この三日間を忘れるな！

四月五日。水曜日。

大風。けさの豪壮な大風は、都会の人には想像も出来まい。ひどいのだ。ハリケーンと言いたいくらいの凄《すご》い西風が、地響き立てて吹きまくる。それに家の西側の松が、二、三本切られているので、たまらない。ばりばりと此《こ》の家をたたき割るような勢いであった。とにかくひどい。小気味がいいくらいだ。一歩も外に出られなかった。午後になって、西風が、北東の風に変ったようだ。僕は、午前中は川越さんの犬ころを座敷にあげて遊んでいた。五匹いるのだ。つい先日、生れたばかりなんだそうだ。実に、可愛い。やっぱり風がこわいのか、ぶるぶる震えている。頬《ほお》ずりしたら、お乳のにおいが、ぷんと来た。どんな香水のにおいより、高貴だ。五匹をみんな、ふところへいれたら、くすぐったくて、僕は思わず「わあっ！」と悲鳴を挙げた。

兄さんは、午後から机に向って、原稿用紙になにか熱心に書いている。僕は傍《そば》に寝そべって、「夜明け前」を少し読んだ。読みにくい文章である。

風は、夜になって、少しおさまった。けれども、雨戸をさかんに、ゆり動かしている。外は、とてもよい月夜なのに。風よ、どんなに荒く吹いてもいいけど、あの月と星とだけは、吹き流さないでおくれ。兄さんは、夜もずっと執筆を継続。僕は、「夜明け前」を寝床の中でまた少し読みつづける。

あすは、R大学の発表である。木島さんが電報で、結果を知らせてくれる筈《はず》である。ちょっと気になる。


四月六日。木曜日。

晴れたり曇ったり。朝、少し雨。海浜の雨は、サイレント映画だ。降っても、なんにも音がせず、しっとりと砂に吸い込まれて行く。風は、すっかりやんでいる。起きて、しばらく雨の庭を眺めて、それから、「ええ、寝ちまえ!」とひとりごとを言って、また蒲団の中に、もぐり込んでしまった。兄さんは、プウシキンのような顔をして、すやすや眠っている。兄さんは御自分の顔の黒いのを、時々自嘲《じちよう》なさっているが、僕は、兄さんのように浅黒くて陰影の多い顔を好きだ。僕の顔は、ただのっぺりと白くて、それに頰《ほつ》ぺたが赤くて、少しも沈鬱《ちんうつ》なところがない。頰ぺたを蛭《ひる》に吸わせると、頰の赤みが取れるそうだが、気味が悪くて、決行する勇気は無い。鼻だって、兄さんのは骨ばって、そうして鼻梁《びりよう》にあざやかな段がついていて、オリジナリティがあるけれども、僕のは、ただ、こんもりと大きいだけだ。いつか僕が友人の容貌《ようぼう》の事などを調子づいて話していたら、兄さんが傍から、「お前は美男子だよ。」と突然言って、座を白けさせてしまった事があったけれど、あの時は、うらめしかった。何も僕は、自分だけが美男子で、他のひとは皆、醜男《ぶおとこ》だなんて思ってやしない。とんでもない事である。自分が絶世の美男子だったら、ひとの容貌なんかには、むしろ無関心なものだろうと思う。ひとの醜貌に対しても、頗《すこぶ》る寛大なものだろうと思う。ところが僕のように、自分の顔が甚《はなは》だ気にいらない者には、ひとの容貌まで気になって仕様がないのだ。さぞ憂鬱《ゆううつ》だろうな、と共感を覚えるのである。無関心では居られないのだ。僕の顔など、兄さんに較《くら》べて、百分の一も美しくない。僕の顔には、精神的なものが一つも無いのだ。トマトのようなものだ。兄さんは御自分では、色の黒いのを自嘲して居《お》られるが、いまに文筆で有名になったら、小説界随一の美男子だなんて人に言われて、その時は、まごついてしまうに違いない。ちょいとプウシキンに似ていますよ。僕の顔は、百人一首の絵札の中にあります。うつらうつら眠って、いろいろな夢を見た。なんでも上野駅あたりの構内らしかったが、僕は四方を汽車に取りかこまれながら、風呂桶《ふろおけ》のお湯にひたって、きょろきょろしていた。突然、頭上で、ベートーヴェンの第七が落雷の如《ごと》く響いた。あわてふためいて僕は立ち上り、裸のままで両手を挙げ、指揮をはじめた。或る時は激しく、或る時は悠然《ゆうぜん》と大きく、また或る時は全身を柔かに悶《もだ》えさせて指揮した。交響楽は、ふっと消えた。汽車の乗客たちは汽車の窓々から僕を冷静に見つめている。僕は恥ずかしくなった。全裸で、悶えの指揮の形のまま、僕は風呂桶の中に立っているのだ。なんとも言えない、恥ずかしい形であった。自分で噴き出して、眼が覚めた。短い夢だったが、でも、聞きたいと思っていたベートーヴェンの第七を久し振りで聞く事が出来て、ありがたかった。また、うつらうつら眠ったら、こんどは試験だ。正面に舞台があったりして、いやに立派な試験場だと思ったら、帝大の入学試験だという。けれども、試験官としてやって来たのは、たぬきだったので、いぶかしく思った。受験生も、みんな顔なじみの四年生だ。英語の試験だというのに、問題の紙には虎《とら》の絵がかかれてある。どうしても解けない。たぬきは傍に寄って来て、僕に教えてやろうかと言う。僕は、いやだ、あっちへ行け、と言う。いや教えてやる、と言って、たぬきは、クスクス笑うのである。いやでいやで、たまらなかった。悲劇を書けばいいんだろう、と僕が言ってやったら、たぬきは、いや羽《は》衣《ごろも》だよ、と言う。へんな事を言うなあと思ったら、ベルが鳴った。僕は、白紙を、たぬきに手渡して廊下に出た。廊下では、みんながやがや騒いでいる。

「明日の試験は何だい？」

「遠足の試験だい。骨が折れるぜ。」

「お菓子に気をつけろってんだ。」

「おれぁ、相撲部じゃねえよ。」これは、木村らしい。

「二十五円の靴だってさ。」

「お酒飲んで、それから紅葉を見に行こうよ。」これも、木村らしかった。

「お酒でたくさんだい。」

「進、パスしたぜ。」これは、お兄さんの現実の声であった。枕《まくら》もとに立って、笑っている。「見事合格って、木島から電報が来たぜ。」僕は、一瞬、なんだか、ひどく恥ずかしかった。兄さんから、電報を受け取って見ると、ミゴトゴウカク」バンザイと書かれてあった。いよいよ恥ずかしかった。自分のささやかな成功を、はたから大騒ぎされるのは、理由もなく、恥ずかしいものだ。みんなが僕を笑っているような気さえした。

「木島さんも、おおげさだなあ。バンザイだなんて、ばかにしてるよ。」と言って、僕は蒲団を頭からかぶってしまった。他に、どうにも恰好《かっこう》がつかなかったのである。

「木島も、しんから嬉《うれ》しかったのだろう。」兄さんは、たしなめるような口調で言っている。「木島にとっては、R大学だって、眼がくらむくらい立派な大学なんだ。また、事実、何大学だって、その内容は同じ様なものだ。」

知っていますよ、兄さん。僕は、蒲団から顔を出して、思わず、にっこり笑ってしまった。笑った顔は、すでに中学生の笑顔でなかった。蒲団をかぶった中学生が、蒲団からそっと顔を出したら、もはや正真正銘の大学生に変化していたという、それこそ「種も仕掛けも無い」手品。ああ少し、はしゃぎすぎて書いた。恥ずかしい。R大学なんて、なんだい。

きょうは何だか、どこを歩いてみても、足が地についていない感じだった。ふわふわ雲の上を歩いているような感じだった。兄さんも、「僕もきょうは、そんな感じがするぜ。」と言っていた。夜は、二人で片貝の町へ行ってみて、おどろいた。まるで違っているのだ。昔の片貝の町の姿ではなかった。まさか、僕がけさの夢のつづきを見ているのでもあるまい。町は、見るかげも無く、さびれているのだ。どこもかしこも、まっくらなのだ。そうして、シンと静まりかえっている。人の気配もない。五年ほど前の夏には避暑客でごったかえしていた片貝の銀座も、いまは電燈《でんとう》一つ灯《とも》っていない。まっくらである。犬の遠吠《とおぼえ》も、へんに凄《すご》い。季節のせいばかりでなく、たしかに片貝の町そのものが廃《すた》れたのだ。

「狐《きつね》にだまされているみたいだね。」と僕が言ったら、兄さんは、

「いや、本当にいま、だまされているのかも知れん。どうも変だ。」と真面目《まじめ》に言っ

た。

　昔からの馴染《なじみ》の、撞球場《どうきゅうじょう》にはいってみた。暗い電球が一つともっているだけで、がらんとしている。奥の部屋に、見知らぬ婆《ばあ》さんがひとり寝ている。「突くんだば、ここの押入れん中ん球、取ってくれせええ。」

「突くのけええ、」と、しゃがれた声で言うのである。

　僕は逃げようかと思った。けれども兄さんは、のこのこ奥の部屋へはいって行って、婆さんの寝床を踏み越え、押入れをあけ、球を取って来たのには驚いた。兄さんも、たしかにきょうは、どうかしている。一ゲエムだけやろうという事になったが、黒ずんだ羅紗《らしゃ》の上をのろのろ歩く球が、なんだか生き物みたいで薄気味が悪くなって来て、勝負のつかぬうちに、よそうや、よそう、と言って、外に出てしまった。そばやへはいって、ぬるい天ぷらそばを食べながら、

「どうしたんだろう、今夜は。意志と行動が全く離れているみたいだ。僕の頭が、変になっているのかしら。」と僕が言ったら、兄さんは、

「なにせ、進が大学生になったというところあたりから、きょうは、あやしい日だという気がしていたよ。」と、にやにや笑って言った。

「あ、いけねえ!」僕は図星《ずぼし》をさされたような気がした。

きょうの怪奇の原因は、片貝の町よりも、やっぱり僕が少しのぼせているところにあったのかも知れない。それにしても、兄さんまで、僕と同じ様に、足が地につかない感じだなんて言って賛成するのは、おかしい。兄さんも僕と同じ様に、うれしく、ぽっとしてしまったのかしら。ばかな兄さんだなあ。これくらいの事で、そんなに興奮して。

いまに、もっともっと喜ばせてあげよう。きょうは一日、夢を見ているような気持だったが、夢だったら、さめないでおくれ。波の音が耳について、なかなか眠れない。でも、もうこれで、将来の途《みち》が、一すじ、はっきりついた感じだ。神さまにお礼を言おう。

四月七日。金曜日。

晴れ。東から弱い風がそよそよ吹いている。もう、東京へ帰りたくなった。九十九里も、少しあきて来た。朝ごはんを食べて、それからすぐに二人で砂浜へ出てゴルフを始めたが、最初の時ほど面白《おもしろ》くなかった。興が乗らない。ゴルフの最中に、別荘の隣りに住んでいる生田《いくた》繁夫《しげお》という十八になる中学生が、「こんにちは」と言ってやって来て、こちらが、「こんにちは」と挨拶《あいさつ》を返したらすぐに、「この代数の問題を解いて下さい。」と言ってノオトブックを僕の鼻先に突きつけた。ずいぶん失敬だと思った。この人とは、小さい時分、よく一緒に遊んだものだが、それにしても、久し振りで逢《あ》って挨拶のすむかすまぬかのうちに、「この問題を解いて下さい」は、ずいぶん失敬な事だと思う。なにか僕たちに敵意でも抱いているのではないかとさえ疑われた。皮膚も見違えるほど黒くなって、もうすっかり、浜の青年になっている。

「出来そうもないなあ。」と僕は、ノオトブックの問題を、ろくに見もせずに言ったら、

「だって、あんたは大学へはいったんでしょう？」と詰め寄る。まるで喧嘩《けんか》口調だ。

僕は、とてもいやな気がした。

「どこからお聞きになったのですか？」と兄さんは、おだやかに尋ねた。

「きのう電報が来たそうじゃないですか。」と繁夫さんは意気込んで言う。「川越のおばさんから聞きましたよ。」

「ああ、そうですか。」兄さんは首肯《うなず》いて、「やっとはいったのです。進は、ろくに受験勉強もしていなかったようですから、あなたにも解けないようなむずかしい問題は、やはり解けないでしょうよ。」と微笑《ほほえ》んで言ったら、繁夫さんはみるみる満面に喜色

を湛《たた》えて、

「そうでしょうか。僕はまた、四年から大学へはいる程の秀才なら、こんな問題くらいわけなく解けるだろうと思って、お願いに来たんですけど、本当に失礼しました。この因数分解の問題は、なかなかむずかしいんですよ。僕も来年、高等師範へ受けてみようと思っているんです。僕は秀才でないから五年から受けます。ははは。」と、とても空虚な浅間しい笑いかたをして帰って行った。馬鹿な奴《やつ》だ！　環境がこの人を、こんなに、ねじけさせてしまったのかも知れないが、でも、こんな馬鹿がいるために世の中がどんなに無意味に暗くなる事か。いちいち僕に、張り合って、けちをつけなくたっていいじゃないか。R大学へはいったからって、僕には、これぽっちも驕《おご》った気持は無いんだし、ひとを軽蔑《けいべつ》するなんて、思いも及ばぬ事なのだ。兄さんも、繁夫さんの意気揚々たるうしろ姿を見送って、

「あんな人もいるからなあ。」と呟《つぶや》いて、溜息《ためいき》をついた。

僕たちは、すっかりしょげてしまって、なんだか、こんなところで、のんきに遊んでいるのは、ひどく悪い事のような気もして来て、

「狐には穴あり、鳥には塒《ねぐら》、か。」と僕が言ったら、兄さんは、

「視《み》よ！　新郎《はなむこ》をとらるる日きたらん。」と言って笑った。こんな会話も、繁夫さん

たちが聞いたら、さぞ鼻持ならない、気障《きざ》ったらしいもののような気がするのだろう。そんなら僕たちは、どうすればいいのだ。僕たちは、ちっとも思い上ってなんかいないのだ。いつでも、とても遠慮をしているのに。ああ、東京へ帰りたい。田舎は、とてもむずかしい。ゴルフをつづける気力も無く、僕たちは悲しい冗談を言い合いながら、家へ帰った。

お昼には、また一つ失敗した。これは大きな失敗だった。しかも、それは、一から十まで僕ひとりが悪かったのだから、たまらない。

お昼ごはんをすましてから、僕は兄さんをお庭にひっぱり出して、写真をとってあげていたら、垣根《かきね》の外で石塚《いしづか》のおじいさんの孫が二人、こそこそ話合っているのが聞えた。

「おらも、三つの時、写真とってもらっただ。」男の子が得意そうに言う。

「三つん時？」妹の声である。

「そうだ。おらは帽子かぶってとっただ。だけんど、おらは覚えてねえだ。」

兄さんも僕も噴き出した。

「遊びにいらっしゃい。」と兄さんは大きい声で言った。「写真をとってあげますよ。」

垣根の外は、しんとなった。石塚のおじいさんは、昔この別荘の留守番をしてくれていた人で、いまもやはり此《こ》の辺に住んでいるのである。お孫さんは、上の男の子が十くらい、下の女の子が、七つくらい。やがて二人は、顔を真赤にして、ちょこちょこと庭へはいって来て、すぐに立ちどまり、二人とも、いよいよ顔を燃えるように赤くしてはにかみ、一歩も前にすすまない。その、もじもじしている様は、とても上品で感じがよかった。

「こっちへいらっしゃい。」と兄さんが手招きして、それから、ああ、僕は実にまずい事を言ってしまった。

「お菓子をあげるぜ。」

女の子は、ふっと顔をあげて、それからくるりと背を向け、ぱたぱたと逃げた。男の子は、女の子ほど敏感でないらしく、ちょっとまごついていたが、これもすぐ女の子の後を追って逃げてしまった。

「だしぬけに、お菓子をあげるなんて言ったら、子供だって侮辱を感ずるよ。そんな気で来たんじゃないというプライドが、あるんだよ。」兄さんは、残念そうな顔をして言った。「ばかだなあ。これだから、繁夫さんにも反感を持たれるんだよ。」

一言の弁解も出来なかった。やはり僕には、どこかに思い上った気持があるのだろう。くだらないおっちょこちょいだよ、僕は。

どうも田舎はいけない。躓《つまず》いてばかりいる。暗い気持である。よっぽど、石塚のおじいさんのところへ行って、あの小さい兄妹《きょうだい》にお詫《わ》びをして来ようと思ったけれど、やはり行けなかった。大袈裟《おおげさ》のような気がして、恥ずかしく、どうしても行けなかった。

あすは東京へ帰ろうと思う。兄さんに相談したら、兄さんも、そろそろ帰りたいと思っていたところだ、と言って賛成してくれた。

夕方、風呂からあがって鏡を見たら、鼻頭が真赤に日焼けして、漫画のようであった。瞼《まぶた》が二重になったり三重になったり一重になったり、パチクリする度毎《たびごと》に変る。眼が落ちくぼんだのかも知れない。運動しすぎて、却《かえ》って痩《や》せたのだ。ひどく損をしたような気がした。早く東京へ帰りたい。僕は、やっぱり都会の子だ。

四月八日。土曜日。

九十九里は晴れ、東京は雨。家へ着いたのは、午後七時半ごろだった。姉さんが来ていた。へんな気がした。「ついさっき、ちょっと遊びに来たの。」と姉さんは澄まして言っていたが、後で木島さんは、うっかり、おとといの晩から来ているのだという事を僕たちに漏《も》らしてしまった。姉さんは、どうしてそんな不必要な嘘《うそ》をつくのだろう。何かあるのかも知れない。とにかく疲れて、僕たちは風呂へはいって、すぐに寝た。

四月九日。日曜日。

曇天。午後一時に起きた。やはり自宅は、ぐっすり眠れる。蒲団《ふとん》のせいかも知れない。兄さんは、僕よりずっと早く起きたようだ。そうして姉さんと、何か言い争いをしたらしい。姉さんも、兄さんも、互いにツンとしている。何かあったのに違いない。そのうち、真相が、わかるだろう。姉さんは、僕にもろくに話掛けずに、夕方、下谷《したや》へ帰って行った。

夜、兄さんは僕を連れて、神田《かんだ》へ行き、大学の制帽と靴とを買ってくれた。僕はその帽子を、かぶって帰った。帰りのバスの中で、

「姉さんどうしたの？」と僕が聞いたら、兄さんは、ちぇっと舌打ちして、

「馬鹿な事を言うんだ。馬鹿だよ、あれは。」と言って、それっきり黙ってしまった。それこそ、苦虫《にがむし》を嚙《か》みつぶしたような顔をしていた。ひどく怒っているようだ。何かあったに違いない。けれども僕は、なんにも知らないから、口を出す事も出来

ない。当分、傍観していよう。

あすは洋服屋が、洋服の寸法をとりにやって来る筈だ。兄さんは、レインコートも買ってくれると言っていた。だんだん、名実ともに大学生らしくなって行くのだ。流れる水よ。R大学にパスして、やっぱりよかったなあ、と今夜しみじみ思った。も少し経《た》ったら、演劇の勉強も本格的にはじめるつもりだ。兄さんは、まず、演劇のいい先生に紹介してあげると言っている。斎藤《さいとう》氏の事かも知れない。斎藤市蔵氏の作品は、日本ではもう古典のようになっていて、僕なんか批評する資格もないが、内容が、ちょっと常識的なところがあって物足りない。けれども、スケエルは大きいし、先生とするには、あんな人が一ばんいいのかも知れない。

兄さんは、芸術の道はむずかしいと言っている。けれども、勉強だ。勉強さえして置けば、不安は無い。やってみたいと思う道を、こうしてやってゆけるようになったのも、兄さんのおかげだ。一生涯《いっしょうがい》、助け合って努めて、そうして成功しよう。お母さんだって、いつも、「兄弟仲良く」とおっしゃっているのだ。お母さんも、きっと喜んでくれるだろう。

兄さんは、さっきからお母さんの部屋で、何か話込んでいる。ずいぶん永い。いよいよ、何かあったのに違いない。じれったい。

四月十日。

晴れ。学校から正式の合格通知が来る。始業式は二十日である。それまでに洋服が間に合えばいいが。きょう洋服屋さんが、寸法をとりに来た。流行の型でなく、保守的な型のを註文《ちゅうもん》した。流行型の学生服を着て歩くと、頭が悪いように見えるからいけない。じみな型の洋服を着て歩くと、とても、秀才らしく見えるものだ。兄さんも、なんでもない普通の型の学生服を着ていた。そうして、とても秀才らしく見えた。

夕方、よしちゃんが遊びに来た。商大生、慶ちゃんの妹である。まだ女学生であるが、生意気である。

「R大にはいったんだって？　よせばいいのに。」ひどい挨拶である。

「商大はいいからねえ。」と言ってやったら、あんなのもつまらない、と言う。何がいいのかと聞いたら、中学生は、可愛くって一ばんいいと言う。話にならない。

梅やに、スカートのほころびを縫わせて、縫いあがったら、さっさと帰って行った。また洋服の事だが、女学生の制服って、どうしてあんなに野暮臭く、そうして薄汚いのだろう。も少し、小ざっぱりした身なりが出来ないものか。路《みち》を歩いても、ひとりとして、これは！　と思うようなものが無いではないか。みんな、どぶ鼠《ねずみ》みたいだ。服装があんな工合《ぐあい》だから、心までどぶ鼠のように、チョロチョロしている。どだい、男子を尊敬する気持が全然、欠如しているのだから驚く。

きょうは兄さん、午後からお出掛け。いまは夜の十時だが、まだ帰らぬ。事件の輪郭がほぼ、僕《ぼく》にもわかって来た。

四月二十四日。月曜日。

晴れ。われ、大学に幻滅せり。始業式の日から、もう、いやになっていたのだ。中学校と少しもかわらぬ。期待していた宗教的な清潔な雰囲気《ふんいき》などは、どこにも無い。クラスには七十人くらいの学生がいて、みんな二十歳前後の青年らしいのに、智能《ちのう》の点に於ては、ヨダレクリ坊主《ぼうず》のようである。ただもう、きゃあきゃあ騒いでいる。白痴ではないかと疑われるくらいである。僕のほうの中学からは、赤沢がひとり来ているだけだが、赤沢は、五年からはいって来た人だから、僕とはそんなに親しくはない。ちょっと目礼を交すくらいのところである。だから僕は、クラスに於ては、全くの孤立である。白痴五十人、点取虫十人、オポチュニスト五人、暴力派五人、と僕は始業式の時に、早くもクラスの学生を分類してしまったのである。この分類は正確なところだと思う。僕の観察には、万々《ばんばん》あやまりは無いつもりである。天才的な人間は、ひとりも見当らない。実に、がっかりした。これでは僕が、クラス一番の人物ということになるようだ。張り合いの無い事おびただしい。共に語り、共にはげまし合う事の出来る秀抜のライバルが、うようよいるかと思ったら、これではまるで、また中学校の一年へ改めてはいり直したようなものだ。ハーモニカなどを教室へ持って来る学生なんかあるのだから、やり切れない。二十日、二十一、二十二と、三日《みっか》学校へかよったら、もういやになった。学校をよして、早くどこかの劇団へでもはいって、きびしい本格的な修業にとりかかりたいと思った。学校なんて、全然むだなもののような気がした。きのうは一日、家にいて「綴方《つづりかた》教室」を読了し、いろいろ考えて夜もなかなか眠られなかった。「綴方教室」の作者は、僕と同じ歳《とし》なのだ。僕もまったく、愚図《ぐず》愚図《ぐず》しては居られないと思ったのだ。貧乏で、そうして、ちっとも教育の無い少女でも、これだけの仕事が出来るのだ。芸術家にとって、めぐまれた環境というのは、かえって不幸な事ではあるまいか、と思った。僕も早く、現在の環境から脱《ぬ》け出して、劇団のまずしい一研究生として何もかも忘れて演劇ひとつに打ち込んでみたいと思った。朝の四時過ぎに、やっと、うとうと眠って、けさの七時に目ざまし時計におどろかされて、起きたら、くらくら目まいがした。それでも、辛《つら》い義務で、学校まで重い足を運ぶ。

あまり校舎が静かなので、はてな？　と思って事務所へ行ったら、ここにも人の気配が無い。ハッと気附《きづ》いた。きょうは靖国《やすくに》神社の大祭で学校は休みなのだ。孤立派の失敗である。きょうが休みだと知っていたら、ゆうべだって、もっと楽しかったであろうに。馬鹿馬鹿しい。

でも、きょうはいい天気だった。帰りには、高田馬場《たかだのばば》の吉田書店に寄って、ゆっくり古本を漁《あさ》った。時々、目まいが起る。テアトロ数冊、コクランの「俳優芸術論」タイロフの「解放された演劇」、それだけを選び出して、包んでもらう。どうも、目まいがする。まっすぐに家へ帰り、すぐに寝た。熱も少しあるようだ。寝ながら、きょう買って来た本の目次などを見る。演劇の本は、本屋にもあまりないので、困っている。洋書だったら、兄さんが演劇に関するものも少し持っているようだが、僕にはまだ読めない。外国語を、これから充分にマスターしなければならぬ。語学が完全でないと、どうも不便だ。

一眠りして、起きたのは午後三時。梅やにおむすびを作ってもらって、ひとりで食べた。けれども、一つ食べたら、胸が悪くなって、へんな悪寒《おかん》がして来て、また蒲団にもぐり込む。杉野さんが、心配して熱を計ってくれた。七度八分。香川先生に来ていただきましょうか、という。要らない、と断る。香川さんというのは、母の主治医である。幇間《ほうかん》的なところがあって、気にいらない。杉野さんから、アスピリンをもらってのむ。うつらうつらしていたら、ひどく汗が出て、気持もさっぱりして来た。もう大丈夫だと思う。兄さんは、朝から、れいの事件で下谷へ行ったそうで、まだ帰らない。簡単には、治まらなくなったらしい。兄さんがいないと、なんだか心細い。また、杉野さんに熱を計ってもらったら、六度九分。勇気を出して寝床に腹這《はらば》いになって、日記をつける。われ、大学に幻滅せり。どうしてもそれを書きたかったのだ。腕がだるい。いまは夜の八時である。頭がハッキリしていて、眠れそうもない。

四月二十五日。火曜日。

晴れ。風強し。きょうは学校を休む。兄さんも、休んだほうがいいと言う。熱はもう何も無いので、寝たり起きたり。

事件というのは、姉さんが鈴岡《すずおか》さんと別れたいと言い出した事である。直接の原因は、何も無いようだ。ただ、いやだというのだ。いやだという事こそ、最も重大な原因だと言って言えない事もないだろうけど、具体的に、これという原因はないらしい。それだから、兄さんは、とても怒ったのである。姉さんを、わがままだと言って、怒ったのである。鈴岡さんに、すまないというのであろう。鈴岡さんの方では、別れる気なんか、ちっとも無い。とても姉さんを気にいっているらしい。けれども姉さんは、理由もなく、鈴岡さんをきらってしまったのだ。僕だって、鈴岡さんを好きではないけど、でも、姉さんも、こんどは少しわがままだったのではないか、と僕も思う。兄さんの怒るのも、無理がないような気がする。姉さんはいま、目黒のチョッピリ女史のところにいる。麴町《こうじまち》の家には来てもらいたくないと、兄さんがはっきり断った様子である。そうしたら、すぐに荷物を持って、チョッピリ女史のところへ行き、落ちついてしまったのである。どうも、こんどの事件には、チョッピリ叔母さんが陰で糸をひいているように、僕には、思われてならない。鈴岡さんは、ひどく当惑しているらしい。兄さんも、さすがに苦笑して話していたが、鈴岡さんは部屋を掃除し、俊雄君は、ごはんを炊《た》いて、その有様は、とても深刻で、気の毒なのだけれど、どうも異様で、つい噴き出したくなる程だそうだ。それはそうだろうと思う。柔道四段が尻端折《しりはしより》して障子にはたきをかけ、俊雄君は、あの珍らしい顔を、淋《さび》しそうにしかめて、おさかなを焼いている図は、わるいけど、想像してさえ相当のものである。気の毒だ。姉さんは帰ってやらなければならぬ。何も原因は無い、という事だが、あるいは何か具体的な重大な原因があるのかも知れぬ。そんなら、みんなでその原因を検討し、改めるべきは改めて、円満解決を計ったらいいのだ。どうも、誰も僕に相談してくれないので、実に、じれったい。事の真相さえ、僕には何も報告されていないのだ。僕は此《こ》の事件に就いては、しばらく傍観者の立場をとり、内々、真相をスパイするように努めようと思う。僕の考えでは、どうも、チョッピリ女史が、くさい。かれを折檻《せっかん》したら、事の真相を白状するかも知れぬ。そのうち一度、チョッピリ女史のところへ、何くわぬ顔をして偵察《ていさつ》に行ってみよう。かれは自分が独身者なもんだから、姉さんをもそそのかして、何とかして同じ独身者にしようと企てているのに違いない。鈴岡さんだって、悪い人じゃないようだし、姉さんだって立派な精神の持主だ。かならず、悪い第三者がいるに相違ない。とにかく事の真相を、もっとはっきり内偵しなければならぬ。お母さんは、断然、姉さんの味方らしい。やっぱり姉さんを、いつまでも自分の傍《そば》に置きたいらしい。此の事件は、まだ、他の親戚《しんせき》の者には知られていないようだが、いまのところでは、姉さんの味方は、お母さんに、チョッピリ女史。鈴岡さんの味方は、兄さんひとり。兄さんは、孤軍奮闘の形だ。兄さんは、このごろ、とても機《き》嫌《げん》が悪い。夜おそく、ひどく酔っぱらって帰宅した事も、二三度あった。兄さんは、姉さんより年《とし》が一つ下である。だから、姉さんも、兄さんの言う事を、一から十までは聞かない。兄さんは、でも、今は戸主だし、姉さんに命令する権利はあるわけだ。その辺が、むずかしいところだ。兄さんも、こんどの事件では、相当強硬に頑張《がんば》っているらしい。姉さんも、なかなか折れて出そうもない。チョッピリ女史が傍に控えているんじゃ、だめだ。とにかく僕も、も少し内偵の度を、すすめてみなければいけない。いったい、どういう事になっているんだか。

きょうは兄さんに叱《しか》られた。晩ごはんの後で僕は、何気なさそうな、軽い口調で、「去年の今頃《いまごろ》だったねえ、姉さんが行ったのは。あれからもう一年か。」と呟《つぶや》き、何か兄さんから事件の情報を得ようと、たくらんだが、見破られた。

「一年でも一箇月でも、いったんお嫁に行った者が、理由もなく帰るなんて法はないんだ。進は、妙に興味を持ってるらしいじゃないか。高邁《こうまい》な芸術家らしくもないぜ。」

ぎゃふんと参った。けれども僕は、下劣な好奇心から、この問題をスパイしているのではないのだ。一家の平和を願っているからだ。また、兄さんの苦しみを見るに見かねて、手助けしようと思っているからだ。でも、そんな事を言い出すと、こんどは、生意気言うな！　と怒鳴られそうだから、だまっていた。このごろの兄さんは、とてもこわい。

夜は寝ながら、テアトロを読みちらした。

四月二十六日。水曜日。

晴れ。夕刻より小雨。学校へ行ったら、きのうもやはり、靖国神社の大祭で休みだったという事を聞いて、なあんだと思った。つまり、きのうと、おとといと二日つづいて休みだったのだ。そうと知ったら、もっと安心して、らくらくと寝ていたものを。どうも、孤立派は、こんな時、損をするようだ。でもまあ、当分は、孤立派で行こう。兄さんも、大学では孤立派だったらしい。ほとんど友人がない。島村さんと、小早川さんが、たまに遊びに来るくらいのものだ。理想の高い人物は、どうしても一時、孤立せざるを得ない工合になってしまうものらしい。淋しいから、不便だからと言って、世の俗悪に負けてはならぬ。

きょうの漢文の講義は少し面白《おもしろ》かった。中学校の時の教科書とあまり変りが無かったので、また同じ事を繰り返すのかと、うんざりしていたら、講義の内容がさすがに一違っていた。「友あり遠方より来《きた》る。また楽しからずや。」という一句の解釈だけに一時間たっぷりかかったのには感心した。中学校の時には、この句は、ただ、親しい友が遠くから、ひょっこりたずねて来てくれるのは嬉《うれ》しいものだ、というだけの意味のものとして教えられた。たしかに、漢文のガマ仙《せん》が、そう教えた。そうして、ガマ仙は、にたりにたりと笑いながら、「たいくつしている時に、庭先から友人が、上酒を一升、それに鴨《かも》一羽などの手土産をさげて、よう！　と言ってあらわれた時には、うれしいからな。本当に、この人生で最もたのしい瞬間かも知れない。」とひとりで悦にいっていたものだ。ところが、それは大違い。きょうの矢部一太氏の講義に依《よ》れば、この句は決して、そんな上酒一升、鴨一羽など卑俗な現実生活のたのしみを言っているのではなく、全然、形而上学《けいじじょうがく》的な語句であった。すなわち、わが思想ただちに世に容《い》れられずとも、思いもかけぬ遠方の人より支持の声を聞く、また楽しからずや、というような意味なんだそうだ。的中の気配を、かすかにその身に感覚する時のよろこびを歌っているのだそうだ。理想主義者の最高の願望が、この一句に歌い込められているのだそうだ。決して、その主人が退屈して畳にごろりと寝ころんでいるのではなく、おのが理想に向って勇往邁進している姿なのだそうである。また楽しからずやの「また」というところにも、いろいろむずかしい意味があって、矢部氏はながながと説明してくれたが、これは、忘れた。とにかく、中学校のガマ仙の、上酒一升、鴨一羽は、遺憾ながら、凡俗の解釈というより他《ほか》は無いらしい。けれども、正直を言うと、僕だって、上酒一升、鴨一羽は、わるい気はしない。充分にたのしい。ガマ仙の解釈も、捨て難《がた》いような気がするのだ。わが思想も遠方より理解せられ、そうして上酒一升、鴨一羽が、よき夕《ゆうべ》に舞い込むというのが、僕の理想であるが、それではあまりに慾《よく》が深すぎるかも知れない。とにかく、矢部一太氏の堂々たる講義を聞きながら、中学のガマ仙を、へんになつかしくなったのも、事実である。やっぱりことしも、中学で、上酒一升、鴨一羽の講義をいい気持でやっているに違いない。ガマ仙の講義は、お伽噺《とぎばなし》だ。

昼休みの時間に、僕は教室にひとり残って、小山内薫《おさないかおる》の「芝居入門」を読んでいたら、本科の鬚《ひげ》もじゃの学生が、のっそり教室へはいって来て、

「芹川《せりかわ》は居《お》らんか！」と大きい声で叫んで、「なんだ、誰《だれ》も居らんじゃないか。」と口をとがらせて、「おい、チゴさん。芹川は、どこにいるか知らんか？」と僕に向ってたずねるのである。よほどの、あわて者らしい。

「芹川は、僕ですけど。」と僕は、顔をしかめて答えたら、

「なんだ、そうか。しっけい、しっけい。」と言って頭を搔《か》いた。無邪気な笑顔であった。「蹴球部《しゅうきゅうぶ》の者だがね、ちょっと来てくれないか。」

僕は校庭に連れ出された。桜並木の下で、本科の学生が五、六人、立ったりしゃが

んだり、けれども一様に真面目《まじめ》な顔をして、僕を待っていた。

「これが、その、芹川進だ。」れいの、あわて者が笑いながらそう言って、僕を皆の前へ押し出した。

「そうか。」ひどく額《ひたい》の広い四十過ぎみたいに見える重厚な感じの学生が、鷹揚《おうよう》にうなずいて、「君は、もう、蹴球をよしたのかい？」と少しも笑わずに僕にたずねる。僕はちょっと圧迫を感じた。初対面の時でも少しも笑わずに話をする人は、僕にはどうも苦手《にがて》だ。

「え、よしたんです。」僕は、ちょっとお追従《ついしょう》笑いをしてしまった。

「考え直してみないかね？」やはり、にこりともせず、僕の眼をまっすぐに見ながら問いかける。

「惜しいじゃないか。」傍から、別の本科生も言葉を添えて、「中学時代に、あんなに鳴らしていたのにさ。」

「僕は、——」はっきり言おうと思った。「雑誌部へなら、はいってもいいと思ってるんですけど。」

「文学か！」誰かが低く、けれども、あきらかに嘲笑《ちょうしょう》の口調で言った。

「だめか。」額の広い学生は、溜息《ためいき》をついて、「君を欲しいと思っていたんだがねえ。」

僕は、ひどく、つらかった。よっぽど、蹴球部にはいろうかと思った。けれども、大学の蹴球部は中学校のそれよりも更に猛烈な練習があるだろうし、それではとても演劇の勉強などは出来そうもないから、心を鬼にして答えた。

「だめなんです。」

「いやに、はっきりしていやがる。」誰かが、また嘲笑を含めて言った。

「いや、」と額の広い学生は、その嘲笑の声をたしなめるように、うしろを振り向いて、「無理にひっぱったって仕様がねえ。なんでも好きな事を、一生懸命にやったほうがいいんだ。芹川は、からだを悪くしているらしい。」

「からだは丈夫です。」僕は、図に乗って抗弁した。「いまは、ちょっと風邪気味なんですけど。」

「そうか。」その重厚な学生も、はじめて少し笑った。「ひょうきんな奴《やつ》だ。蹴球部へも時々、遊びに来いよ。」

「ありがとう。」

やっとのがれる事が出来たが、あの、額の広い学生の人格には感心した。キャプテンかも知れない。R大の蹴球部のキャプテンは、去年は、たしか太田という人だったと記憶しているが、あの額の広い学生は、あるいは、あの有名なキャプテン太田なのかも知れない。太田でないにしても、とにかく、大学の運動部のキャプテンともなるほどの男は、どこか人間として立派なところがある。

きのうまでは、大学に全然絶望していたのだが、きょうは、漢文の講義と言い、あのキャプテンの態度と言い、ちょっと大学を見直した。

さて、それから、きょうは大変な事があったのだけれど、その大活躍のために、いまは、とても疲れて、くわしく書く事が出来ない。実に、痛快であった。明日、ゆっくり書こう。

四月二十七日。木曜日。

雨。一日、雨が降っている。朝は猛烈な雷。きのうは、あんまり活躍したので、けさになっても、疲れがぬけず、起きるのが辛《つら》かった。新しく買ってもらったレインコートをはじめて着て、登校。きのうの、額の広い学生は、やっぱり、あの有名なキャプテン太田だという事がわかった。休み時間にクラスの連中が、噂《うわさ》しているのを聞いて知ったのである。キャプテン太田は、R大の誇りらしい。本科一年の時から、キャプテンになったらしい。なるほど、と感心する。モーゼという綽名《あだな》らしい。これにも、なるほど、と感心する。

それから、きょうの聖書の講義で、感心した事なども書いて置きたいのだけれど、それはまた、後に書く機会もあろう。きょうは、とにかく、きのうの出来事を忘れぬうちに書いて置かなければならぬ。なにしろ、たいへんだったのだ。

きのう学校からの帰り道、ふと目黒のチョッピリ叔母さんのところへ寄って行こうかと思って、そう思ったら、どうしてもきょう行かなければいけないような気がして来て、午後からはお天気も悪くなって雨が降り出しそうだったのだが、ほとんど夢中で目黒まで行ってしまった。チョッピリ女史は在宅だった。姉さんもいた。姉さんは、ちょっと間《ま》の悪そうな顔をして、

「あら、坊やは少し痩《や》せたわね、叔母さん？」

「あ、坊やは、よしてくれ。いつまでも坊やじゃねえんだ。」と僕は、姉さんの前に、あぐらをかいて言った。

「まあ。」と姉さんは眼を見はった。

「痩せる筈《はず》さ。大病になっちゃったんだよ。きょう、やっと起きて歩けるようになったんだ。」すこし大袈裟《おおげさ》に言った。「おい、叔母さん、お茶をくれ。のどが乾いて仕様がねえんだ。」

「なんです、その口のききかたは！」叔母さんは顔をしかめた。「すっかり、不良になっちゃったのね。」

「不良にもなるさ。兄さんだって、このごろは、毎晩お酒を飲んで帰るんだ。兄弟そろって不良になってやるんだ。お茶をくれ。」

「進ちゃん。」姉さんは、あらたまった顔つきになり、「兄さんは、お前に何か言ったの？」

「何も言やしねえ。」

「お前が大病したって本当？」

「ああ、ちょっとね。心配のあまり熱が出たんだ。」

「兄さんが、毎晩お酒を飲んで帰るって、本当？」

「そうさ。兄さんも、すっかり人が変ったぜ。」

姉さんは、顔をそむけた。泣いたのだ。僕も泣きたくなったが、ここぞと怺《こら》えた。

「叔母さん、お茶をくれよ。」

「はい、はい。」チョッピリ女史は、ひとを馬鹿にし切ったような返事をして、お茶をいれながら、「どうにか大学へはいって、やれ一安心と思うと、すぐにこんな、不良の真似《まね》を覚えるし。」

「不良？　僕はいつ不良になったんだい？　叔母さんこそ不良じゃないか。なんだい、チョッピリ女史のくせに。」

「ま、なんという事です。」叔母さんは、本気に怒った。「私にまで、あくたれ口をきいて。ごらん！　姉さんが泣いちゃったじゃないの。私は知っているんですよ。兄さんにけしかけられて、子供のくせに、あばれ込んで来たつもりなんだろうけど、みっともない、楽屋がちゃんと知れていますよ。いったい、チョッピリ女史なんて、なんの事です。少し、言葉をつつしみなさい。」

「チョッピリ女史ってのはね、叔母さんの綽名だよ。僕のうちじゃそう呼ぶ事にしているんだ。知らなかったのかい？　それじゃ、お茶をチョッピリいただきますよ。」

お茶を、がぶがぶ飲んで、僕は横目で姉さんを見た。うつむいている。あわれだった。何もかも叔母さんが悪いのだと、僕は、いよいよ叔母さんを憎む気持が強くなった。

「麹町《こうじまち》でも、いい子供ばかりあって、仕合わせだねえ。進ちゃん、いい子だから、もうお帰り。家へ帰って兄さんにね、言いたい事があるならこんな子供なんかを使って寄こさず男らしくご自分でおいでなさい、ってそう言っておくれ。なんだい、陰でこそこそしているばかりで、いっこうに此の頃は、目黒へも姿を見せないじゃないか。兄さんには、私から、うんと言ってやりたい事があるんです。毎晩、酒を飲んで帰る

「兄さんの悪口は言わないで下さい。」僕も本気に怒ってしまった。「叔母さんこそ、言葉をつつしんだらどうですか。子供、子供って、甘く見ちゃ困るね。僕にだって、いい人と悪い人の見わけはつくんだよ。僕はきょう叔母さんと、喧嘩しに来たんだ。兄さんに関係は無い事だ。兄さんは、こんどの事に就いては誰にもなんにも言ってやしない。そうして、ひとりで心配しているんだ。兄さんは、卑怯な人じゃないぜ。」

「さ、お菓子は、どう？」叔母さんは老獪である。「おいしいカステラだよ。叔母さんには、なんでもちゃんと判ってるんだから、つまらない悪たれ口はきかないで、お菓子でもたべて、きょうはまあ、お帰り。お前は、大学生になったら、すっかり人が変ったねえ。家にいてもお母さんに、そんな乱暴な口をきくのかね？」

「カステラ？ いただきます。」僕は、むしゃむしゃたべた。「おいしいね。叔母さん、怒っちゃいけない。お茶をもう一ぱいおくれ。叔母さん、僕はこんどの事に就いては、なんにも知っちゃいないんだけど、だけど、姉さんの気持も、わかるような気がするよ。」ちょっと軟化したみたいな振りをして見せた。

「何を言うことやら。」叔母さんは、せせら笑った。けれども、少し機嫌が直った。

「お前なんかには、わかりゃしないよ。」

「さ、どうかな？　でも、はっきりした原因は、きっとあるに相違ない。」

「それぁね、」と乗り出して、「お前みたいな子供に言ったって仕様がないけど、アリもアリも大《おお》アリさ！」どうも叔母さんの言葉は、ほんものの下司《げす》なんだから閉口する。アリもアリも、は、ひどいと思う。「だいいちお前、結婚してから一年も経《た》っているのに、財産がいくら、収入がいくらという事を、てんで奥さんに知らせないってのは、どういうものかね、あやしいじゃないか。」僕は、だまって聞いていた。すると叔母さんは、僕が感心して聞いているものと思ったらしく、さらに調子づいて、「鈴岡さんは、それぁ、いまこそ少しは羽振《はぶ》りがいいようだけど、元をただせば、お前たちのお父さんの家来じゃないか。私ゃ、知っていますよ。お前たちはまだ小さくて、知ってないかも知れんが、私ゃ、よく知っていますよ。それぁもう、ずいぶんお世話になったもんだ。」

「いいじゃないか、そんな事は。」さすがに少し、うるさくなって来た。

「いいえ、よかないよ。謂《い》わば、まあ、こっちは主筋《しゅすじ》ですよ。それをなんだい。麹町にも此の頃はとんとごぶさた、ましてや私の存在なんて、どだい、もう、忘れているんですよ。それぁもう私は、どうせ、こんな独身の、はんぱ者なんだから、ひとさまから馬鹿にされても仕様がないけれども、いやしくもお前、こちらは主筋の、――」ほとんど畳をたたかんばかりの勢いであった。

「脱線してるよ、叔母さん。」僕は笑っちゃった。

「もういいわよ。」姉さんも、笑い出した。「そんな事より、ねえ、進ちゃん？　お前も兄さんも、下谷の家を、とってもきらっているんでしょう？　俊雄さんの事なんか、お前たちは、もう、てんで馬鹿にして、――」

「そんな事はない。」僕は狼狽《ろうばい》した。

「だって、ことしのお正月にも、来てくれなかったし、お前たちばかりでなく、親戚《しんせき》の人も誰ひとり下谷へは立ち寄ってくれないんだもの。あたしも、考えたの。」

なるほど、そんな事もあるのか、と僕は思わず長大息を発した。

「ことしのお正月なんか、進ちゃんの来るのを、とっても楽しみにして待っていたのよ。鈴岡も、進ちゃんを、しんから可愛《かわい》がって、坊や、坊やって言って、いつも噂をしているのに。」

「腹が痛かったんだ、腹が。」しどろもどろになった。あんな事でも、姉さんの身にとっては、ずいぶん手痛い打撃なんだろうな、とはじめて気附《きづ》いた。

「それぁ、行かないのが当り前さ。」叔母さんは、こんどは僕の味方をした。滅茶滅《めちゃめ》茶《ちゃ》だ。「どだい、向うから来やしないんだものね。麹町にも、とんとごぶさただそうだし、私のところへなんか、年始状だって寄こしゃしない。それぁもう、私なんかは、――」また始めたい様子である。

「いけませんでした。」姉さんは、落ちついて言った。「鈴岡も、書生流というのか、なんというのか、麹町や目黒にだけでなく、ご自分の親戚のおかた達にも、まるでもう、ごぶさただらけなんです。私が何か言うと、親戚は後廻《あとまわ》しだ、と言って、それっきりなんですもの。」

「それでいいじゃないか。」僕は、鈴岡さんをちょっと好きになった。「まったく、肉親の者にまで、他人行儀のめんどうくさい挨拶《あいさつ》をしなければならんとなると、男は仕事も何も出来やしない。」

「そう思う？」姉さんは、うれしそうな顔をした。

「そうさ。心配しなくていいぜ。このごろ兄さんと毎晩おそくまでお酒を飲み歩いている相手は誰だか知ってるかい？　鈴岡さんだよ。大いに共鳴しているらしい。しょっちゅう、鈴岡さんから電話が来るんだ。」

「ほんとう？」姉さんは眼を大きくして僕を見つめた。その眼は歓喜に輝いていた。

「当り前じゃないか。」僕は図に乗って言った。「鈴岡さんはね、毎朝、尻端折《しりはしより》して、自分で部屋のお掃除をしているそうだ。そうしてね、俊雄君が、赤いたすきを掛けてご飯の支度さ。僕は、その話を兄さんから聞いて、下谷の家をがぜん好きになっちゃった。でも、坊やだけは、よしてくれねえかな。」

「あらためます。」姉さんは浮き浮きしている。「だって鈴岡がそう言うもんだから、私までつい口癖になって。」僕には、おのろけのように聞えた。けれども、それをひやかすのは下品な事だ。

「僕も悪かったし、兄さんだって、うっかりしてたところがあったんだ。叔母さん、ごめんね。さっきはあんな乱暴な事ばかり言って。」と叔母さんの御機嫌もとって置いた。

「それぁ私だって、まるくおさまったら、これに越した事は、ないと思っていたさ。」叔母さんも、さすがに機を見るに敏《びん》である。くるりと態度をかえていた。「だけど、進ちゃんも、利巧になったねえ。舌を巻いたよ。でもね、あの、チョッピリだの何だのと言って、年寄りをひやかすのだけは、やめておくれ。」

「あらためます。」

僕は、いい気持だった。叔母さんのところで夕ごはんをごちそうになって、家へ帰った。

その夜ほど、兄さんの帰宅を待ちこがれた事が無い。お母さんは、僕が目黒の家で晩ごはんをたべて来たという事を聞いて、やたらに姉さんの様子を知りたがり、何かとうるさく問い掛けるのであるが、僕は、教えるのが、なんだか惜しくて、要領を得ないような事ばかり言って、あとで兄さんからお聞きなさいよ、僕には、よくわからないんだもの、とごまかして、お母さんの部屋から逃げ出してしまった。

十一時ごろ、兄さんは、ひどく酔っぱらって帰って来た。僕は、兄さんの部屋へついて行って、

「兄さん、お水を持って来てあげようか。」

「要らねえよ。」

「兄さん、ネクタイをほどいてあげようか。」

「要らねえよ。」

「兄さん、ズボンを寝押《ねおし》してあげようか。」

「うるせえな。早く寝ろ。風邪は、もういいのか。」

「風邪なんて、忘れちゃったよ。僕は、きょう目黒へ行って来たんだよ。」

「学校を、さぼったな。」

「学校の帰りに寄って来たんだよ。姉さんがね、兄さんによろしくって言ってたぜ。」

「聞く耳は持たん、と言ってやれ。進も、いい加減に、あの姉さんをあきらめたほうがいいぜ。よその人だ。」

「姉さんは、僕たちの事を、とっても思っているんだねえ。ほろりとしちゃった。」

「何を言ってやがる。早く寝ろ。そんなつまらぬ事に関心を持っているようでは、とても日本一の俳優にはなれやしない。このごろ、さっぱり勉強もしていないようじゃないか。兄さんには、なんでもよくわかっているんだぜ。」

「兄さんだって、ちっとも勉強してないじゃないか。毎日、お酒ばかり飲んで。」

「生意気言うな、生意気を。鈴岡さんにすまないと思うから、――」

「だから、鈴岡さんをよろこばせてあげたらいいじゃないか。姉さんは、鈴岡さんを、ちっともきらいじゃないんだとさ。」

「お前には、そう言うんだよ。進も、とうとう買収されたな。」

「カステラなんかで買収されてたまるもんか。チョッピリ、いや、叔母さんがいけないんだよ。叔母さんが、けしかけたんだ。財産を知らせないとか何とか下品な事を言っていたぜ。でも、そいつは重大じゃないんだ。本当は、僕たちが、いけなかったんだ。」

「なぜだ。どこがいけないんだ。僕は、失敬して寝るぜ。」兄さんは、寝巻に着換えて、蒲団《ふとん》へもぐり込んでしまった。僕は部屋を暗くして、電気スタンドをつけてやった。

「兄さん。姉さんが泣いていたぜ。兄さんが、毎晩そとへ出てお酒を飲んで夜おそくまで帰って来ないと言ったら、姉さんは、めそめそ泣いたぜ。」

「それぁ泣くわけだ。自分でわがままを言って、みんなを苦しめているんだから。進、そこから煙草《たばこ》をとってくれ。」兄さんは寝床に腹這《はらば》いになった。僕はライタアで、煙草に火をつけてあげて、

「そうしてね、進も兄さんも、下谷の家が大きらいなんだろう？　って言ってたぜ。」

「へえ？　妙な事を言いやがる。」

「だって、そうだったじゃないか。いまは違うけど、前は、兄さんだって下谷の家へ、ちっとも遊びに行かなかったじゃないか。」

「お前も行かなかったぞ。」

「そう、僕も悪かったんだ。なにせ、柔道四段だっていうんで、こわくってね。」

「俊雄君の事も、お前はひどく軽蔑《けいべつ》してたぜ。」

「軽蔑ってわけじゃないけど、なんだか、逢《あ》いたくなかったんだ。気が重くてね。でも、これからは、仲良くするんだ。よく考えてみたら、いい顔だった。」

「ばか。」兄さんは、笑った。「鈴岡さんも俊雄君も、とてもいい人だよ。やっぱり、苦労して来た人たちは、違うね。以前だって、悪い人だとは思っていなかったけど、また、悪い人だと思ったら姉さんをお嫁になんかやりゃしないんだけど、あんなにいい人だとは思わなかった。こんど、つくづくそう思った。姉さんには、鈴岡さんのよさが、まだよくわかっていないんだ。なんだい、僕たちが遊びに行かないから鈴岡さんと、わかれるって言うのかい？　ちっとも、なってないじゃないか。それが、わがままというものなんだ。十九や二十《はたち》のお嬢さんじゃあるまいし、なんてざまだ。」なかなか、ゆずらない。戸主の見識《けんしき》というものかも知れない。

「それぁ、姉さんにだって、鈴岡さんのよさくらい、ちゃんとわかっているんだ。」僕は必死であった。「その鈴岡さんと、僕たちと、どうも気が合わないらしいというので、姉さんは考えてしまったんだ。姉さんは、とても兄さんや僕の事を大事にしているんだぜ。僕たちも、いけなかったんだよ。よそへ嫁にやったから、他人だなんて、そんな事は無いと思うよ。」

「じゃいったい、僕にどうしろっていうんだ。」兄さんも真剣になって来た。

「別に、どうしなくても、いいんだ。姉さんは、もう大喜びだよ。兄さんと鈴岡さんが、このごろ毎晩お酒を飲んで共鳴してるって僕が言ったら、姉さんは、ほんと？

と言ってその時の嬉《うれ》しそうな顔ったら。」

「そうか。」溜息《ためいき》をついた。しばらくじっとしていて、「よし、わかった。僕も悪い。」兄さんはむっくり起きて、「十二時か、進、かまわないから鈴岡さんに電話をかけて、いますぐ兄さんがお伺いしますからって、それから、朝日タクシイにも電話をかけて、大至急一台たのんでくれ。その間に僕は、ちょっとお母さんに話して来るから。」

兄さんを下谷へ送り出してから、僕は落ちついてその日の日記にとりかかったが、さすがに疲れて、中途でよして寝てしまった。兄さんは、下谷の家へ泊った。

きょう、学校から帰って来ると、兄さんは、にやにや笑いながら、なんにも言わずお母さんの部屋に連れて行った。

お母さんの枕《まくら》もとには、鈴岡さんと姉さんとが坐《すわ》っていた。僕が、その傍《そば》へ坐って、笑いながらお二人にお辞儀をしたら、

「進ちゃん！」と言って、姉さんが泣いた。姉さんは、お嫁に行く朝にも、こんなふうに僕の名を呼んで泣いた。

兄さんは、廊下に立って渋く笑っていた。僕は、少し泣いた。お母さんは寝たままで、

「きょうだい仲良く、――」を、また言った。

神さま、僕たち一家をまもって下さい。僕は勉強します。

あしたは、姉さんの結婚満一周年記念日だそうだ。兄さんと相談して、何か贈り物をしようと思う。

四月二十八日。金曜日。

晴れ。よく考えてみると、いやしくも男子たるものが、たかが一家内のいざこざの為《ため》に、その全力を尽して奔走し、何か大事業でもやっているような気持で、いささか得意になっているというのは、恥ずかしい事である。家庭の平和も大切ではあるが、理想に邁進《まいしん》している男子にとっては、もっともっと外部に対しても強くならなければならぬ。きょう、学校へ行って、つくづくその事を痛感した。家の中で、お母さんや、兄さん、姉さんたちに甘やかされ、お利巧者だとほめられて、たいへん偉いような気がして、一歩そとへ出ると、たちまちひどい目に逢ってしまう。みじめなものだ。有頂天の直後に、かならずどん底の失意に襲われるのは、これは、どうやら僕の宿命らしい。世の中というものは、どうしてこんなにケチくさく、お互いに不必要な敵意に燃えているのか、いやになってしまう。

けさ、大学の正門前でバスから降りた、とたんに、こないだの蹴球部の本科生と逢った。あの日、僕を捜しに教室へやって来た鬚《ひげ》もじゃの学生である。僕は、その人に好意を感じていたのだから、早速にっこり笑って、「おはようございます。」と活潑《かっぱつ》に言った。すると、ひどいじゃないか、その学生は、実にいやな、憎しみの眼で、チラと僕を見たきりで、さっさと正門へはいって行ってしまった。こないだのあの無邪気なあわて者とは、まるで別人の感じなのだ。その眼つきは、なんとも言えない、あさはかなものだった。蹴球部へはいらないからと言って、急に、あんなに態度を変えなくたっていいじゃないか。同じR大生じゃないか。馬鹿野郎！と背後から怒鳴りつけてやりたかった。もう、二十四、五にもなっているのだろう。いいとしをして、本気に僕を憎んでいやがる。僕は、その学生を極度に軽蔑すると共に、なんだか悪い人間性を見つけたような気がして、ひどく淋《さび》しくなってしまった。きのうまでの幸福感が、一瞬にして、奈落《ならく》のどん底にたたき込まれたような気がした。ケチな、ケチな小市民根性。彼等《かれら》のその醜いケチな根性が、どんなに僕たちの伸び伸びした生活をむざんに傷つけ、興覚《きょうざ》めさせている事か。しかも自分の流している害毒を反省するどころか、てんで何も気がついていないのだから驚く。馬鹿ほどこわいものがないとは此《こ》の事だ。これだから、学校がいやになるのだ。学校は、学問するところではなくて、くだらない社交に骨折るだけの場所である。きょうもクラスの生徒たちは、少女倶楽部《クラブ》、少女の友、スター等《など》の雑誌をポケットにつっこんで、ぶらりぶらりと教室にやって来る。学生ほど、今日、無智《むち》なものはない。つくづく、いやになってしまう。授業がはじまる迄《まで》は、子供のおもちゃの紙飛行機をぶっつけ合ったり、すげえすげえ、とくだらぬ事に驚き合ったり、卑猥《ひわい》な身振りをしたり、それでいて、先生が来ると急にこそこそして、どんなつまらぬ講義でも、いかにも神妙に拝聴しているという始末。そうして学校がすめば、さあきょうは銀座に出るぜ！　などと生きかえったみたいに得意になって騒ぎたてる。けさも教室でひとしきり、ぎゃあぎゃあ大騒ぎだった。何事かと思ったら、昨晩、Kというクラスの色男が、恋人らしい女と一緒に銀座を歩いていたというのだ。それで、その色男が教室へはいって来たら、たちまち、ぎゃあぎゃあの騒ぎになったのである。あさましいというより他《ほか》は無い。ひねこびた色気の、はきだめという感じである。みんなに野次られて顔を赤くしながらも、それでもまんざらでもなさそうに、にやにやしているKもKだが、それを、やあやあと言って野次っている学生は、いったい、何のつもりなんだろう。わけがわからない。不潔だ！　卑劣だ。ばかな騒ぎを、離れて見ているうちに、激しい憤怒が湧《わ》いて来た。赦《ゆる》せないような気がして来た。もう、こんな奴等《やつら》とは、口もきくまいと思った。仲間はずれでも、よろしい。こんな仲間にはいって、無理にくだらなくなる必要はない。ああ、ロマンチックな学生諸君！　青春は、たのしいものらしいねえ。馬鹿野郎。君等は、なんのために生きているのか。君等の理想は、なんですか。なるたけ、あたり触りの無いように、ほどよく遊んでいい気持になって、つつがなく大学を卒業し、背広を新調して会社につとめ、可愛《かわい》いお嫁さんをもらって月給のあがるのをたのしみにして、一生平和に暮すつもりで居るんでしょうが、お生憎《あいにく》さま、そうは行かないかも知れませんよ。思いもかけない事が起りますよ。覚悟は出来ていますか。可哀想《かわいそう》に、なんにも知らない。無智だ。

朝から、もういい加減に腐っていたら、午後になって僕が教練に出ようとして、ふと、ゲエトルを忘れて来たのに気附いて、あわてて隣りのクラスに行き、一時間だけ貸してくれるように、三人の学生にたのんだけれど、どの学生も、へんに、にやにや笑って、そうして返事さえしない。僕は、ぎょっとした。貸すのは、いやだとか困るとか、そんなはっきりした気持でもないらしい。ただ、そんな法はないよ、というような、白痴的な利己主義らしい。困っている人に貸すという経験が、生れた時から一度もなかったようなふうである。そんな人には、いくらたのんだって、埒《らち》が明かない。ひどいものだと思った。もう絶対に、学生には、ものをたのむまいと思った。僕は教練を欠席して、そのまま家へ帰った。

あの蹴球部の本科生と言い、けさの教室の、あさましい馬鹿騒ぎと言い、となりのクラスの学生たちと言い、実に見事なものだ。きょうは僕は、ずたずたに切られた。でも、「まあ、いい」と僕は思っている。僕には、僕の道があるのだ。それを、まっすぐに追究して行けばいいのだ。

僕は、今夜、兄さんにお願いした。

「もう学校の様子も、だいたいわかったから、そろそろ本格的に演劇の勉強をはじめたいと思っているんだけど、兄さん、早くいい先生のところへ連れて行ってね。」

「今夜は、ひどく真面目《まじめ》に考え込んでいると思ったら、その事か。よし。あした、津田さんのところへ行って相談してみよう。どんな先生がいいのか、とにかく津田さんのところへ行って、聞いてみようよ。あした一緒に行こう。」兄さんは、きのうから、とても機嫌がよい。

あすは天長節である。何か、僕の前途が祝福されているような気がした。津田さんというのは、兄さんの高等学校時代の独逸《ドイツ》語の先生で、いまは教職を辞して小説だけを書いて生活している。兄さんは、このひとに作品を見てもらっているのだ。

夜はおそくまで、部屋の整頓《せいとん》。机の引出の中まで、きれいに片づけた。読み終った本と、これから読む本とを選《よ》りわけて、本棚を飾り直した。額《がく》の絵も、ピエタのかわりに、ダヴィンチの自画像をいれた。意志的に強いものが欲しかったからだ。鵝《が》ペンを捨てた。少女趣味を排除したかったのだ。ギタは、押入れにしまい込んだ。ずいぶん、サッパリした気持である。ことしの春は、一生涯、あざやかな思い出となって残るような気がする。

四月二十九日。土曜日。

日本晴れ。きょうは天長節である。兄さんも僕も、きょうは早く起きた。静かな、いいお天気である。兄さんの説に依《よ》ると、昔から、天長節は必ずこんなに天気がいい事にきまっているのだそうである。僕はそれを、単純に信じたいと思った。

十一時頃一緒に家を出て、途中、銀座に寄って、姉さんの結婚一周年記念のお祝い品を買った。兄さんはグラスのセット。下谷《したや》へ遊びに行った時、このグラスで鈴岡さんと葡萄酒《ぶどうしゅ》を飲もうという下心。僕は、上等のトランプ一組。下谷へ遊びに行った時、姉さんと俊雄君と三人で此のトランプで遊ぼうという下心。どちらも、自分がこれから下谷へ行っても、充分に楽しめるように計画して買うのだから、ちゃっかりしている。グラスもトランプも、店から直接に下谷へ送ってもらうように手筈《てはず》した。

昼御飯をオリンピックで食べて、それから本郷《ほんごう》の津田さんを訪れた。僕は、中学へはいったとしの春に、いちど兄さんに連れられて、津田さんのお家《うち》へ遊びに行った事がある。その時、玄関にも廊下にもお座敷にも、本がぎっしりなので驚いた。

「これを、みんなお読みになったの？」と僕が無遠慮に尋ねたら、津田さんは笑って、

「とても読めるもんじゃないよ。でもこうして並べて置くと、必ず読む時が来るものだ。」と明快に答えたのを、記憶している。

津田さんは在宅だった。相変らず、玄関にも廊下にもお座敷にも、本がぎっしり。少しも変っていない。津田さんも、四年前とおんなじだ。もう五十ちかい筈なのに、少しも老《ふ》けた気配が無い。相変らず、甲高い声で、よくしゃべって、よく笑う。

「大きくなったね。男っぷりもよくなった。R大？　高石君は元気かね。」高石というのは、R大の英語の講師である。

「ええ、いま僕たちに、サムエル・バトラのエレホンを教えているんですけど、なんだか、煮え切らない人ですね。」と僕が思ったままを言ったら、津田さんは眼を丸くして、

「口が悪いね。いまからそんなんじゃ、末が思いやられるね。毎日兄さんと二人で、

僕たちの悪口を言ってるんだろう。」

「まあ、そんなところです。」と兄さんは笑いながら言って、「弟は、はじめから、R大を卒業する気はないらしいんです。」

「君の悪影響だよ、それは。何も君、弟さんまで君の道づれにしなくたって、いいじゃないか。」津田さんも笑いながら言っているのである。

「ええ、全く僕の責任なんです。役者になりたいって言うんですが、――」

「役者？　思い切ったもんだねえ。まさか、活動役者じゃないだろうね。」

僕は、うつむいて二人の会話を拝聴していた。

「映画です。」と兄さんは、あっさり言った。

「映画？」津田さんは奇声を発した。「それぁ君、問題だぜ。」

「僕もずいぶん考えたんですけど、弟は、ひどく苦しくなると、きまって、映画俳優になろうと決心するらしいんです。子供の事ですから、そこに筋道立った理由なんか無いのですが、それだけ宿命的なものがあるんじゃないかと僕は思ったんです。気持の楽な時、うっとり映画俳優をあこがれるなんてのは、話になりませんけど、いのちの瀬戸際《せとぎわ》になると、ふっと映画俳優を考えつくらしいのですが、僕は、それを神の声のように思っているのです。そいつを信じたいような気がするんです。」

「そう言ったって君、親戚や何かの反対もあるだろうし、とにかく問題だねえ、それは。」

「親戚の反対やなんかは、僕がひき受けます。僕だって、学校は中途でよしてしまうし、それに小説家志願と来ているんですから、もう親戚の反対には馴《な》れたものです。」

「君が平気だって、弟さんが、――」

「僕だって平気です。」と僕は口を挟《はさ》んだ。

「そうかねえ。」と津田さんは苦笑して、「たいへんな兄弟もあったものだ。」

「どうでしょうか。」兄さんは、かまわず、どしどし話をすすめる。「演劇のいい先生が無いでしょうか。やっぱり、五、六年は基本的な勉強をしなければいけないと思いますし、――」

「それはそうだ。」津田さんは、急に勢いづいて、「勉強しなければいかん。勉強しなければぁ。」

「だから、いい先生を紹介して下さい。斎藤市蔵氏は、どうでしょうか。弟も、あの人を尊敬しているようですし、僕もやはりあんなクラシックの人がいいと思うんですけど、――」

「斎藤さんか？」津田さんは首をかしげた。

「いけませんか。津田さんは、斎藤市蔵氏とはお親しいんでしょう?」

「親しいってわけじゃないけど、なにせ僕たちの大学時代からの先生だ。でも、いまの若い人たちには、どうかな? それは紹介してあげてもいいよ、だけど、それからどうするんだ。斎藤さんの内弟子にでもはいるのかね。」

「まさか。まあ、演劇するものの覚悟などを、時たま拝聴に行く程度だろうと思いますけど、まず、どの劇団がいいか、そんな事も伺いたいのでしょう。」

「劇団? 映画俳優じゃないのかね。」

「映画俳優は、サンボルですよ。それの現実にこだわっているわけじゃないんです。とにかく日本一、いや、世界一の役者になりたいんですよ。」兄さんは、僕の気持をそのまま、すらすら言ってくれる。僕には、とてもこんなに正確に言えない。「だからまず、斎藤氏の意見なども聞いて、いい劇団へはいって五年でも十年でも演技を磨《みが》きたいという覚悟なのです。あとは映画に出ようが、歌舞伎《かぶき》に出ようが、問題ではないわけです。」

「ばかに手まわしがいいね。あながち、春の一夜の空想でもないわけなんだね?」

「冗談じゃない。僕が失敗しても、弟だけは成功させたいと思っているんです。」

「いや、二人とも成功しなければいかん。とにかく勉強だ。」と大声で言って、「君たちは、いまのところ暮しの心配もないようだから、まあ気長にみっちりやるんだね。めぐまれた環境を無駄《むだ》にしてはいかん。だけど、役者とは、おどろいたなあ。とに角それじゃ斎藤さんに、紹介の手紙を書きましょう。持って行ってみなさい。頑固《がんこ》な人だからね、玄関払いを食うかも知れんぞ。」

「その時には、また、もう一度、津田さんに紹介状を書いていただきます。」兄さんは、すまして言う。

「芹川も、いつのまにやら図々《ずうずう》しくなってしまいやがった。この図々しさが、作品にも、少し出るといいんだがねえ。」

兄さんは、急にしょげた。

「僕も十年計画で、やり直すつもりです。」

「一生だ。一生の修業だよ。このごろ作品を書いているかね？」

「はあ、どうもむずかしくて。」

「書いていないようだね。」津田さんは溜息《ためいき》をついた。「君は、日常生活のプライドにこだわりすぎていけない。」

冗談を言い合っていても、作品の話になると、流石《さすが》にきびしい雰囲気《ふんいき》が四辺に感ぜられた。本当に佳《よ》い師弟だと思った。紹介状を書いていただいて、おいとまする時、

津田さんが、玄関まで見送って来られて、

「四十になっても五十になっても、くるしさに増減は無いね。」とひとりごとのように呟《つぶや》いた言葉が、どきんと胸にこたえた。

作家も、津田さんくらいになると、やっぱり違ったところがあると思った。

本郷の街を歩きながら、兄さんは、

「どうも本郷は憂鬱《ゆううつ》だね。僕みたいに、帝大を中途でよした者には、この大学の建物《たてもの》は恐怖の的だ。何だかこっちが、卑屈になってやり切れない。犯罪者みたいな気がして来るんだ。上野へでも行ってみるか。本郷は、もうたくさんだ。」と言って淋しそうに笑った。津田さんから、ちょっとお説教されたので、なおいっそう淋しいのかも知れない。

僕たちは上野へ出て、牛鍋《ぎゅうなべ》をたべた。兄さんは、ビールを飲んだ。僕にも少し飲ませた。

「でもまあ、よかった。」兄さんは、だんだん元気になって来て、「僕もきょうは、一生懸命だったんだぜ。とうとう津田さんも、紹介状を書いてくれたんだから、大成功だ。津田さんは、あれでなかなか、つむじ曲りのところがあってね、ちょっと気持にひっかかるものが出来ると、もうだめなんだ。こんりんざい、だめだね。ちっとも油断が出来ないんだ。きょうは、よかった。不思議にすらすら行ったね。進の態度がよかったのかな？　津田さんは、あんな冗談ばかり言ってるけど、ずいぶん鋭く人を観察しているからね。うしろにも目がついているみたいだ。進はまあ、どうやら及第したんだね。」

僕は、にやにや笑った。

「安心するのは、まだ早いぞ。」兄さんは、少し酔ったようだ。声が必要以上に高くなった。「これから斎藤氏という難関もある。なかなかの頑固者らしいじゃないか。津田さんも、ちょっと首をかしげていたね？　まあ、誠実をもってあたってみるさ。紹介状、持ってるだろう？　ちょっと見せてくれ。」

「見てもいいの？」

「かまわない。紹介状というものはね、持参の当人が見てもかまわないように、わざと封をしていないものなんだ。ほら、そうだろう？　一応こっちでも眼をとおして置いたほうがいいんだよ。読んでみよう。いや、これぁ、ひどいなあ。簡単すぎるよ。こんな程度で大丈夫なのかなあ。」

僕も読んでみた。ばかに簡単である。友人、芹川進君を紹介します、先生の御指南を得たい由《よし》にて云々《うんぬん》という大まかな文章である。具体的な事柄《ことがら》には一つも触れていない。

「これでいいのかしら。」僕は、心細くなって来た。前途が、急に暗くなったような気がして来た。

「いいんだろうよ。」兄さんにも、自信が無いらしい。「でも、ここに、友人、芹川進君と書いてあるが、この、友人、というところが泣かせどころなのかも知れない。」いい加減な事ばかり言っている。

「ごはんにしようか。」僕は、しょげてしまった。

「そうしよう。」兄さんも興覚め顔である。

それからは、あまり話もはずまなかった。

その店から出た頃は、もう日も暮れていた。兄さんは、すぐちかくの鈴岡さんの家へちょっと寄って行こうと言うのだが、僕は、明日すぐ斎藤氏を訪れてみるつもりなんだから、斎藤氏に試問されてもまごつかないように、きょうは早く家へ帰って、演劇の本をあれこれ読んで置きたかったので、結局は兄さんひとり、下谷の家へ行く事になって、僕は広小路《ひろこうじ》でわかれて麹町へ帰った。

今は、夜の十時である。兄さんは、まだ帰らない。下谷で鈴岡さんと飲んでいるのかも知れない。兄さんも、この頃は、すっかり酒飲みになってしまった。小説もあまり書かない。けれども、僕は兄さんをあくまでも信じている。いまに、きっと素晴らしい傑作を書くだろう。とにかく、ただものでないんだから。

さっきから僕は、斎藤氏の自叙伝「芝居街道五十年」を机の上にひろげているのだが、一ペエジもすすまない。いろんな空想で、ただ胸が、わくわくしているのである。へんに、不愉快なほどの緊張だ。これから、いよいよ現実生活との取っ組合いがはじまるのだ。男一匹が、雄々しく闘って行く姿！　もう胸が一ぱいになってしまう。あすの会見は、うまく行くかしら。こんどは僕ひとりで行くのだ。誰《だれ》の助力もない。あんな簡単な紹介状では、たいした効果も期待できない。結局、僕ひとり、誠実を披瀝《ひれき》して、僕の希望を述べなければならぬ。ああ心配だ。神さま、僕を守って下さい。玄関払いなどされないように。斎藤氏って、どんな爺《じい》さんだろう。案外、好々爺《こうこうや》で、おうよく来たね、と目を細めて、いやいや、そんな筈はない。甘く考えてはいけない。いやしくも日本一の劇作家だ。きっと、眼がらんらんと光り、腕力なども強いだろう。でも、まさか殴りゃしないだろう。もし殴ったら、僕だって承知しない。猛然と反撃を加えてやる。すると彼は、小僧でかした、その意気じゃ、と言って入門をゆるすという事になる。そんな映画を見た事があった。あれは、宮本武蔵《みやもとむさし》の映画だったかな？　ああ、空想は果《はて》しない。とにかくあすの会見の次第に依っては、僕の生涯《しょうがい》の恩師が確定されるかも知れないのだ。実に、重大な日である。今夜は僕は、どうしたらいいのだろう。本を読もうと思っても一ペエジも一行も、頭にはいらない。寝よう。それが一ばんいいようだ。寝不足の顔で出かけて行って、第一印象を悪くしては損である。それがでも、とても眠れそうにもない。外では、工夫《こうふ》の夜業がはじまった。考えてみれば、夜の十時から朝の六時頃まで、毎日のようにやっている。約八時間の激しい労働である。エッサエッサと掛け声をかけてやっている。何をしているのだろう。マンホールからガス管でも、ひっぱり出しているのだろうか。あの掛け声は、兄さんの説に依れば、工夫自身の、ねむけざましになっているんだそうだ。そう思って聞くと、あの掛け声も、ひどく哀れに聞えて来る。いくら貰《もら》っているのかしら?

聖書を読みたくなって来た。こんな、たまらなく、いらいらしている時には、聖書に限るようである。他の本が、みな無味乾燥でひとつも頭にはいって来ない時でも、聖書の言葉だけは、胸にひびく。本当に、たいしたものだ。

いま聖書を取り出して、パッとひらいたら、次のような語句が眼にはいった。

「我は復活《よみがえり》なり、生命《いのち》なり、我を信ずる者は死ぬとも生きん。凡《およ》そ生きて我を信ずる者は、永遠《とこしえ》に死なざるべし。汝《なんじ》これを信ずるか。」

忘れていた。僕は信ずる事が薄かった。何もかも、おまかせして、今夜は寝よう。

僕はこのごろお祈りをさえ怠っていた。

御意《みこころ》の天のごとく、地にも行われん事を。


四月三十日。日曜日。

晴れ。朝十時、兄さんに門口まで見送られて、出発した。握手したかったのだけれど、大袈裟《おおげさ》みたいだから、がまんした。一高を受ける時も、R大を受ける時も、こんなに緊張していなかった。R大の時など、その朝になって、はじめてはっと気附《きづ》いて、あわてて出発したくらいであった。

人生の首途《かどで》。けさは、本当にそんな気がした。途中、電車の中で、なんども涙ぐんだ。そうして昼ごろ、ぼんやり家へ帰って来た。なんだか、へとへとに疲れた。

芝の斎藤氏邸は、森閑としていた。平家《ひらや》の奥深そうな家であった。玄関のベルを、なんど押しても、森閑としている。猛犬でも出て来るんじゃないかと、びくびくしていたが、犬ころ一匹出て来る気配さえ無い。まごまごしていたら、庭の枝折戸《しおりど》から、

「ま！　おどろいた。」と言って真赤な帯をしめた少女があらわれた。女中のようで

もないし、まさか令嬢でもないだろう。気品が足りない。

「先生は御在宅ですか。」

「さあ。」あいまいな返事である。ただ、にこにこ笑っている。少し蓮《はす》っ葉《ぱ》だけど、感じはそんなに悪くない。親戚《しんせき》の娘さん、とでもいったところかも知れない。

「紹介状を持って来ましたけど。」

「そうですか。」娘さんは素直に紹介状を受け取った。「少しお待ち下さい。」

まずよし、と僕は、ほくそ笑んだ。それからがいけなかった。しばらくして娘さんが、また庭のほうからやって来て、

「ご用は、なんでしょうか。」

これには困った。簡単には言えない。まさか紹介状の文句のとおりに、「御指南を受けに来ました。」とも言えない。それでは、まるで剣客みたいだ。もじもじしているうちに、カッと癇癪《かんしゃく》が起って来た。

「いったい先生は、いらっしゃるのですか。」

「いらっしゃいます。」にこにこ笑っている。たしかに僕を馬鹿にしているようである。あまく見ている。

「紹介状をごらんにいれましたか。」

「いいえ。」けろりとしている。

「なあんだ。」僕は、この家全体を侮辱してやりたいような気がした。

「お仕事中ですの。」いやに子供っぽい口調で言う。舌が短いのではないかと思った。ひょいと首をかしげて、「またいらっしゃいません？」

ていのいい玄関払いだ。その手に乗ってたまるものか。

「いつごろ、おひまになりますか。」

「さあ、二、三日たったら、どうでしょうかしら。」すこしも要領を得ない。

「それでは、」僕は胸を張って言った。「五月三日の今ごろ、またお伺い致します。その時は、よろしくお願いします。」屹《き》っと少女をにらんでやった。

「はあ。」と、たより無い返事をして、やはり笑っている。狂女ではなかろうかと、ふと思った。

要するに、一つとして収穫が無かった。僕は、ぼんやりした顔をして家へかえった。なんだか、ひどく疲れて、兄さんに報告するのも面倒くさくてかなわなかった。兄さんは、いちいちこまかいところまで、僕に尋ねる。

「その女は何者かというのが、問題だ。いくつくらいだったね？　綺麗《きれい》なひとかい？」

「わからんよ僕には。狂女じゃないかと思うんだけど。」

「まさか。それはね、やっぱり女中さんだよ。秘書を兼ねたる女中、というところだ。女学校は卒業してるね。だからもう、十九、いや二十《はたち》を越えてるかも知れん。」

「こんど、兄さんが行ったらいい。」

「場合に依っては、僕が行かなくちゃならないかも知れないが、まだ、その必要は無いようだ。お前は、そんなにしょげてるけど、きょうは、ちっとも失敗じゃなかったんだよ。お前にしては大出来だ。五月三日にまた来る、とはっきり言って来ただけでも大成功だよ。その女のひとは、お前に好意を持っているらしい。」

僕は噴き出した。

「いや本当さ。」兄さんは真面目《まじめ》である。「ふつうの玄関払いとは性質が、ちがうようだ。脈があるよ。お仕事中は面会謝絶と極《きま》っているんだけど、特にお前のために、どうにかして取りついであげようと思ったんだが、奥さんか誰かに邪魔されて、それが出来なかったんだな。」兄さんの解釈は、どうも甘い。「きっとそうだよ。だからこんどはお前も、その女のひとを、にらんだりなんかしないで、も少しあいそよくしてあげるんだね。ちゃんとお辞儀をしてね。」

「しまった！　きょうは帽子もとらない。」

「そうだろう。帽子もぬがずに、ただ、はったと睨《にら》んでいたんじゃ、ふつうだったら、まず交番に引渡されるところだ。その女のひとに理解があったから、たすかったのだ。来月の三日には、しっかりやるさ。」

けれども僕は絶望している。芸術の道にも、普通のサラリイマンの苦労と、ちっとも違わぬ俗な苦労も要るだろうという事は、まえから覚悟していたところで、それくらいの事には、へこたれはせぬけれど、僕がきょう斎藤氏邸からの帰り道、つくづく僕自身の無名、矮小《わいしょう》を思い知らされて、いやになったのだ。斎藤氏と僕、あまりにも違いすぎていたのだ。こんなに、雲と雑草ほどの距離があるとは、気がつかなかったのだ。やあ、と声を掛ければ、やあ、と答えてくれそうな気がしていたのだ。なんたる無邪気さであろう。きょうは全く、あの人と僕たちとは、人種がまるで、別なのではないかというような気がしたのである。努めて及ばぬ事やある、という言葉もあるけど、どんなに努めても及ばぬ事も、この世にはあるのではあるまいかと思って、うんざりしてしまったのだ。「日本一」の理想が、ふっ飛んじゃった。偉くなろうという努力が、ばからしいものに見えて来た。僕には、斎藤氏のように、あんな堂々たる牙城《がじょう》は、とても作れそうもないんだ。

夜は、兄さんに引っぱられて、ムーランルージュを見に行った。つまらなかった。少しも可笑《おか》しくなかった。

五月三日。水曜日。

晴れ。学校を休んで、芝の斎藤氏邸に、トボトボと出かける。トボトボという形容は、決して誇張ではなかった。実に、暗鬱《あんうつ》な気持であった。ところが、きょうは、あまり悪くなかった。いや、そんなにもよくない。でも、まあ、いいほうかも知れない。

斎藤氏邸の門前には、自動車が一台とまっていた。僕が玄関のベルを押そうとしたら、急に玄関の内がさわがしくなって、がらりと玄関が内からあいて、痩《や》せた小さいお爺《じい》さんがひょいと出て、すたすた僕の前を歩いて行った。斎藤氏だ。その後を追うようにして、先日の女のひとが鞄《かばん》とステッキを持って玄関からあわてて出て来て、

「あら！　いまおでかけのところなのよ。ちょうどいいわ、お話してごらんなさい。」

僕は帽子をとって、ちょっとその女の人にお辞儀をして、それから、すぐに斎藤氏のあとを追って、

「先生！」と呼んだ。斎藤氏は、振り向きもせず、すたすた歩いて門前に待っている自動車にさっさと乗ってしまった。僕は、自動車の窓に走り寄って、

「津田さんからの紹介状、――」と言いかけたら、じろりと僕を見て、

「乗りたまえ。」と低い声で言った。しめたと思ってドアを開け、斎藤氏のすぐ傍《そば》にどさんと腰をおろした。あっ、運転手の傍に乗るのが礼儀だったのかも知れない、と思ったが、わざわざ向うへ乗りかえるのも、てれくさくて、そのままの姿勢でじっとしていた。

「よござんしたね。」女のひとは、窓から鞄とステッキを斎藤氏に手渡しながら、「こないだは、ずいぶん怒ってお帰りになりましたのよ。」と相変らず上機嫌《じょうきげん》に笑いながら、僕と斎藤氏と二人の顔を見較《みくら》べながら言った。

斎藤氏は、不機嫌そうに眉間《みけん》に皺《しわ》を寄せて、何も言わなかった。やっぱり、怖い感じだ。運転台に乗ればよかった、とまた思った。

「行ってらっしゃいまし。」

自動車は走った。

「どちらへ、おいでになるんですか。」と僕は聞いた。斎藤氏は、返事をしなかった。

五分も経《た》ってから、

「神田《かんだ》だ。」と重い口調で言った。ひどく嗄《しわが》れた声である。顔は、老俳優のように端麗である。また、しばらくは無言だ。ひどく窮屈である。圧迫が刻一刻と加わって来

て、いたたまらない気持である。
「何も、」聞きとれないような低い声である。「怒って帰る事はない。」
「はあ。」思わずぺこりと頭をさげた。だから、運転台に乗ればよかったんだ。
「津田君とは、どんな知り合いなのかね。」
「は、兄さんが小説を見てもらっているんです。」と言ったが、斎藤氏は聞いている
のか、聞いていないのか、少しの反応もなく、黙っている。しばらくしてから、
「津田君の手紙は、れいに依《よ》って要領を得ないが、——」
やっぱりそうだった。あれだけでは、なんの事やらわかるまい。
「俳優になりたいんです。」結論だけ言った。
「俳優。」ちっともおどろかない。そうして、それっきりまた、なんにも言わない。
僕は、さすがに、じれったくなって来た。
「いい劇団へはいってみっちり修業したいと思うんです。どんな劇団がいいのか教え
てください。」
「劇団。」低く呟いて、またしばらく黙っている。僕は、ほとほと閉口した。「いい劇
団。」と、また呟いて、だしぬけに怒声を発した。「そんなものは無いよ。」
僕は、おどろいた。失礼して、自動車から降ろしてもらおうかと思った。とても、

まともに話が出来ない。傲慢《ごうまん》というのかしら。実にこれは困った事になったと思った。

「いい劇団が無いんですか。」

「無い。」平然としている。

「こんど鷗座《かもめざ》で、先生の『武家物語』が上演されるようですね。」と僕は、話頭を転じてみた。

何も答えない。鞄のスナップのあまくなっている個所《かしょ》を修繕している。

「あそこで、」ひょいと、思いがけない時に言い出す。「研究生を募集している。」

「そうですか。それにはいったほうがいいんですか。」と僕は、意気込んで尋ねた。

やっと話が本筋にはいって来たと思った。

答えない。

「やっぱり、だめなんですか。」

答えない。鞄をやたらに、いじくりまわしている。

「誰でも、勝手に応募できるのかしら。」と、わざと独り言のようにして呟いてみた。

なんにも反応が無い。

「試験があるんでしょう?」と今度は強く、詰め寄るようにして聞いてみた。

やっと鞄の修繕が終ったらしい。窓の外を眺めて、

「わからん。」と言った。

僕は、もう何も聞くまいと思った。自動車は、駿河台《するがだい》、M大学前でとまった。見るとM大の正門に、大きい看板が立てられていて、それには、斎藤市蔵先生特別講演と書かれていた。

僕が降りようとしたら斎藤氏は、

「君は、――どこで降りる?」と言ったので、それでは、この自動車を拝借してこのまま乗って行ってもいいのかしらと思って、

「麹町です。」と恐縮して言った。

「麹町。」斎藤氏は、ちょっと考えて、「遠い。」と言った。これぁ駄目《だめ》だと思ったので僕は、さっさと降りた。

もっと近いところだったら、貸してくれそうな様子だったのだが、とにかく、ちゃっかりしたおじいさんである。

「どうも失礼いたしました。」と僕が大きい声で言って叮嚀《ていねい》にお辞儀をしても、斎藤氏は振り向きもせず、すたすた門の中へはいって行った。じっさい、たいしたものだった。

市電に乗って、まっすぐに家へ帰った。兄さんが、待ち構えていて、きょうの首尾

を根ほり葉ほり尋ねた。

「聞きしにまさる傑物だねえ。」と兄さんも苦笑していた。

「どうかしているんだよ、きっと。」と僕が言ったら、

「いや、そうじゃない。とても、しっかりしている。世界的な文豪を以《もっ》て任じている人は、それくらいのところが無くちゃいけない。」兄さんは、やっぱり、少し甘いようだ。「しかしお前も、よくねばったものだねえ。案外あつかましいところがある。めくら蛇《へび》に怯《お》じずの流儀だが、でも、大成功だ。けがの功名で、お前は、ちょっと好感を持たれたかも知れない。」

「馬鹿言ってら。てんで何も話してくれないんだよ。気味が悪かったぜ。」

「いや、たしかに好意を持たれている。一緒に自動車に乗せたというのは、ただ事でない。思うに、あの女のひとが、うまく取りなして置いてくれたんだね。津田さんの紹介状だって、案外、見えないところで大働《おおはたら》きをしているのかも知れない。せっかく書いていただいて、悪口を言うのはいけない。いまになって考えると、立派な紹介状のようだった気もする。まず、大成功だ。それじゃ、これから鷗座へ電話を掛けて研究生募集の事を、問い合せて見るんだね。」ひとりで興奮している。

「だって、鷗座がいいとは言わなかったんだよ。」

「わるいとも言わなかったろう?」

「わからん、と言ってた。」

「それでいいんだよ。僕には、斎藤氏の気持がわかるね。やっぱり苦労人だよ、斎藤氏は。その辺から、まあ、ぼつぼつ始めてみたらいいだろうという事なんだよ。」

「そうだろうか。」

鷗座の事務所の電話番号を捜し出すのに骨を折った。兄さんが、銀座のプレイガイドに勤めている兄さんの知人に電話をかけて、調査をたのみ、やっと判明した。

「さあ、これからは、お前がなんでも、ひとりでやってごらん。」兄さんは、そう言って僕に受話器を渡した。僕は、さすがに緊張した。

鷗座の事務所に電話をかけたら、女のひとが出て、或《あ》るいは有名な女優かも知れない、媚《こ》びたところも無く自然の、歯切れのよい言葉で、ていねいに教えてくれた。自筆の履歴書、父兄の承諾証書、共に形式は自由、各一通、ほかに手札型・上半身の最近の写真一葉、それだけを五月八日までに、事務所に提出の事。

「五月八日? じゃ、すぐですね?」胸がどきどきして、声が嗄れた。「それで? 試験は?」

「九日に、新富町《しんとみちょう》の研究所で行います。」

「へええ。」妙な声が出た。「何時《なんじ》からですか？」

「午後一時ジャストに、研究所へお集りを願います。」

「課目は？　課目は？　どんな試験をするんですか？」

「それは申し上げられません。」

「へええ。」また妙な声が出た。「それじゃ、どうも。」電話を切った。

おどろいたのである。五月九日。もう一週間しかないじゃないか。何も、準備が出来やしない。

「簡単な試験なんだろう。」と兄さんは、のんきそうに言ってるけれど、そうも行かない。僕はこれから日本一の役者にならなければならぬ男だ。その男が、いま演劇の世界に第一歩を踏み出すに当って、まずい答案を書いたなら、一生消えない汚点をしるす事になる。かならず僕は、第一番の、それもずば抜けた成績を示さなければならぬ。学校の試験とは、ちがうのだ。学校の試験は、僕の将来の生活と、かならずしも直接には、結びつかなかったけれど、このたびの試験は、僕の窮極の生きる道に直接につながっているのだ。これに失敗したら、もう僕は他《ほか》に、どこへも行くところが無くなるのだ。学校の試験で失敗したって、「なあに僕には、別な佳《よ》い道があるのだ」と多少の余裕とプライドを持ちこたえている事が出来るけれど、こんどの試験では、

「なあに」なんて言って居られぬ。もう道が無いのだ。何もないのだ。ぎりぎりの最後の切札《きりふだ》ではないか。とても、のんきにしては居られぬ。僕は、すっかり、まじめになってしまった。ちょっと自信は無いが、あの斎藤市蔵先生の、僕は弟子、みたいなものだ。向うでは問題にしていないかも知れぬが、僕はこれから、勝手にそう思い込んで、大いに自重しようと決意しているのだ。自動車に一緒に乗ったのだ。めったに、下手な答案などは書けない。斎藤氏のお顔にもかかわる事だ。畜生め。いまに斎藤氏をおどろかせてあげる。武家物語の重兵衛《じゅうべえ》の役は、芹川《せりかわ》でなくちゃだめだ、と斎藤氏が言うようになったら、うれしいだろうな。いや、甘い空想にふけっている場合ではない。僕は、ずば抜けて優秀な成績でパスしなければならぬのだ。

今夜は、今まで買いためて置いた参考書を、全部、机の上に積み重ねた。

プドフキン「映画俳優論」。コクラン「俳優芸術論」。タイロフ「解放された演劇」。岸田《きしだ》国士《くにお》「近代劇論」。斎藤市蔵「芝居街道五十年」。バルハートゥイ「チェホフのドラマツルギー」。小山内薫「芝居入門」。小《こ》宮豊隆《みやとよたか》「演劇論叢《ろんそう》」。それから「築地《つきじ》小劇場史」だの「演出論」だの「映画俳優術」だの「演出者ノオト」だの、それから兄さんが貸してくれた「花《か》伝書《でんしょ》」。「役者論語」。「申楽談義《さるがくだんぎ》」。まずざっと二十冊ちかい之《これ》等《ら》の参考書を九日までに一とおり読んでみるつもりだ。それから、英語と仏蘭西《フランス》語の単語も、少し詰め込んで置きたい。しっかりやらなければならぬ。今夜は、これから、コクランの「俳優芸術論」と、斎藤氏の「芝居街道五十年」を読破するつもりである。あしたは、写真屋へ行かなければならぬ。

五月八日。月曜日。

雨。きょうは学校を休んだ。何が何やら、さっぱりわからなくなって、この貴重な一週間を、いったいどうして過したのか、学校へ行っても、そわそわして、何でもないのに、にやにや笑ったり、家に帰っては、やたらに部屋の整頓《せいとん》ばかりして、そうして、参考書は一冊も読まなかった。ただ、部屋の中で、うごめいているのである。気持は、刻一刻と狼狽《ろうばい》し、こうして日記を書いていても、手が震えるのである。つまり、あの、緊張したような、胆《きも》を失ったような、厳粛なような、からっぽのような、それでいて、絶えずはらはらして、絶間《たえま》なくお便所へ行っては、よしやろう、勉強しようと、武者ぶるいして部屋へ帰って、また部屋の整頓である。ゆるしてもらえないだろうか。だめなのである。どうにも、落ちつけないのである。言いたい事、書きたい事は山々ある。けれども、いたずらに感情が高ぶって、わくわくしてしまって、坐《すわ》って居られなくなるのだ。そうして、ただやたらに部屋の整頓である。こっちのものを、あっちへ持ち運び、あっちのものを、こっちへ持ち運び、まるで同じ事を繰り返して、独りで、てんてこ舞いをしているのである。恥ずかしい事であるが、実は、聖書もききめがなかったのだ。けさから、パッパッと三度もひらいてみたのだが、少しも頭にはいらない。実に恥ずかしかった。もう、だめだ。僕は寝よう。午後六時。お念仏でも称《とな》えたい。キリストも、おしゃかさんも、ごちゃまぜになった。

ちょっと寝てから、また猛然とはね起きた。日が暮れてしまったら、少し心も落ついて来た。きのう写真屋から送られて来た手札型の写真を見つめる。同じものが三枚送られて来たのだが、その中でも割合、顔の色が黒く、陰影のあるのを選んで履歴書などと一緒に、きのう速達で研究所へ送ってやったのである。どうして僕の顔は、こんなに、らっきょうのように、単純なのだろう。眉間《みけん》に皺《しわ》を寄せて、複雑な顔を作ろうと思うのだが、ピリピリッと皺が寄ったかと思うと、すぐに消える。口を、への字形に曲げて、鼻の両側に深い皺を作りたいのだが、どうも、うまく行かない。口が小さすぎるのかも知れない。曲がらないで、とがるのである。口を、どんなに、とがらせたって、陰影のある顔にはならない。馬鹿に見えるだけである。

「お前の顔は、役者に向かない顔である。」と明日の試験で、はっきり宣告されたら、どうしよう。僕は、その瞬間から、それこそ「生ける屍《しかばね》」になるのだ。生きていても、意味の無い人間になるのだ。ああ、僕に果して、演劇の才能があるのだろうか。すべては明日、決定せられる。また、部屋の整頓を、はじめたくなった。

兄さんがやって来て、

「床屋へ行ったか?」と尋ねる。まだ行っていないのである。

雨の中を、あたふたと床屋へ行く。実際、なってない。床屋で、ドボルジャークの「新世界」を聞く。ラジオ放送である。好きな曲なんだけれど、どうしても、気持にはいって来ない。大きな、櫓太鼓《やぐらだいこ》みたいなものを、めった矢鱈《やたら》に打ちならすような音楽でもあったら、いまの僕のいらいらした気持にぴったり来るのかも知れない。けれども、そんな音楽は、世界中を捜してもないだろう。

床屋から帰って、それから、兄さんにすすめられて科白《せりふ》の練習を少しやってみた。桜の園のロパーヒン。

兄さんに、いろいろ注意された。自分の声をそのまま出して自然に言う事。もっとおなかに力をいれて、ハッキリ言う事。あまり、からだを動かさない事。いちいち顎《あご》をひかない事。口辺の筋肉を、もっとやわらかに。これは手痛かった。口を、への字に曲げようと努力しすぎたのだ。

「お前は、サシスセソが、うまく言えないようだね。」これも手痛かった。自分でも、それは薄々感じていたのだ。舌が長すぎるのだろうか。

「妄言多謝《ぼうげんたしゃ》だ。」兄さんは笑って、「お前は、僕なんかに較《くら》べると問題にならないほど、うまいんだ。でも、あしたは本職の役者の前でやるのだから、ちょっと今夜は酷評して緊褌《きんこん》一番をうながしてみたんだがね。なに、上出来だよ。」

僕は、だめかも知れない。思いは千々《ちぢ》に乱れるばかりだ。どうも日記の文章が、いつもと違っているようだ。たしかに気持も、いや、気持がちがうというのは、気違いの事だ。まさか、気違いではなかろうが、今夜は変だ。文章も、しどろもどろの滅《め》っ茶苦茶《ちゃくちゃ》だ。麻の如《ごと》くに乱れて居《お》ります。

こんな事でどうする。あすは、いや、もう十二時を過ぎているから、きょうだ、きょうの午後一時には試験があるのだ。何かしようと思っても、なんにも手がつかず、仕方が無い、万年筆にインクでもつめて置いて、そうして寝る事にしましょう。考えてみると、明日の試験に失敗したら、僕は死なねばならぬ身なのである。手が震える。

五月九日。火曜日。

晴れ。きょうも学校を休む。大事な日なんだから仕方が無い。ゆうべは夢ばかり見ていた。着物の上に襦袢《じゅばん》を着た夢を見た。あべこべである。へんな形であった。不吉な夢であった。さいさきが悪いと思った。

きょうは、でも、ちかごろにない佳いお天気だった。九時に起きて、ゆっくり風呂《ふろ》へはいって、十一時半に出発した。きょうは兄さんは、門口まで見送って来ない。もう大丈夫だときめてしまっているらしい。斎藤氏のところへ出掛ける時には、兄さんは、僕以上に緊張し、気をもんでくれたのに、きょうは、まるでのんびりしていた。試験よりも、斎藤氏の方が大問題だと思っているのかしら。兄さんには、学校の入学試験でも何でも、どうも試験を甘く見すぎる傾向がある。入学試験に落ちた憂目《うきめ》を見た事がないからかも知れない。でも兄さんが、もう大丈夫と僕の事を楽天的に考えている時に僕が見事落ちたら、その辛《つら》さ、間《ま》の悪さは格別だ。も少し、僕の事を危ぶんでくれてもいいと思う。僕は、また落ちるかも知れないのだ。

出発の時間が早すぎた。新富町の研究所はすぐにわかった。アパートの三階である。到着したのは、正午すこし過ぎである。ちょっと様子をさぐってみようと思って、ドアをノックしてみたが返答は無い。誰《だれ》もいないらしい。あきらめて、外へ出た。

陽春。額《ひたい》に汗がにじみ出る。つめたいものを飲みたくなって、昭和通りの小さい食堂へはいって、ソーダ水を飲んで、それからついでに、ライスカレーを食べた。別に、おなかが空《す》いていたわけではなかったが、なんだか不安で、食べずには、居られなかったのだ。おなかが一ぱいになったら、頭もぼんやりして来て、いらだたしい気持も、少しおさまった。そこを出て、ぶらぶら歌舞伎座《かぶきざ》の前まで行って、絵看板を見て、さて、それからまた新富町の研究所へ引返した。

それこそ一時ジャストである。僕は、アパートの階段をのぼった。来ている。来ている。二十人くらい。でもまあ、なんて生気《せいき》の無い顔をした奴《やつ》ばかりなんだろう。学生が五人。女が三人。ひでえ女だ。永遠に、従妹《いとこ》ベット一役《ひとやく》だ。他は皆、生活に疲れた顔をした背広姿の三十前後の人たちである。全然、芸術に縁のないような表情の、番頭さんみたいな四十男もいる。不思議な気がした。みんな神妙に、伏目《ふしめ》になって、廊下の壁に寄りかかり、立ったりしゃがんだりして、時々、ひそひそ話を交わしたりしている。暗い気がした。ここは、敗残者の来るところではないかと思った。自分まで、なんだか、みじめになったような気持がして来るのである。この人たちがきょうの、僕の競争相手なのかと思ったら、うんざりした。戦わずして、闘志を失った感じであった。僕が試験官だったら、一瞥《いちべつ》して、みんな落第だ。僕は、自分の今朝までの、あの興奮と緊張とを思い出し、むしゃくしゃして来た。ばかにしていやがると思ったのだ。

やがて事務所から中年の婦人が出て来て、

「番号札をお渡し致します。」と言ったが、その声には、聞き覚えがあった。一週間前に電話で問い合せた時に、明瞭《めいりよう》な発音で「午後一時ジャスト」などと言って教えたあの女性の声であった。本当に綺麗《きれい》な声だったので、女優さんじゃないかと思っていたのだが、女は、声だけではわからぬものだ。茶色のダブダブしたジャケツを着て、女優さんどころか、いや、言うまい。何もその人が、あたしは美人だと自負してもいないのに、その人の顔の事など、とやかく批評するのは罪悪だ。とにかく、四十くらいの婆《ばあ》さんであった。

「お名前を呼びますから、御返事を願います。」

僕は三番目だった。来ていない人も、ずいぶんあった。四十人くらいの名前を呼んだのだが、出席者は約その半数である。

「それでは、一番のおかた、どうぞ。」

いよいよ、はじまるのだ。一番は、女のひとであった。婆さんに連れられて、しょんぼり中へはいって行った。生気のない事おびただしい。研究所の内部は、二部屋にわかれているらしい。一つは事務所で、その奥が稽古場《けいこば》になっているようだ。試験は、その稽古場で行われる様子である。

聞える、聞える。戯曲の朗読だ。しめた！　桜の園だ。なんて、まがいいんでしょう。前から僕は、桜の園の朗読は得意だったし、ゆうべもちょっと練習したじゃないか。もう、大丈夫。どこからでも来い！　と勇気百倍だったが、それにしても、あの女のひとの朗読は、なんて下手くそなんだろう。一本調子の棒読みだ。ところどころ躓《つまず》いて、読み直したりしている。あれじゃ落第だ。大落第だ。可笑《おか》しくなって、ひとりでクスクス笑ったが、他の人たちは、にこりともせず、眠るが如《ごと》くぼんやりしている。

「二ばんのおかた、どうぞ。」

もう一番のひとがすんだのかしら。早いなあ。筆記試験は無いのかしら。この次は僕だ。さすがに脚がふるえて来た。なんだか、病院にいるような気がして来た。これから大手術を受けなければならぬ。看護婦さんの呼びに来るのを、待っている。お便所に行きたくなって来た。いそいでお便所に行く。お便所から帰って来たら、

「三ばんのおかた、どうぞ。」

「はい。」と思わず、右手を高く挙げた。

事務所は、せまくるしく、しかも殺風景で、こんな所から、あの鷗座《かもめざ》の華やかなプランが生れるのかと、感慨が深かった。

一番と二番は、ほとんど同時に終ったらしく、一緒に廊下へ出て行った。僕は、事務所の婆さんの机の前に立って、簡単な質問を受けた。婆さんは、椅子《いす》に浅くちょこんと腰をおろして、机の上の写真と、僕の顔を、ちらと見較べ、

「おいくつですか？」と言った。ちょっと侮辱を感じたので、

「履歴書に書いてなかった？」と反問したら、急に狼狽《ろうばい》の様子で、

「ええ、でも、――」と言って、机の上にひろげてあった僕の履歴書を前こごみになって調べた。近眼らしい。

「十七です。」と言ったら、ほっとしたように顔を挙げて、

「父兄の承諾は、たしかですね？」

この質問も不愉快だった。

「もちろんです。」と少し怒って答えた。試験官でもないのに、要らない事ばかり言いやがる。こんな機会をとらえて、こっそり試験官の真似《まね》をして、ちょっと威張ってみたかったのだろう。

「では、どうぞ。」

隣室に通された。がやがや騒いでいたのに、僕がはいって行ったら、ぴたりと話をやめて、五人の男が一斉《いっせい》に顔を挙げて僕を見た。

五人の男が一列に、こちら向きに並んで腰かけている。テエブルは三つ。みんな写真で見覚えのある顔だった。まんなかに坐っている太った男は、最近めっきり流行して来た劇作家兼演出家の、横沢太郎氏にちがいない。あとの四人は、俳優らしい。入口でもじもじしていたら、横沢氏は大きい声で、

「こっちへ来いよ。」と下品な口調で言って、「こんどは多少、優秀かな？」

他の試験官たちは、にやりと笑った。部屋全体の雰囲気《ふんいき》が、不潔で下等な感じであった。

「学校は、どこだ！」そんなに威張らなくてもいいじゃないか。

「R大です。」

「としは、なんぼ？」いやになるね。

「十七です。」

「お父さんのゆるしを得たか。」まるで罪人あつかいだ。むかっとして来た。

「お父さんは、いませんよ。」

「なくなられたのですか？」俳優の上杉新介《うえすぎしんすけ》氏らしい人が、傍《そば》から、とりなし顔にや

さしく僕に尋ねる。

「承諾書に書いてあった筈《はず》です。」仏頂面《ぶっちょうづら》して答えてやった。これが試験か？　あきれるばかりだ。

「気骨稜々《りょうりょう》だね。」横沢氏は、にやにや笑って、「見どころあり、かね？」

「演技部ですか、文芸部ですか？」上杉氏が鉛筆でご自分の顎を軽く叩《たた》きながら尋ねる。

「なんですか？」よくわからなかった。

「役者になるのか。」横沢氏は、また馬鹿声を出して、「脚本家になるのか。どっちだ！」

「役者です。」即座に答えた。

「しからば、たずねる。」本気か冗談か、わけがわからない。どうして横沢氏は、こんなに柄《がら》が悪いんだろう。人相だってよくないし、服装だって、和服の着流しで、だらしがない。日本で有数の文化的な劇団「鷗座」の、これが指導者なのかと思うと、がっかりする。きっと、お酒ばかり飲んで、ちっとも勉強していないのだろう。下《した》唇《くちびる》をぐっと突き出して、しばらく考えてから、やおら御質問。

「役者の、使命は、何か！」愚問なり。おどろいた。あやうく失笑しかけた。まるで、でたらめの質問である。質問者の頭のからっぽなことを、あますところなく露呈している。てんで、答えようがないのである。

「それは、人間がどんな使命を持って生れたか、というような質問と同じ事で、まことしやかな、いつわりの返答は、いくらでも言えるのですが、僕は、その使命は、まだわかりませんと答えたいのです。」

「妙な事を言うね。」横沢氏は、鈍感な人である。軽い口調でそう言って、シガレットケースから煙草《たばこ》を取り出し、一本口にくわえて、「マッチないか?」と、隣の上杉氏からマッチを借り、煙草に点火してから、「役者の使命はね、外に向っては民衆の教化、内に於《お》いては集団生活の模範的実践。そうじゃないかね。」

僕は、あきれた。落第したほうが、むしろ名誉だと思った。

「それは、役者に限らず、教化団体の人なら誰でも心掛けていなければならぬ事で、だから僕がさっき言ったように、そんな立派そうな抽象的な言葉は、本当に、いくらでも言えるんです。そうしてそれは、みんなうそです。」

「そうかね。」横沢氏は、けろりとしている。あまりの無神経に、僕は横沢氏を、ちょっと好きになったくらいであった。「そういう考えかたも、面白《おもしろ》いね。」滅茶滅茶だ。

「朗読をお願いしましょう。」上杉氏は、ちょっと上品に気取って言った。その態度には、なんだか猫《ねこ》のような、陰性の敵意が含まれていた。横沢氏よりも、こっちが手《て》剛《ごわ》い。そんな気がした。

「何をお願いしましょうか。」上杉氏は、くそ叮嚀《ていねい》な口調で、横沢氏に尋ねるのである。「このひとは、程度が高いそうですから。」いやな言いかたを、しやがる！　卑劣だ！　世の中で、一ばん救われ難《がた》い種属の男だ。これが、あの、「伯父ワーニャ」を演じて日本一と称讃《しょうさん》せられた上杉新介氏の正体か。なってないじゃないか。

「ファウスト！」横沢氏は叫ぶ。がっかりした。桜の園なら自信があったのだけれど、ファウストは苦手《にがて》だ。だいいち僕は、ファウストを通読した事さえない。落第、僕は落第だ。

「この部分をお願いします。」上杉氏は、僕にテキストを手渡して、そうして朗読すべき箇所を鉛筆で差し示した。「一ぺん黙読して、自信を得てから朗読して下さい。」なんだか意地の悪い言い方だ。

僕は黙読した。ワルプルギスの夜の場らしい。メフィストフェレスの言葉だ。

そこの爺《じ》いさん、岩の肋骨《ろっこつ》を攫《つか》まえていないと、
あなた、谷底へ吹き落されてしまいますぜ。

霧が立って夜闇《よやみ》の色を濃くして来た。

あの森の木のめきめき云《い》うのをお聞きなさい。
梟奴《ふくろうめ》がびっくりして飛び出しゃあがる。
お聞きなさい。永遠《とわ》の緑の宮殿の
柱が砕けているのです。
枝がきいきい云って折れる。
幹はどうどうと大きい音をさせる。
根はぎゅうぎゅうごうごう云う。
上を下へとこんがらかって、畳《かさ》なり合って、
みんな折れて倒れるのです。
そしてその屍《しかばね》で掩《おお》われている谷の上を
風はひゅうひゅうと吹いて通っています。
あなた、あの高い所と、
遠い所と、近い所とにする声が聞えますか。
此山《このやま》を揺《ゆ》り撼《うご》かして、
おそろしい魔法の歌が響いていますね。

「僕には朗読できません。」ざっと黙読してみたのだが、このメフィストの囁《ささや》きは、

僕には、ひどく不愉快だった。ひゅうひゅうだの、ぎゅうぎゅうだの不愉快な擬音《ぎおん》ばかり多くて、いかにも悪魔の歌らしく、不健康な、いやらしい感じで、とても朗読する気など起らなかった。落第したっていいんだ。「ほかの所を読みます。」でたらめに、テキストをぱらぱらめくって、ちょっと佳いところを見つけて、大声で朗読をはじめた。第二部、花咲ける野の朝。眼ざめたるファウスト。

上を見ればどうだ。巨人のような山の巓《いただき》が、
もう晴がましい時を告げている。
あの巓は、後になって己《おれ》達の方へ
向いて降りる、永遠《とわ》の光を先《ま》ず浴びるのだ。
今アルピの緑に窪《くぼ》んだ牧場に、
新しい光や、あざやかさが贈られる。
そしてそれが一段一段と行き渡る。
日が出た。惜しい事には己はすぐ羞明《まぶ》しがって
背を向ける。沁《し》み渡る目の痛《いたみ》を覚えて。
あこがれる志が、信頼して、努力して、

最高の願の所へ到着したとき、成就《じょうじゅ》の扉《とびら》の
開《あ》いているのを見た時は、こんなものだな。
その時その永遠なる底の深みから、強過ぎる、
燄《ほのお》が迸《ほとばし》り出るので、己達は驚いて立ち止まる。
己達は命の松明《たいまつ》に火を点《とも》そうと思ったのだが、
身は火の海に呑《の》まれた。
なんと云う火だ！
この燃え立って取り巻くのは、愛《あい》か、憎《にくみ》か。
喜《よろこび》と悩《なやみ》とにおそろしく交《かわ》る交《がわ》る襲われて、
穉《おさな》かった昔の羅衣《うすもの》に身を包もうとして、
又目を下界に向けるようになるのだ。
好《い》いから日は己の背後の方に居《お》れ。
己はあの岩の裂目《さけめ》から落ちて来る滝を、
次第に面白がって見ている。
一段又一段と落ちて来て、千の流《ながれ》になり

万の流になり、飛沫《とばしり》を
高く空中にあげている。
併《しか》しこの荒々しい水のすさびに根ざして、
七色の虹《にじ》の、
常なき姿が、まあ、美しく空に横《よこた》わっていること。
はっきりとしているかと思えば、すぐ又空に散って、
匂《におい》ある涼しい戦《そよぎ》をあたりに漲《みなぎ》らせている。
此の虹が、人間の努力の影だ。
あれを見て考えたら、前よりは好《よ》くわかるだろう。
人生は、彩《いろど》られた影の上にある！

「うまい！」横沢氏は無邪気に褒《ほ》めてくれた。「満点だ。二、三日中に通知する。」

「筆記試験は無いのですか？」へんに拍子抜けがして、僕は尋ねた。

「生意気言うな！」末席の小柄《こがら》の俳優、伊勢良一《いせりよういち》らしい人が、矢庭《やにわ》に怒鳴った。「君は僕たちを軽蔑《けいべつ》しに来たのか？」

「いいえ、」僕は胆《きも》をつぶした。「だって、筆記試験も、――」しどろもどろになった。

「筆記試験は、」少し顔を蒼《あお》くして、上杉氏が答えた。「時間の都合で、しないのです。

朗読だけで、たいていわかりますから。君に言って置きますが、いまから台詞《せりふ》の選《よ》り好みをするようでは、見込みがありませんよ。俳優の資格として大事なものは、才能ではなくて、やはり人格です。横沢さんは満点をつけても、僕は、君には零点《れいてん》をつけます。」

「それじゃ、」横沢氏は何も感じないみたいに、にやにやして、「平均五十点だ。まあ、きょうは帰れ。おうい、つぎは四ばん、四ばん！」

僕は軽く一礼して引きさがったのだが、ずいぶん得意な気持も在った。というのは、上杉氏は僕を非難しているつもりで、かえって僕の才能を認めていることを告白してしまったからである。「大事なものは、才能ではなくて、やはり人格だ。」と言ったが、それでは今の僕に欠けているものは人格で、才能のほうは充分という事になるではないか。僕は、自分の人格に就いては、努力しているし、いつも反省しているつもりだから、そのほうは人に褒められても、かえって、くすぐったいくらいで、別段うれしいとも思わぬし、また、人に誤解せられ悪口を言われても、まあ見ていなさい、いまにわかりますから、というような余裕もあるのだが、才能のほうは、これこそ全く天《てん》与《よ》のもので、いかに努力しても及ばぬ恐ろしいものがあるような気がしているのだ。あその才能が、僕にある、と日本一の新劇俳優が、うっかり折紙をつけてしまった。

あ、喜ばじと欲《ほっ》するも得ざるなり。しめたものさ。僕には才能が、あったのだ。人格は無いけれども、才能はあるそうだ。上杉氏には、人格の判定は出来ない。嘘《うそ》の判定だ。あの人には判定する資格が無い。けれども流石《さすが》に、才能に就いての判定は、横沢氏などよりさらに数段正確なところがあるのではあるまいか。餅《もち》は餅屋である。役者の才能は、役者でなければわからない。うれしい事だ。僕には、俳優の才能があるのだそうだ。笑わじと欲するも得ざるなり。いまはもう、落第したってかまわない。それこそ、鬼の首でも取って来たみたいに、僕は意気揚々と家へ帰った。

「だめ、だめ。」と僕は兄さんに報告した。「みごと落第です。」

「なんだ、ばかに嬉《うれ》しそうな顔をしているじゃないか。だめな事は、ないんだろう。」

「いや、だめなんだ。戯曲朗読は零点だった。」

「零点？」兄さんも、真面目《まじめ》になった。「本当かい？」

「人格がだめなんだそうだ。でも、ね、才能は、――」

「何をそんなに、にやにや笑っているんだ。」少し不機嫌になって、「零点をもらって、よろこぶ事はないだろう。」

「ところが、あるんだ。」僕は、きょうの試験の模様をくわしく兄さんに知らせた。

「及第だ。」兄さんは僕の話を聞き終ってから、落ちついて断定を下した。「絶対に落第じゃない。二、三日中に合格通知が来るよ。だけど、不愉快な劇団だなあ。」

「なってないんだ。落第したほうが名誉なくらいだ。僕は合格しても、あの劇団へは、はいらないんだ。上杉氏なんかと一緒に勉強するのは、まっぴらです。」

「そうだねえ。ちょっと幻滅だねえ。」兄さんは、淋《さび》しそうに笑った。「どうだい、もういちど斎藤氏のところへ相談に行ってみないか。あんな劇団は、いやだと、進の感じた事を率直に言ってみたらどうだろう。どの劇団も皆あんなものだから、がまんしてはいれ、と先生が言ったら、仕方が無い。はいるさ。それとも他にまた、いい劇団を紹介してくれるかも知れない。とにかく、試験は受けましたという報告だけでもして置いたほうがいい。どうだい？」

「うん。」気が重かった。斎藤氏は、なんだか、こわい。こんどこそ、折檻《せっかん》されそうな気もする。でも、行かなければならぬ。行って、お指図を受けるより他は無いのだ。勇気を出そう。僕は、俳優として、大いに才能のある男ではなかったか。きのう迄《まで》の僕とは、ちがうのだ。自信を以《もっ》て邁進《まいしん》しよう。一日《いちにち》の労苦《ろうく》は、一日《いちにち》にて足《た》れり。きょうは、なんだか、そんな気持だ。

　晩ごはんの後、僕は部屋にとじこもって、きょう一日のながい日記を附《つ》ける。きょう一日で、僕は、めっきり大人《おとな》になった。発展！　という言葉が胸に犇々《ひしひし》と迫って来る。一個の人間というものは、非常に尊いものだ！　ということも切実に感ずる。

五月十日。水曜日。

晴れ。けさ眼が覚めて、何もかも、まるでもう、変ってしまっているのに気がついた。きのう迄の興奮が、すっかり覚めているのだ。けさは、ただ、いかめしい気持、いや、しらじらしい気持といったほうが近いかも知れぬ。きのう迄の僕は、たしかに発狂していたのだ。逆上していたのだ。どうしてあんなに、浮き浮きと調子づいて、妙な冒険みたいな事ばかりやって来たのか、わからなくなった。ただ、不思議なばかりである。永い、悲しい夢から覚めて、けさは、ただ、眼をぱちくりさせて矢鱈《やたら》に首をかしげている。僕は、けさから、ただの人間になってしまった。どんな巧妙な加減乗除をしても、この僕の一・〇《いちこんまれい》という存在は流れの中に立っている杭《くい》のように動かない。ひどく、しらじらしい。けさの僕は、じっと立っている杭のように厳粛だった。心に、一点の花も無い。どうした事か。学校へ出てみたが、学生が皆、十歳くらいの子供のように見えるのだ。そうして僕は、学生ひとりひとりの父母の事ばかり、しきりに考えていた。いつものように学生たちを軽蔑する気も起らず、また憎む心もなく、不憫《ふびん》な気持が幽《かす》かに感ぜられただけで、それも雀《すずめ》の群に対する同情よりも淡いくらいのもので、決して心をゆすぶるような強いものではなかった。ひどい興覚め。絶対孤独。いままでの孤独は、謂《い》わば相対孤独とでもいうようなもので、相手を意識し過ぎて、その反撥《はんぱつ》のあまりにポーズせざるを得なくなったような孤独だったが、きょうの思いは違うのだ。まったく誰《だれ》にも興味が無いのだ。ただ、うるさいだけだ。なんの苦も無くこのまま出家遁世《とんせい》できる気持だ。人生には、不思議な朝もあるものだ。

幻滅。それだ。この言葉は、なるべく使いたくなかったのだが、どうも、他には言葉が無いようだ。幻滅。しかも、ほんものの幻滅だ。われ、大学に幻滅せり、と以前に猛《たけ》り猛って書き記した事があったような気がするが、いま考えてみると、あれは幻滅でなく、憎悪《ぞうお》、敵意、野望などの燃え上る熱情だった。ほんものの幻滅とは、あんな積極的なものではない。ただ、ぼんやりだ。そうして、ぼんやり厳粛だ。われ、演劇に幻滅せり。ああ、こんな言葉は言いたくない！　けれども、なんだか真実らしい。

自殺。けさは落ちついて、自殺を思った。ほんものの幻滅は、人間を全く呆《ぼ》けさせるか、それとも自殺させるか、おそろしい魔物である。

たしかに僕は幻滅している。否定する事は出来ない。けれども、生きる最後の一すじの道に幻滅した男は、いったい、どうしたらよいのか。演劇は、僕にとって、唯一《ゆいいつ》の生き甲斐《がい》であったのだ。

ごまかさずに、深く考えて見よう。演劇を、くだらない等《など》とは思わぬ。くだらないなんて、とんでもない事だ。くだらないと思ったなら、そこには怒りもあるだろうし、軽蔑し切って捨て去り、威勢よく他の道へ飛込んで行く事も出来るだろうが、僕のけさの気持は、そんなものではなかった。むなしいのだ。すべてが、どうでもいいのだ。演劇。それは、さぞ、立派なものでございましょう。俳優。ああ、それもいいでしょうね。けれども、僕は、動かない。ハッキリ、間隙《かんげき》が出来ていた。冷たい風が吹いている。斎藤氏のお家へ、はじめてお伺いして、ていのいい玄関払いを食って帰った時にも、之《これ》に似た気持を味わった。世の中が、ばかばかしい、というよりは、世の中に生きて努力している自分が、ばかばかしくなるのだ。ひとりで暗闇《くらやみ》で、ハハンと笑いたい気持だ。世の中に、理想なんて、ありゃしない。みんな、ケチくさく生きているのだ。人間というものは、やっぱり、食うためにだけ生きているのではあるまいか、という気がして来た。あじきない話である。

放課後、ふらふらと蹴球部《しゅうきゅうぶ》の支度部屋へ立寄ってみた。蹴球部へでも、はいろうかと思ったのだ。なにも考えずにボールでも蹴《け》って、平凡な学生として、ぼんやり暮したくなったのだ。蹴球部の部屋には誰もいなかった。合宿所のほうに行っているのかも知れない。合宿所までたずねて行くほどの熱情も無く、そのまま家へ帰った。家へ帰ったら、鸕座から速達が来ていた。合格である。「今回の審査の結果、五名を研究生として合格させた。貴君も、その一人である。明日、午後六時、研究所へおいであれ。」というような通知である。少しも、うれしくなかった。不思議なくらい、平静な気持であった。R大合格の通知を受けた時のほうが、まだしも、これより嬉しかった。僕にはもう、役者の修業をする気が無いのだ。きのう、上杉氏から俳優としての天分を多少みとめられて、それだけは、鬼の首でも取ったように、ほくほくしていたのだが、けさ、眼が覚めた時には、その喜びも灰色に感ぜられて、なんだ、才能なんて、あてにならない、やっぱり人格が大事だなどと、まじめに考え直してしまっている。この、気分の急変は、どこから来たか。恋を、まったく得てしまった者の虚無か、きのう鸕座の試験の時に無意識で選んで読んだ、あの、ファウストの、「成就の扉の、開《あ》いているのを見た時は、己達はかえって驚いて立ち止まる。」という台詞《せりふ》のとおり、かねて、あこがれていた俳優が、あまりにも容易に摑《つか》み取れそうなのを見て、うんざりしたのか。

「進は、合格しても、あまり嬉しそうでないじゃないか。」兄さんも、そう言っていた。

「考えてみます。」僕は、まじめに答えた。

今夜は、兄さんと、とてもつまらぬ議論をした。たべものの中で、何が一番おいしいか、という議論である。いろいろ互いに食通振《しょくつうぶ》りを披瀝《ひれき》したが、結局、パイナップルの鑵詰《かんづめ》の汁《しる》にまさるものはないという事になった。桃の鑵詰の汁もおいしいけど、やはり、パイナップルの汁のような爽快《そうかい》さが無い。パイナップルの鑵詰は、あれは、実《み》をたべるものでなくて、汁だけを吸うものだ、という事になって、「パイナップルの汁なら、どんぶりに一ぱいでも楽に飲めるね。」と僕が言ったら、「うん、」と兄さんもうなずいて、「それに氷のぶっかきをいれて飲むと、さらにおいしいだろうね。」と言った。兄さんも、ばかな事を考えている。

たべものの話をしたら、やけにおなかが空《す》いて来たので、食通ふたりは、こっそり台所へ行って、おむすびを作ってたべた。非常においしかった。

ニヒルと、食慾《しょくよく》と、何か関係があるらしい。

兄さんは、いま、隣室で、小説を書いている。もう五十枚以上になったらしい。二百枚の予定だそうだ。雪が降りはじめた時に、という書出しから始まる美しい小説だ。僕は十枚ばかり読ませてもらった。出来上ったら、文学公論の懸賞に応募するんだそうだ。兄さんは以前、懸賞の応募を、あんなに軽蔑していたのに、どうしたのだろう。

「懸賞に応募するなんて、自分を粗末にする事じゃないのかな。作品が、もったいない。」と僕が言ったら、

「でも、あたったら二千円だ。お金でも、とれるんでなかったら、小説なんて、ばからしい。」と、とても下品な表情をして言ったが、兄さんは、このごろ、ずいぶんお酒も飲むし、なんだか、堕落しているんじゃないかしら、と心配だ。いずれを見ても、理想の喪失。

　今夜は、ばかに眠い。


　五月十一日。木曜日。

曇。風強し。きょうは、やや充実した日だった。きのうの僕は幽霊だったが、きょうは、いくぶん積極的な生活人だった。学校の聖書の講義が面白かった。毎週一回、寺内神父の特別講義があるのだが、いつも僕には、この時間が、たのしみなのだ。先々週の、木曜の講義も面白かった。「最後の晩餐《ばんさん》」の研究なのだが、晩餐の十三人が、それぞれ食卓のどの位置についていたか、図解して、とても明瞭《めいりょう》に教えてくれた。そうして十三人全部が、寝そべって食卓についたというのだから驚いた。当時の風習

として、食卓のまわりに寝台があって、その寝台にそれぞれ寝そべって飲食したのだそうである。ダヴィンチの「最後の晩餐」は、事実とは違っていたわけである。ロシヤのゲエとかいう画家のかいた「最後の晩餐」の絵は、みんな寝そべっているそうである。キリストの精神とは、全く関係の無い事だが、僕には、とても面白かった。どうも僕は、食べることに関心を持ちすぎるようだ。きょうもやっぱり、食べる事に就いて考えて、けれども、之は、あながちナンセンスに終らなかった。多少、得るところがあった。きょうは、寺内師は、旧約の申命記を中心にして講義した。寺内師は、決して、教壇に立って講義はしない。空《あ》いている学生の机に座席をとって、学生と一緒に勉強するような形で、くつろいで話をする。それが、とてもいい感じだ。みんなと楽しい事に就いて相談でもしているような感じだ。きょうは、申命記を中心にして、モーゼの苦心を語ってくれたが、僕はその中でも、モーゼが民衆のたべ物の事にまで世話を焼いているのを興味深く感じた。

「十四章。汝穢《なんじけがら》わしき物は何も食《くら》う勿《なか》れ。汝らが食《くら》うべき獣畜《けもの》は是《これ》なり即《すなわ》ち牛、羊、山羊《やぎ》、牡鹿《おじか》、羚羊《かもしか》、小鹿、麣《やまひつじ》、麞《くじか》、麈《おおじか》、麖《おおくじか》、など。凡《すべ》て獣畜《けもの》の中蹄《うちひづめ》の分れ割れて二つの蹄を成せる反芻獣《にれはむけもの》は汝ら之《これ》を食《くら》うべし。但《ただ》し反芻者《にれはむもの》と蹄の分れたる者の中《うち》汝らの食《くら》うべからざる者は是なり即ち駱駝《らくだ》、兎《うさぎ》および山鼠《やまねずみ》、是らは反芻《にれはめ》ども蹄わかれざれば汝らには汚《けが》れたる者なり。また豚是は蹄わかるれども反芻《にれはむ》ことをせざれば汝らには汚《けがれ》たる者なり、汝ら是等《これら》の物の肉を食《くら》うべからず、またその死体《しかばね》に捫《さわ》るべからず。水におる諸《もろもろ》の物の中是《うちかく》のごとき者を汝ら食《くら》うべし即ち凡て翅《ひれ》と鱗《うろこ》のある者は皆汝ら之を食《くら》うべし。凡て翅と鱗のあらざる者は汝らこれを食《くら》うべからず是は汝らには汚《けがれ》たる者なり。

また凡て潔《きよ》き鳥は皆汝らこれを食《くら》うべし。但し是等は食《くら》うべからず即ち鵰《わし》、黄鷹《くまたか》、鳶《とび》、鸇《はやぶさ》、鷹《たか》、黒鷹の類《たぐい》、各種《もろもろ》の鴉《からす》の類《たぐい》、鴕鳥《だちょう》、梟《ふくろ》、鷗《かもめ》、雀鷹《すずめたか》の類《たぐい》、鸛《こう》、鷺《さぎ》、白鳥、鸅《おす》鶘《めどり》、大鷹、鷀《う》、鶴《つる》、鸚鵡《おうむ》の類《たぐい》、鴫《しぎ》および蝙蝠《こうもり》、また凡て羽翼《つばさ》ありて匍《はう》ところの者は汝らには汚《けがれ》たる者なり汝らこれを食《くら》うべからず。凡て羽翼《つばさ》をもて飛《と》ぶところの潔《きよ》き物は汝らこれを食《くら》うべし。

凡《およ》そ自《みずか》ら死《しに》たる者は汝ら食《くら》うべからず。」

実に、こまかいところまで教えてある。さぞ面倒くさかった事であろう。モーゼは、これらの鳥獣、駱駝や鴕鳥の類まで、いちいち自分で食べてためしてみたのかも知れない。駱駝は、さぞ、まずかったであろう。さすがのモーゼも顔をしかめて、こいつはいけねえ、と言ったであろう。先覚者というものは、ただ口で立派な教えを説いているばかりではない。直接、民衆の生活を助けてやっている。いや、ほとんど民衆の生活の現実的な手助けばかりだと言っていいかも知れない。そうしてその手助けの合間合間に、説教をするのだ。はじめから終りまで説教ばかりでは、どんなに立派な説教でも、民衆は附《つ》きしたがわぬものらしい。新約を読んでも、キリストは、病人をなおしたり、死者を蘇《よみがえ》らせたり、さかな、パンをどっさり民衆に分配したり、ほとんどその事にのみ追われて、へとへとの様子である。十二弟子さえ、たべものが無くなると、すぐ不安になって、こそこそ相談し合っている。心の優しいキリストも、ついには弟子達を叱《しか》って、「ああ信仰うすき者よ、何《なん》ぞパン無きことを語り合うか。未《いま》だ悟らぬか。五つのパンを五千人に分ちて、その余《あまり》を幾筐《いくかご》ひろい、また七つのパンを四千《しせん》人《にん》に分ちて、その余《あまり》を幾籃《いくかご》ひろいしかを覚えぬか。我が言いしはパンの事にあらぬを何《なん》ぞ悟らざる。」と、つくづく嘆息をもらしているのだ。どんなに、キリストは、淋《さび》しかったろう。けれども、致しかたが無いのだ。民衆は、そのように、ケチなものだ。自分の明日のくらしの事ばかり考えている。

寺内師の講義を聞きながら、いろんな事を考え、ふと、電光の如《ごと》く、胸中にひらめくものを感じた。ああ、そうだ。人間には、はじめから理想なんて、ないんだ。あってもそれは、日常生活に即した理想だ。生活を離れた理想は、――ああ、それは、十字架へ行く路《みち》なんだ。そうして、それは神の子の路である。僕は民衆のひとりに過ぎない。たべものの事ばかり気にしている。僕はこのごろ、一個の生活人になって来たのだ。地を匍《は》う鳥になったのだ。天使の翼が、いつのまにやら無くなっていたのだ。じたばたしたって、はじまらぬ。これが、現実なのだ。ごまかし様《よう》がない。「人間の悲惨を知らずに、神をのみ知ることは、傲慢《ごうまん》を惹《ひ》き起す。」これは、たしか、パスカルの言葉だったと思うが、僕は今まで、自分の悲惨を知らなかった。ただ神の星だけを知っていた。あの星を、ほしいと思っていた。それでは、いつか必ず、幻滅の苦杯を嘗《な》めるわけだ。人間のみじめ。食べる事ばかり考えている。兄さんが、いつか、お金にもならない小説なんか、つまらぬ、と言っていたが、それは人間の率直な言葉で、それを一図《いちず》に、兄さんの堕落として非難しようとした僕は、間違っていたのかも知れない。

人間なんて、どんないい事を言ったってだめだ。生活のしっぽが、ぶらさがっていますよ。「物質的な鎖と束縛とを甘受せよ。我は今、精神的な束縛からのみ汝《なんじ》を解き放つのである。」これだ、これだ。みじめな生活のしっぽを、ひきずりながら、それでも救いはある筈だ。理想に邁進する事が出来る筈だ。いつも明日のパンのことを心配しながらキリストについて歩いていた弟子達だって、ついには聖者になれたのだ。僕の努力も、これから全然、新規蒔直《しんきまきなお》しだ。

僕は人間の生活をさえ否定しようとしていたのだ。おととい鷗座の試験を受け、そこにいならぶ芸術家たちが、あまりにも、ご自分たちのわずかな地位をまもるのに小心翼々の努力をしているのを見て、あいそがつきたのだ。殊《こと》にあの上杉氏など、日本一の進歩的俳優とも言われている人が、僕みたいな無名の一学生にまで、顔面蒼白《そうはく》になるほどの競争意識を燃やしているのだから、あさましくて、いやになってしまったのだ。いまでも決して、上杉氏の態度を立派だとは思っていないが、けれども、それだからとて人間生活全部を否定しようとしたのは、僕の行き過ぎである。きょう鷗座の研究所へ行って、もういちどあの芸術家たちと、よく話合ってみようかと思った。二十人の志願者の中から選び出されたという事だけでも、僕は感謝しなければならぬのかも知れない。

けれども放課後、校門を出て烈風に吹かれたら、ふいと気持が変った。どうも、いやだ。鷗座は、いやだ。ディレッタントだ。あそこには、理想の高い匂《にお》いが無いばかりか、生活の影さえ稀薄《きはく》だ。演劇を生活している、とでもいうような根強さが無い。演劇を虚栄している、とでも言おうか、雰囲気《ふんいき》でいい心地になってる趣味家ばっかり集っている感じだ。僕には、どうしても物足りない。僕はもう、きょうからは、甘い憧憬家《しょうけいか》ではないのだ。へんな言いかただけど、僕はプロフェショナルに生きたい！

斎藤氏のところへ行こうと決意した。きょうは、どうあっても、僕の覚悟のほどを、よく聞いてもらわなければならぬ、と思った。そう決意した時、僕のからだは、ぬくぬくと神の恩寵《おんちょう》に包まれたような気がした。人間のみじめさ、自分の醜さに絶望せず、「凡《すべ》て汝《なんじ》の手に堪《た》うる事は力をつくしてこれを為《な》せ。」努めなければならぬ。十字架から、のがれようとしているのではない。自分の醜いしっぽをごまかさず、これを引きずって、歩一歩よろめきながら坂路をのぼるのだ。この坂路の果にあるものは、十字架か、天国か、それは知らない。かならず十字架ときめてしまうのは、神を知らぬ人の言葉だ。ただ、「御意《みこころ》のままになし給《たま》え。」たいへんな決意で、芝の斎藤氏邸に出かけて行ったが、どうも斎藤氏邸は苦手《にがて》だ。門をくぐらぬさきから、妙な威圧を感ずる。ダビデの砦《とりで》はかくもあろうか、と思わせる。

ベルを押す。出て来たのは、れいの女性だ。やはり、兄さんの推定どおり、秘書兼女中とでもいったところらしい。

「おや、いらっしゃい。」相変らず、なれなれしい。僕を、なめ切っている。

「先生は？」こんな女には用は無い。僕は、にこりともせずに尋ねた。

「いらっしゃいますわよ。」たしなみの無い口調である。

「重大な要件で、お目に、——」と言いかけたら、女は噴き出し、両手で口を押えて、顔を真赤にして笑いむせんだ。僕は不愉快でたまらなかった。僕はもう、以前のような子供ではないのだ。

「何が可笑《おか》しいのです。」と静かな口調で言って、「僕は、ぜひとも先生にお目にかかりたいのです。」

「はい、はい。」と、うなずいて笑いころげるようにして奥へひっこんだ。僕の顔に何か墨でもついているのであろうか。失敬な女性である。

しばらく経《た》って、こんどはやや神妙な顔をして出て来て、お気の毒ですけれども、先生は少し風邪の気味で、きょうはどなたにも面会できないそうです、御用があるなら、この紙にちょっと書いて下さいまし、そう言って便箋《びんせん》と万年筆を差し出したのである。僕は、がっかりした。老大家というものは、ずいぶんわがままなものだと思った。生活力が強い、とでもいうのか、とにかく業《ごう》の深い人だと思った。

あきらめて玄関の式台に腰をおろし、便箋にちょっと書いた。

「鷗座に受けて合格しました。試験は、とてもいい加減なものでした。一事は万事です。きょうの午後六時に鷗座の研究所へ来い、という通知を、きのうもらいましたが、行きたくありません。迷っています。教えて下さい。じみな修業をしたいのです。芹川進。」

と書いて、女のひとに手渡した。どうも、うまく書けない。女のひとはそれを持って奥へ行ったが、ながい事、出て来なかった。なんだか不安だ。山寺にひとりで、ぽつんと坐《すわ》っているような気持だった。

突然、声たてて笑いながらあの女のひとが出て来た。

「はい、ご返事。」前の便箋とはちがう、巻紙を引きちぎったような小さい紙片を差し出した。毛筆で書き流してある。

春秋座
それだけである。他には、なんにも書いていない。

「なんですか、これは。」僕は、さすがに腹が立って来た。愚弄《ぐろう》するにも程度がある。

「ご返事です。」女は、僕の顔を見上げて、無心そうに笑っている。

「春秋座へはいれって言うのですか。」

「そうじゃないでしょうか。」あっさり答える。

僕だって春秋座の存在は知っている。けれども、春秋座は、それこそ大名題《おおなだい》の歌舞《かぶ》伎《き》役者ばかり集って組織している劇団なのだ。とても僕のような学生が、のこのこ出かけて行って団員になれるような劇団ではない。

「これは、無理ですよ。先生の紹介状でもあったらとにかく、」と言いかけたら、晴天霹靂《へきれき》、

「ひとりでやれ！」と奥から一喝《いっかつ》。

仰天した。いるのだ。御本尊が襖《ふすま》の陰にかくれて立って聞いていたのだ。びっくりした。ひどい、じいさんだ。ほうほうの態《てい》で僕は退却した。すごい、じいさんだ。実に、おどろいた。家へ帰って兄さんに、きょうのてんまつを語って聞かせたら、兄さんは腹をかかえて笑った。僕も仕方なしに笑ったけれど、ちょっと、いまいましい気持もあった。

きょうは完全に、やられた。けれども、斎藤先生（これからは斎藤先生と呼ぼう）の奇妙に嗄《しわが》れた一喝に遭って、この二、三日の灰色の雲も、ふっ飛んだ感じだ。ひとりでやろう。春秋座。けれども、それでは一体、どうすればいいのか、まるで見当がつかない。兄さんも、当惑しているようだ。ゆっくり春秋座を研究してみましょう、というのが今夜の僕たちの結論だった。

思いがけない事ばかり、次から次へと起ります。人生は、とても予測が出来ない。信仰の意味が、このごろ本当にわかって来たような気がする。毎日毎日が、奇蹟《きせき》である。いや、生活の、全部が奇蹟だ。

五月十四日。日曜日。

曇。のち、晴れ。二、三日、日記を休んだ。別に変りはなかったからである。このごろ、なんだか気分が重く、以前のように浮き浮き日記を書けなくなった。日記をつける時間さえ惜しいような気がして来て、自重とでも言うのであろうか、くだらぬ事をいちいち日記に書きつけるのは、子供のままごと遊びのようで悲しい事だと思うようになった。自重しなければならぬと、しきりに思う。ベートーヴェンの言葉だけれども、「お前はもう自分の為《ため》の人間であることは許されていない。」そんな気持もするのである。

きょうは早朝から家中、たいへんな騒ぎであった。お母さんが、いよいよ九十九里の別荘に行って療養することになったのである。きょうは「大安《たいあん》」とかいって縁起のいい日なんだそうで、朝は少し曇っていたが、お母さんは、ぜひきょう行きたいと言い張るので、いよいよ出発。鈴岡さんと姉さんが、早朝から手伝いに来る。目黒のチヨッピリ叔母さんも来る。チョッピリという形容詞は、つつしむことに叔母さんと約束したのだが、どうも口癖になっているので、うっかり出る。御近所のおじさん、朝日タクシイの若旦那《わかだんな》、それから主治医の香川さん。総動員で、出発のお支度。なにせ、お母さんは寝たっきりの病人なのだから手数がかかる。看護婦の杉野さんと女中の梅やが、お母さんについて行く事になって、留守は、兄さんと僕と、書生の木島さんと、それから鈴岡さんの遠縁のものだとかいう五十すぎのお婆《ばあ》さん。このお婆さんは、シユンという名で、ひょうきんな人だ。杉野さんも梅やも、お母さんについて行って当分、炊事などする人が家にいなくなるので臨時に、このお婆さんに来てもらう事にしたのである。これから家《うち》も、いっそう淋しくなるだろう。大型のタクシイには、お母さんと香川さんと看護婦の杉野さん。もう一台のタクシイには、鈴岡さん夫婦と、女中の梅や。まっすぐに九十九里の松風園までタクシイを飛ばすのである。香川さんと鈴岡さん夫婦は、お母さんが向うに落ちついたのを見とどけてから、汽車で帰京の予定。たいへんな騒ぎである。家の前には通行人が、何事かという顔をして、二十人ほども立ちどまって見ている。お母さんは、朝日タクシイの若旦那に背負われ、泰然として、梅やを大声で叱咤《しった》したりなどしながら、その群集を掻《か》きわけて自動車に乗り込むのである。相当な光景であった。あの、ドストイェフスキイの「賭博者《とばくしゃ》」の中に出て来るお婆さんみたいだった。とに角元気なものだ。お母さんは、九十九里で一、二年静養したら、本当に、全快するかも知れない。

みんなが出発した後は、家の中が、がらんとして、たよりない気持だった。いや、それよりも、けさのどさくさ騒ぎの中で、ちょっと奇妙な事があった。けさは、兄さんも僕も、手伝いどころか皆の邪魔になるばかりなので、二階に避難して、お手伝いの人達の悪口などを言っていたら、杉野さんが、こわばった表情をして、用事ありげに僕たちの部屋へはいって来て、ぺたりと坐って、

「当分おわかれですわね。」と笑うような顔で、口をへんに曲げて言って、一瞬後、ひいと声を挙げて泣き伏した。

意外であった。兄さんと僕とは顔を見合せた。兄さんは、口をとがらせていた。当惑の様子である。杉野さんは、それから二、三分、泣きじゃくっていた。僕たちは黙っていた。杉野さんは、やがて起き上り、顔をエプロンで覆《おお》ったまま部屋から出て行った。

「なあんだ。」と僕が小さい声で言うと、兄さんも顔をしかめて、

「みっともない。」と言った。

けれども僕には、だいたいわかった。その時は、それ以上、杉野さんに就いて語るのをお互いに避けて、他の雑談をはじめたが、みんながタクシイに乗って出発した後で、さすがに、兄さんは、ちょっと考え込んだ様子であった。

兄さんは二階の部屋に仰向に寝ころんで、

「結婚しちゃおうか。」と言って笑った。

「兄さん、前から気がついていたの？」

「わからん。さっき泣き出したので、おや？　と思ったんだ。」

「兄さんも、杉野さんを好きなの？」

「好きじゃないねえ。僕より、としが上だよ。」

「じゃ、なぜ結婚するの？」

「だって、泣くんだもの。」

二人で大笑いした。

杉野さんも、見かけに寄らずロマンチックなところがある。けれども、このロマンスは成立せず。杉野さんの求愛の形式は、ただ、ひいと泣いてみせる事である。実に、下手くそを極めた形式である。ロマンスには、滑稽感《こっけいかん》は禁物である。杉野さんも、あの時ちょっと泣いて、「しまった！」と思い、それから何もかもあきらめて九十九里へ出発したのに違いない。老嬢の恋は、残念ながら一場の笑話に終ってしまったようだ。

「花火だね。」兄さんは詩人らしい結論を与えた。

「線香花火だ。」僕は、現実家らしくそれを訂正した。

なんだか淋しい。家が、がらんとしている。晩ごはんをすましてから、兄さんと相談して演舞場へ行ってみる事にした。木島さんをも誘った。おシュン婆さんはお留守番。

演舞場では、いま春秋座の一党が出演しているのだ。「女殺油地獄《おんなころしあぶらのじごく》」と、それから鷗外《おうがい》の「雁《がん》」を新人の川上祐吉《かわかみゆうきち》氏が脚色したのと、それから「葉桜」という新舞踊。それぞれ、新聞などでも、評判がいいようだ。僕たちが行った頃《ころ》には、もう「女殺油地獄」が終り、「葉桜」もすんだ様子で、最後の「雁」がはじまったところであった。舞台には、明治の雰囲気がよく出ていた。僕は大正の生れだから、明治の雰囲気など、知る由《よし》もないが、でも上野公園や芝公園を歩いていると、ふいと感ずる郷愁のようなもの、あれが、きっと明治の匂いだろうと信じているのだ。ただ、役者の台詞《せりふ》が、ほとんど昭和の会話の調子なので、残念に思った。脚色家の不注意かも知れない。俳優は、うまい。どんな端役《はやく》でも、ちゃんと落ちついてやっている。チイムワアクがとれている。いい劇団だと思った。こんな劇団にはいる事が出来たら、何も言う事はないと思った。幕合《まくあい》に廊下を歩いていたら、廊下の曲り角に小さい箱が置かれてあって、その箱に、「今夜の御感想をお聞かせ下さい」と白ペンキで書かれてあるのを見て、ふいとインスピレエション。

箱に添えられてある便箋に、「団員志望者であります。手続きを教えて下さい。」と書いて住所と名前をしたため、箱に投入した。なんと佳い思いつきであろう。これもまた奇蹟だ。こんないい方法があるとは、この箱の文字を読む直前まで気がつかなかった。一瞬にして、ひらめいたのだ。神の恩寵だ。けれども、これは、兄さんには黙っていた。笑われるといやだから、というよりは、なんだかもうこれからは、兄さんにあまり頼らず、すべて僕の直感で、独往邁進《まいしん》したくなっていたのだ。

六月四日。火曜日。

晴れ。わすれていた時に、春秋座から手紙が来た。幸福の便りというものは、待っている時には、決して来ないものだ。決して来ない。友人を待っていて、ああ、あの足音は？　なんて胸をおどらせている時には、決してその人の足音ではない。そうして、その人は、不意に来る。足音も何もあったものではない。全然あてにしていないその空白の時をねらって、不意に来る。不思議なものだ。春秋座の手紙は、タイプライターで打たれている。その大意を記せば、今年は、新団員を三名採用するつもり。十六歳から二十歳までの健康の男児に限る。学歴は問わないが、筆記試験は施行する。入団二箇月を経てより、准《じゅん》団員として毎月化粧料三十円ならびに交通費を支給する。准団員の最長期間は二箇年限とし、以後は正団員として全団員と同等の待遇を与える。最長期間を経ても、なお、正団員としての資格を認めがたき者は除名する。志望者は六月十五日までに、自筆の履歴書、戸籍抄本、写真は手札型近影一葉（上半身正面向）ならびに戸主または保護者の許可証、相添えて事務所まで御送附の事。試験その他の事項に就いては追って御通知する。六月二十日深夜までにその御通知の無之《これなき》場合は、断念せられたし。その他、個々の問合せには応じ難《がた》い。云々《うんぬん》。

原文は、まさか、これほど堅苦しい文章でもないのだが、でも、だいたいこんな雰囲気の手紙なのだ。実にこまかいところまで、ハッキリ書いている。少しの華やかさもないが、その代り、非常に厳粛なものが感ぜられた。読んでいるうちに、坐り直したいような気がして来た。鷗座《かもめざ》の時には、ただもうわくわくして、空騒《からさわ》ぎをしたものだが、こんどは、もう冗談ではない。沈鬱《ちんうつ》な気さえするのである。ああもう僕も、いよいよ役者稼業《かぎょう》に乗り出すのか、と思ったら、ほろりとした。

三名採用。その中にはいる事が出来るかどうか、まるっきり見当もつかないけれど、

とにかくやって見よう。兄さんも、今夜は緊張している。きょう僕が学校から帰って来たら、

「進。春秋座から手紙が来てるぜ。お前は、兄さんにかくれて、こっそり血判の歎願《たんがん》書《しょ》を出したんじゃないか？」などと言って、はじめは笑っていたが、手紙を開封してその内容を僕と一緒に読んでからは、急に、まじめになってしまって、

「お父さんが生きていたら、なんと言うだろうねえ。」などと心細い事まで言い出す始末であった。兄さんは優しくて、そうして、やっぱり弱い。僕がいまさら、どこへ行けるものか。ながい間の煩悶《はんもん》苦悩のあげく、やっとここまで、たどりついて来たのだ。

こうなると斎藤先生ひとりが、たのみの綱だ。春秋座、とはっきり三字、斎藤先生は書いてくれた。そうして、ひとりでやれ！と大喝したのだ。やって見よう。どこまでもやって見よう。初夏の夜。星が綺麗《きれい》だ。お母さん！と小さい声で言って、恥ずかしい気がした。


六月十八日。日曜日。

晴れ。暑い日だ。猛烈に暑い。日曜で、朝寝をしていたかったのだが、暑くて寝て居られない。八時に起きた。すると郵便。春秋座。

第一の関門は、パスしたのだ。当り前のような気もしたが、でも、ほっとした。通知の来るのは、あすか、あさっての事だろうと思っていたのだが、やっぱり幸福は意地悪く、思いがけない時にばかりやって来る。

七月五日、午前十時より神楽坂《かぐらざか》、春秋座演技道場にて第一次考査を施行する。第一次考査は、脚本朗読、筆記試験、口頭試問、簡単な体操。脚本朗読は、一つは何にても可、受験者の好むところの脚本を試験場に持参の上、自由に朗読せられたし。但《ただ》し、この朗読時間は、五分以内。他に当方より一つ、朗読すべき脚本を試験場に於《お》いて呈示する。筆記試験には、なるべく鉛筆を用いられたし。体操に支障無きようパンツ、シャツの用意を忘れぬ事。弁当は持参に及ばず。当道場に於て粗飯を呈す。当日は、午前十時、十分前に演技道場控室に参集の事。

相変らず、簡明である。第一次考査と書いてあるが、それでは、この試験に合格してもまだ第二次、第三次と考査が続くのであろうか。ずいぶん慎重だ。けれども、俳優として適、不適を決定するのには、これくらいの大事をとるのが本当かも知れない。会社や銀行へ就職する場合とは違うのだ。無責任な審査をして出鱈目《でたらめ》に採用しても、その採用された当人が、もし俳優として不適当な人だったら、すぐ又お隣りの銀行へという工合《ぐあい》に、手軽に転職も出来ず、その人の一生が滅茶滅茶《めちゃめちゃ》に破壊されてしまうだろう。どうか大いに厳重に審査してもらいたいものだ。鵰座のようでは、合格したって、不安でいけない。こちらは何もかも捨ててかかっているのだ。無責任な取扱いを受けてはたまらない。

脚本朗読、筆記試験、口頭試問、体操、と四種目あるが、その中でも自由選択の脚本朗読というのが曲者《くせもの》だ。ちょっと頭のいい審査方法だと思った。何を選ぶかという事に依《よ》って受験者の個性、教養、環境など全部わかってしまうだろう。これは難物だ。試験までには、まだ二週間ある。ゆっくりと落ちついて、万全の脚本を選び出そう。兄さんともよく相談して決定しよう。兄さんは、四、五日前から九十九里のお母さんのところへ見舞いに行って、今晩か、明晩、帰京する事になっている。ゆうべ兄さんから葉書が来た。お母さんは、一週間ほど前ちょっと熱を出したのだが、もう熱もさがっていよいよ元気。杉野女史は、まっくろに日焼けして、けろりとして働いているそうだ。兄さんは、また杉野さんに泣かれるかも知れんなどと冗談を言って出発したのだが、なんという事もなかったようだ。どうも、兄さんは甘い。

夜、木島さんとおシュン婆さんと僕と三人がかりで、変なアイスクリイムを作って食べていたら、ベルが鳴って、出てみると、木村のお父さんが、のっそり玄関先に立っていた。

「うちの馬鹿《ばか》が来ていませんか。」と意気込んで言う。

一昨夜、ギタをかかえて出かけて、それっきり家へ帰らないのだそうだ。

「このごろ、さっぱり逢《あ》いませんが。」と言ったら、首をかしげて、

「ギタを持って出たから、きっとあなたの所だとばかり思って、ちょっとお寄りしてみたのですが。」と疑うような、いやな眼で僕を見つめる。ばかにしてやがる。

「僕は、もうギタは、やめました。」と言ってやったら、

「そうでしょう。いいとしをして、いつまでもあんな楽器をいじくりまわしているのは感心出来ません。いや、お邪魔しました。もし、あのばかが来ましたならば、あなたからも、説教してやって下さい。」と言い残して帰って行った。

不良の木村には、お母さんが無いのだ。よその家庭のスキャンダルは言いたくないが、なんだか、ごたごたしているらしい。木村に説教するよりは、むしろ、木村の家の人たちに説教してやりたいものだと思った。木村のお父さんは所謂《いわゆる》、高位高官の人であるが、どうも品《ひん》がない。眼つきが、いやらしい。自分の子供だからといって、よそへ行ってまで、うちのばか、うちのばか、と言うのは、よくない事だと思った。実

に聞きぐるしい。木村も木村だが、お父さんもお父さんだと思った。要するに、僕には、あまり興味が無い。ダンテは、地獄の罪人たちの苦しみを、ただ、見て、とおったそうだ。一本の縄《なわ》も、投げてやらなかったそうだ。それでいいのだ、とこのごろ思うようになった。

七月五日。水曜日。

晴れ。夕、小雨。きょう一日の事を、ていねいに書いて見よう。僕はいま、とても落ちついている。すがすがしいくらいだ。心に、なんの不安も無い。全力をつくしたのだ。あとは、天の父におまかせをする。爽《さわ》やかな微笑が湧《わ》く。本当に、きょうは、素直に力を出し切る事が出来た。幸福とは、こんな思いを言うのかも知れない。及第落第は、少しも気にならない。

きょうは春秋座の演技道場で、第一次の考査を受けたのである。けさは、七時半に起きた。六時頃《ごろ》から目が覚めていたのだが、何か心の準備に於て手落ちが無いか、寝床の中で深く静かに考えていた。手落ちといえば全部、手落ちだらけであったが、それだからとて狼狽《ろうばい》することもなかった。とにかく、ごまかさなければいいのだ。正直に進んだら、何事もすべて単純に解決して、どこにも困難がない筈だ。ごまかそうとするから、いろいろと、むずかしくなって来るのだ。ごまかさない事。あとは、おまかせするのだ。心にそれ一つの準備さえ出来ていたら、他《ほか》には何も要らないのだと思った。詩を一つ作ろうと思ったが、うまく行かなかった。起きて、顔を洗い、鏡を見た。平然たる顔である。ゆうべ、ぐっすり眠ったせいか、眼が綺麗にすんでいる。笑って鏡に一礼した。それから、ごはんを、うんとたくさん食べた。おシュン婆さんも、おどろいていた。いつもは朝寝坊でも、試験だとなると、ちゃんと早起をして御飯も、たくさん食べる。男の子は、こうでなくちゃいけない、と変なほめかたをした。おシュン婆さんは、きょうは学校の試験があるのだと、ひとり合点しているらしい。役者の試験を受けに行くのだと知ったら、腰を抜かすかもしれない。

身支度をして、それから仏壇のお父さんの写真に一礼して、最後に兄さんの部屋へ行き、

「行ってまいります。」と大声で言った。兄さんは、まだ寝ているのだ。むっくり上半身を起して、

「なんだ、もう行くのか。神の国は何に似たるか。」と言って、笑った。

「一粒《ひとつぶ》の芥種《からしだね》のごとし。」と答えたら、

「育ちて樹《き》となれ。」と愛情のこもった口調で言った。

前途の祝福として、もったいないくらい、いい言葉だ。兄さんは、やはり僕より百倍もすぐれた詩人だ。とっさのうちに、ぴたりと適切な言葉を選ぶ。

外は暑かった。神楽坂をてくてく歩いて、春秋座の演技道場へ着いたのは九時すこし過ぎだった。ちょっと早過ぎた。紅屋へ行ってソーダ水を飲んで汗を拭《ふ》き、それからまたゆっくり出直したら、こんどはちょうどよかった。古い大きいお屋敷である。玄関で靴《くつ》を脱いでいたら、角帯をきちんとしめた番頭さんのような若い人が出て来て、どうぞと小声で言ってスリッパを直してくれた。おだやかな感じである。まるで、お客様あつかいである。控室は二十畳敷くらいの広く明るい日本間で、もう七、八人、受験生が来ていた。みな、ひどく若い。まるで子供である。十六歳から二十歳という制限だった筈だが、その七、八人のひと達は、ちょっと見たところ、まるで十三、四の坊やだ。髪をおかっぱにしている者もあり、赤いボヘミアンネクタイをしている者もあり、派手な模様の和服を着流している者もあり、どうも芸者の子か何かのような感じの少年ばかりだ。僕は、てれくさかった。さっきの番頭さんみたいな人が、おせんべいとお茶を持って来て僕にすすめて、「しばらくお待ち下さいまし。」と言う。恐縮するばかりである。ぼつぼつ受験生が集って来る。二十歳くらいのひとも三、四人来た。けれども、みんな背広か和服だ。学生服は、ついに僕ひとりであった。あんまり利巧そうでない顔ばかりだったが、でも、鷗座のように陰鬱《いんうつ》な感じはなかった。人生の敗残者なんて感じはない。ただ、無心にきょろきょろしている。二十人くらいになった頃、れいの番頭さんが出て来て、「どうもお待ちどおさまでした。お名前をお呼び致しますから。」と静かな口調で言って、五人の名前を呼んで、「どうぞこちらへ。」と別室へ案内して行った。僕の名は呼ばれなかった。あとは、また、しんとなって、僕は立ち上り、廊下に出て、庭を眺《なが》めた。料理屋か、旅館の感じである。庭もなかなか広い。かすかに電車の音が聞える。じりじり暑い。三十分くらい待たされて、こんど呼ばれた名前の中には、僕の名もはいっていた。れいの番頭さんに引率されて、僕たち五人は薄暗い廊下を二曲りもして、風通しのよい洋室に案内された。「やあ、いらっしゃい。」背広を着たとても美しい顔の青年が、あいそよく僕たちを迎えた。「筆記試験をさせていただきます。」

僕たちは中央の大きいテエブルのまわりに坐《すわ》って、その美しい青年から原稿用紙を三枚ずつ貰《もら》い、筆記にとりかかった。何を書いてもいい、というのである。感想でも、日記でも、詩でも、なんでもいい、但《ただ》し、多少でも春秋座と関係のある事を書いて下さい、ハイネの恋愛詩などを、いまふっと思い出してそのまんまお書きになっては困ります、時間は三十分、原稿用紙一枚以上二枚以内でまとめて下さい、という事であった。

僕は自己紹介から書きはじめて、春秋座の「雁」を見て感じた事を率直に書いた。きっちり二枚になった。他の人は、書いたり消したり、だいぶ苦心の態《てい》である。これでも、履歴書や写真に依《よ》って、多くの志望者の中から選び出された少数者なのだ。ずいぶん心細い選手たちである。けれども、こんな白痴みたいな人たちこそ、案外、演技のほうで天才的な才能を発揮するのかも知れない。あり得る事だ。油断してはならない、などと考えていたら、番頭さんがひょいとドアから顔を出して、

「お書きになりました方《かた》は、その答案をお持ちになって、どうぞこちらへ。」また御案内だ。

書き上げたのは僕ひとりだ。僕は立って廊下へ出た。別棟《べつむね》の広い部屋に通された。なかなか立派な部屋だ。大きい食卓が、二つ置かれてある。床の間寄りの食卓をかこんで試験官が六人、二メートルくらいはなれて受験者の食卓。受験者は、僕ひとり。僕たちの先に呼ばれた五人の受験者たちは、もう皆すんで退出したのか、誰《だれ》もいない。僕は立って礼をして、それから食卓に向ってきちんと坐った。いる、いる。市川菊之《いちかわきくの》助《すけ》、瀬川国十郎、沢村《さわむら》嘉右衛門《かえもん》、坂東市松《ばんどういちまつ》、坂田門之助、染川文七、最高幹部が、一

様に、にこにこ笑ってこっちを見ている。僕も笑った。

「何を読みますか?」瀬川国十郎が、金歯をちらと光らせて言った。

「ファウスト!」ずいぶん意気込んで言ったつもりなのだが、国十郎は軽く首肯《うなず》いて、

「どうぞ。」

僕はポケットから鷗外《おうがい》訳の「ファウスト」を取り出し、れいの、花咲ける野の場を、それこそ、天も響けと読み上げた。この「ファウスト」を選ぶまでには、兄さんと二人で実に考えた。春秋座には歌舞伎《かぶき》の古典が歓迎されるだろうという兄さんの意見で、黙阿弥《もくあみ》や逍遥《しょうよう》、綺堂《きどう》、また斎藤先生のものなど色々やってみたが、どうも左団次や羽左衛門《うざえもん》の声色《こわいろ》みたいになっていけない。僕の個性が出ないのだ。そうかといって、武者小路《むしゃのこうじ》や久保田万太郎《くぼたまんたろう》のは、台詞《せりふ》がとぎれて、どうも朗読のテキストには向かないのだ。一人三役くらいで対話の朗読など、いまの僕の力では危かしいし、一人で長い台詞を言う場面は、一つの戯曲にせいぜい二つか三つ、いや何も無い事さえあって、意外にも少いものなのだ。たまにあるかと思うと、それはもう既に名優の声色、宴会の隠芸《かくしげい》だ。何でもいいから、一つだけ選べ、と言われると実際、迷ってしまうのだ。まごまごしているうちに試験の期日は切迫して来る。いっそこうなれば「桜の園」のロパーヒンでもやろうか。いや、それくらいなら、ファウストがいい。あの台詞は、鷗

座の試験の、とっさの場合に僕が直感で見つけたものだ。記念すべき台詞だ。きっと僕の宿命に、何か、つながりのあるものに相違ない。ファウストにきめてしまえ！という事になったのである。このファウストのために失敗したって僕には悔いがない。誰はばかるところなく読み上げた。読みながら、とても涼しい気持がした。大丈夫、大丈夫、誰かが背後でそう言っているような気もした。

人生は彩《いろど》られた影の上にある！と読み終って思わずにっこり笑ってしまった。なんだか、嬉《うれ》しかったのである。試験なんて、もう、どうだっていいというような気がして来た。

「御苦労さまです。」国士郎氏は、ちょっと頭をさげて、「もう一つ、こちらからのお願い。」

「はあ。」

「ただいま向うでお書きになった答案を、ここで読みあげて下さい。」

「答案？　これですか？」僕はどぎまぎした。

「ええ。」笑っている。

これには、ちょっと閉口だった。でも春秋座の人たちも、なかなか頭がいいと思った。これなら、あとで答案をいちいち調べる手数もはぶけるし、時間の経済にもなるし、くだらない事を書いてあった場合には朗読も、しどろもどろになって、その文章の欠点も、いよいよハッキリして来るであろうし、これには一本、やられた形だった。けれども、気を取り直して、ゆっくり、悪びれずに読んだ。声には少しも抑揚をつけず、自然の調子で読んだ。

「よろしゅうございます。その答案は置いて行って、どうぞ控室でお待ちになっていて下さい。」

僕はぴょこんとお辞儀をして廊下に出た。背中に汗をびっしょりかいているのに、その時はじめて気がついた。控室に帰って、部屋の壁によりかかってあぐらを掻《か》き、三十分くらい待っているうちに、僕と同じ組の四人の受験生も順々に帰って来た。みんなそろった時に、また番頭さんが迎えに来て、こんどは体操だ。風呂場《ふろば》の脱衣場みたいな、がらんと広い板敷の部屋に通された。なんという俳優か名前はわからなかったが角帯をしめた四十歳前後の相当の幹部らしいひとが二人、部屋の隅《すみ》の籐椅子《とういす》に腰かけていた。若い、事務員みたいな人が白ズボンにワイシャツという姿で、僕たちに号令をかけるのである。和服の人は着物をみな脱がなければならないが、洋服の人は単に上衣《うわぎ》を脱ぐだけでよろしいという事であって、僕たちの組の人は全部洋服だったので、身支度にも手間《てま》がかからず、すぐに体操が始まった。五人一緒に、右向け、左向け、廻《まわ》れ右、すすめ、駈足《かけあし》、とまれ、それからラジオ体操みたいなものをやって、最後に自分の姓名を順々に大声で報告して、終り。簡単なる体操、と手紙には書いてあったが、そんなに簡単でもなかった。ちょっと疲れたくらいだった。控室へ帰ってみると、控室には一列に食卓が並べられていて、受験生たちはぼつぼつ食事をはじめていた。天丼《てんどん》である。おそばやの小僧さんのようなひとが二人、れいの番頭さんに指図されて、あちこち歩きまわってお茶をいれたり、丼《どんぶり》を持ち運んだりしている。ずいぶん暑い。僕は汗をだらだら流して天丼をたべた。どうしても全部たべ切れなかった。

最後は口頭試問であった。番頭さんに一人ずつ呼ばれて、連れられて行く。口頭試問の部屋は、さっきの朗読の部屋であった。けれども部屋の中の雰囲気は、すっかり違っていた。ごたごた、ひどくちらかっていた。大きい二つの食卓は、ぴったりくっつけられて、文芸部とか企劃部《きかくぶ》とか、いずれそんなところの人たちであろう、髪を長くのばして顔色のよくないひとばかり三人、上衣を脱いでくつろいだ姿勢で食卓に肘《ひじ》をつき、食卓の上には、たくさんの書類が雑然とちらかっている。飲みかけのアイスコーヒーのグラスもある。

「お坐りなさい。あぐら、あぐら。」と一ばんの年長者らしい人が僕に座布団《ざぶとん》をすすめる。

「芹川《せりかわ》さんでしたね。」と言って、卓上の書類の中から、僕の履歴書や写真などを選び出して、

「大学は、つづけておやりになるつもりですか？」まさに、核心《かくしん》をついた質問だった。僕の悩みも、それなんだ。手きびしいと思った。

「考え中です。」ありのままを答える。

「両方は無理ですよ。」追撃急である。

「それは、」僕は小さい溜息《ためいき》をついた。「採用されてから、」言葉がとぎれた。

「それゃまあ、そうですが。」相手は敏感に察して笑い出した。「まだ採用と、きまっているわけでもないのですものね。愚問だったかな？　失礼ですが、兄さんは、まだお若いようですね。」どうも痛い。からめ手から来られては、かなわない。

「はあ、二十六です。」

「兄さんおひとりの承諾で大丈夫でしょうか。」本当に心配そうな口調である。この口頭試問の主任みたいな人は、よっぽど世の中の苦労をして来た人に違いないと僕は思った。

「それは大丈夫です。兄さんは、とても頑張《がんば》りますから。」

「頑張りますか。」ほがらかそうに笑った。他の二人のひとたちも、顔を見合せてにこにこ笑った。

「ファウストをお読みになったのですね？　あなたがひとりで選んだのですか？」

「いいえ、兄さんにも相談しました。」

「それじゃ、兄さんが選んで下さったのですね？」

「いいえ、兄さんと相談しても、なかなかきまらないので、僕がひとりで、きめてしまったのです。」

「失礼ですけど、ファウストが、よくわかりますか？」

「ちっともわかりません。でも、あれには大事な思い出があるんです。」

「そうですか。」また笑い出した。「思い出があるんですか。」柔和な眼で僕の顔を見つめて、「スポーツは何をおやりです？」

「中学時代に蹴球《しゅうきゅう》を少しやりました。いまは、よしていますけど。」

「選手でしたか？」

それからそれと、とてもこまかい所まで尋ねる。お母さんが病気だと言ったら、その病状まで熱心に尋ねる。ちかい親戚《しんせき》には、どんな人がいるのか、とか、兄さんの後見人とでもいうような人がいるのか、とか、家庭の状態に就いての質問が一ばん多か

った。でも自然にすらすらと尋ねるので、こちらも気楽に答える事が出来て、不愉快ではなかった。最後に、

「春秋座の、どこが気にいりましたか？」

「べつに。」

「え？」試験官たちは、一斉《いっせい》にさっと緊張したようであった。主任のひとも、眉間《みけん》にありありと不快の表情を示して、「じゃ、なぜ春秋座へはいろうと思ったのですか？」

「僕は、なんにも知らないんです。立派な劇団だとは、ぼんやり思っていたのですけど。」

「ただ、まあ、ふらりと？」

「いいえ、僕は、役者にならなけれぁ、他に、行くところが無かったんです。それで、困って、或《あ》る人に相談したら、その人は、紙に、春秋座と書いてくれたんです。」

「紙に、ですか？」

「その人はなんだか変なのです。僕が相談に行った時は風邪気味だとかいって逢《あ》ってくれなかったのです。だから僕は玄関で、いい劇団を教えて下さいって洋箋《ようせん》に書いて、女中さんだか秘書だか、とてもよく笑う女のひとにそれを手渡して取りついでもらったんです。すると、その女のひとが奥から返事の紙を持って来たんです。けれども、

その紙には、春秋座、と三字書かれていただけなんです。」

「どなたですか、それは？」主任は眼を丸くして尋ねた。

「僕の先生です。でも、それは、僕がひとりで勝手にそう思い込んでいるので、向うでは僕なんかを全然問題にしていないかも知れません。でも、僕はその人を、僕の生涯《しょうがい》の先生だと、きめてしまっているんです。僕はまだその人と、たった一回しか話をした事がないんです。追いかけて行って自動車に一緒に乗せてもらったんです。」

「いったい、どなたですか。どうやら劇壇のおかたらしいですね。」

「それは、言いたくないんです。たったいちど、自動車に乗せてもらって話をしたきりなのに、もう、その人の名前を利用するような事になると、さもしいみたいだから、いやなんです。」

「わかりました。」主任は、まじめに首肯《うなず》いて、「それで？　その人が、春秋座、と書いて下さったので、まっすぐにこっちへ飛び込んで来たというわけですね？」

「そうです。ただ春秋座へはいれって言ったって無理です、と僕はその時に女中さんに不平を言ったんです。すると、襖《ふすま》の陰から、ひとりでやれっ！　と怒鳴ったんです。先生が襖の陰に立って聞いていたんです。だから僕は、びっくりして、――」

若い二人の試験官たちは声を立てて笑った。けれども、主任のひとは、そんなに笑

わず、

「痛快な先生ですね。斎藤先生でしょう?」と事もなげに言った。

「それは言われないんです。」僕も笑いながら、「僕がもっと偉くなってから、教えます。」

「そうですか。それじゃ、これだけで、よろしゅうございます。どうも、きょうは、御苦労さまでした。食事は、すみましたね?」

「はあ、いただきました。」

「それでは、二、三日中に、また何か通知が行くかも知れませんが、もし、二、三日中に何も通知が無かった場合には、またもういちど、その先生のところへ相談にいらっしゃるのですね。」

「そのつもりで居《お》ります。」

これで、きょうの試験が、全部、すんだのである。満ち足りた、おだやかな気持で、家へ帰った。晩は、兄さんと二人で芹川式のビフテーキを作って食べた。おシュン婆さんにも、ごちそうしてやった。僕は本当に、平気なのに、兄さんは、ひそかに気をもんでいるようだ。何かと試験の模様を聞きたがるのだが、こんどは僕が、神の国は何に似たるか、などと逆に問い返したりなどして、過ぎ去った試験の事は少しも語りたくなかった。

夜は日記。これが最後の日記になるかも知れぬ。なぜだか、そんな気がする。寝よう。

七月六日。木曜日。

曇り。けさは、眠くて、どうしても起きられず、学校を休む。

午後二時、春秋座より速達あり。「健康診断を致しますから、八日正午、左記の病院に此《こ》の状持参にておいで下さい。」とあって、虎《とら》の門《もん》の或る病院の名が書かれていた。

所謂《いわゆる》、第二次考査の通知である。兄さんは、もう之《これ》で合格したも同然だ、と言って全く安心しているが、僕には、そうは思われなかった。病院に行ってみると、きのうの受験生が、また全部集っているような気さえする。もういちど、はじめから戦い直してもいいくらいの英気を、たっぷりと養って置きたい。さいわい、からだは、どこも悪くない筈だけど。

夜は、ひとりでレコードを聞いて過す。モーツァルトのフリュウト・コンチェルトに眼を細める。

七月八日。土曜日。

晴れ。虎の門の竹川病院に行って、いま帰って来たところ。暑い、暑い。ごめんこうむって、パンツ一枚の姿で日記をつける。病院へ行ってみたら、たった二人だ。僕と、それから髪をおかっぱにした、一見するに十四、五の坊やと、それっきりだ。あとの人は、みんな駄目《だめ》だったらしい。すごい厳選だったのだ。ひやりとした。三人のお医者が交《かわ》る交《がわ》る、僕たちのからだの隅々《すみずみ》まで調べた。峻烈《しゅんれつ》を極めた診察で、少々まいった。レントゲンにかけられ、血液も尿もとられた。坊やは、トラホームを見つけられ泣きべそを掻《か》いた。でも、一週間も治療したらなおるくらいの軽いものだと聞かされて、すぐ、にこにこした。坊やの顔は、そんなに可愛《かわい》くはないが、気味の悪いような個性がある。ひどく長い顔だ。案外、天才的な才能を持っているのかも知れない。僕たちは三時間ちかく調べられた。

春秋座から事務員のような人がひとり来ていた。帰りは三人、一緒だった。

「よかったですね。」とその事務員が言った。「はじめの願書は、樺太《からふと》、新京などからも来て、ざっと六百通ちかく集ったのですよ。」

「でも、まだわからないんでしょう？」と僕が言ったら、

「さあ、どうでしょうかね。」とあいまいな返事をした。

合格ならば、一週間以内に、正式の通知が来るのだそうだ。僕たちは市電の停留場でわかれた。

兄さんに知らせたら大喜びだ。こんなに喜んだ兄さんを見た事がない。

「よかったねえ、よかったねえ、進は、やっぱり役者になるのがよかったんだ。六百人の中から二人とは凄《すご》いじゃないか。偉いねえ、ありがとう、僕は、もう、どんなに嬉しいか、——」と言いかけて、少し泣いた。滅茶滅茶だ。まだ、喜ぶには早いのに。

正式の通知の来ないうちは、気をゆるめてはいけないのだ。

七月十四日。金曜日。

晴れ。合格通知来る。

七月十五日。土曜日。

晴れ。猛烈に暑い。きのうは合格通知を封筒のまま仏壇にあげて、兄さんと二人で、お父さんに報告をした。本当に、日本一の俳優になれそうな気がして来た。苦しいのは、寧《むし》ろ、これからであろう。けれども「善く且《か》つ高貴に行動する人間は唯《た》だその事実だけに拠《よ》っても不幸に耐え得るものだということを私は証拠立てたいと願う。」これは、ベートーヴェンの言葉だが、壮烈な覚悟だ。昔の天才たちは、みんな、このような意気込みで戦ったのだ。折れずに、進もう。ゆうべは、兄さんと木島さんと僕と三人で、猿楽軒《さるがくけん》に行き、ささやかな祝宴。お母さんの健康を祈って乾盃《かんぱい》した。木島さんは酔って、チャッキリ節《ぶし》というものを歌った。

このごろは、学校へ、さっぱり行かない。二学期から、休学しようと思っている。兄さんも、そうするより他《ほか》は無かろうと言っている。春秋座の道場へは、もう来週の月曜から毎日かよわなければならないのである。すぐに公演の手伝いをするのだそうである。研究生時代の二箇月間も、手当は、毎月十二円、公演の方にも手伝いをした時にはまた若干、道場までの交通費もきちんと支給される事になっている。二箇月を経ると、準団員として毎月、化粧料三十円になるのだ。それから二箇年間に、少しずつ手当がふえていって、二箇年が過ぎると、正団員になって、全団員と同等の待遇を受けるようになるのである。順調に行くと、僕は十九歳の秋には正団員になれるのである。けれども今は、そんな甘い空想で、うっとりしている場合ではない。目前の努力が大事だ。つらいだろうなあ。二年経《た》って、正団員になって、それからが本当の役者の修業なのだ。十年修業して、二十九歳。いろんな事が起るだろう。自分ひとりの演技よりも、どんな脚本を選ぶかという事こそ最も大きい問題になって来るだろう。とにかく努力だ。かならず偉い役者にならなければならぬ。大海へ丸木舟に乗ってこぎ出した形だ。でも、僕が今月から、もう、ちょっとしたお給金がもらえるというのは、くすぐったい事だ。チョッピリ、うれしい。最初のお給金で、兄さんへ万年筆を一本買ってあげようと思っている。兄さんは、明日、沼津のお母さんの実家へ避暑に行くと言っている。十日ばかり滞在の予定だそうだ。いつもなら、僕も当然、一緒に行くのだが、なにせ来週から、「つとめ」の身であるから、ままにならぬ。ことしの夏は、東京に居残って頑張るのだ。兄さんの「文学公論」の小説は、とうとう締切までに間に合わなかったようだ。半分ほど書き上げた時に、津田さんに見ていただいたところが、意外なほどいいお点をもらって激励されたとか、けれどもその後が、どうしても、うまく進行せず、とうとう放棄してしまったようだ。本当に、惜しい事だ。兄さんは、いつでも、バルザックやドストイェフスキイと較《くら》べて、自分の力量の足りない事を嘆いているが、はじめから、あの人たちに勝とうと思うのは慾《よく》が深すぎるのではあるまいか。「やっぱり、小説は、三十すぎなければ駄目だね。」などと言っていたけど、それでは、三十になる前に、小さい散文詩などを書いてみたらどうかしら。とにかく兄さんには、凄い才能があるのだから、いまに調子が出て来れば、世界的な傑作を必ず書く。兄さんの文章の美しさは、ちょっと日本にも類が無い。

今夜、風呂《ふろ》へはいって、鏡をみたら顔がひどくやつれているので、驚いた。僅《わず》か二、三日の間に、こんなに顔が変るものか。やっぱり、この二三日、よほどの心労だったのだろう。頬骨《ほおぼね》が出て、すっかり大人の顔である。ひどく醜い。どうにかしなければならぬ。僕は、もう役者なのだ。役者は、顔を大事にしなければいけないものだ。どうも、この顔は気にいらない。干《ほ》した猿みたいだ。これからは、毎朝、クリイムとかヘチマコロンとかを用いて、顔の手入をしなければならぬ。役者になったからって、急におめかしをする必要もないが、こんな生気《せいき》の無い顔は困る。

夜は蚊帳《かや》の中で読書。ジャンクリストフ第三巻。

八月二十四日。木曜日。

曇り。地獄の夏。気が狂うかも知れぬ。いやだ、いやだ。何度、自殺を考えたか分らぬ。三味線が、ひけるようになりましたよ。踊りも出来ます。毎日、毎日、午前十時から午後四時まで。演技道場は、地獄の谷だ！　学校は止《や》めている。もう、他に行くところがないのだ。罰だ！　やっぱり役者を甘く見ていた。

呪《のろ》われたるものよ、汝《なんじ》の名は、少年俳優。よくからだが続くものだと、自分でも不思議に思っています。覚悟は、していたが、これほどの屈辱を嘗《な》めるとは思わなかった。

きょうも、お昼の三十分の休み時間に、道場の庭の芝生に仰向けに寝ころんでいたら、涙が湧《わ》いて出た。

「芹川さんは、いつも、憂鬱《ゆううつ》そうですね。」と言って、れいの坊やが傍《そば》へ寄って来た。

「あっちへ行け！」と言った。自分でも、おや？　と思ったほどの厳粛な口調であった。僕の悩みは、お前たち白痴にわかるものか！

坊やの名は、滝田輝夫。むかし帝劇女優として有名だった滝田節子のかくし子だそうだ。父は、先年なくなった財界の巨頭、M氏だそうだ。十八歳。僕より一つ年上であるが、それでも、やっぱり坊やである。白痴にちかい。けれども、演技は素晴らしい。遊芸百般に於《おい》ても、僕などとても、足もとにも及ばない。こいつが僕のライバルだ。生涯《しょうがい》のライバルかも知れない。いつでも僕は、この白痴と比較されて、そうしてこごとをもらうのである。けれども僕は、白痴の天才は断然、否定しているのだ。今に見ろ、と思っている。無器用ものの、こった一念の強さほど尊いものは無いのだ。春秋座に於て、滝田を疑問視して、芹川を支持しているのは、団長の市川菊之助ひとりである。他は皆、僕の野暮ったさに呆《あき》れている。理窟《りくつ》や、という家号《やごう》を、つけられている。きょうは、道場からの帰りに、大幹部の沢村嘉右衛門と市電の停留場まで一緒だったが、

「君は毎日毎日、ちがう本を、ポケットにいれて来るそうだね。本当に、読んでるのかい？」と薄笑いしながら言った。

僕は返事をしなかった。腹の中で、こう言った。紀の国《きのくに》やさん、これからの役者は、あなたみたいに芸ばかり達者でもだめですよ。

十日ほど前、市川菊之助は、僕をレインボウへ連れて行って、ごちそうしてくれて、その時にボイルドポテトをフオクで追いまわしながら、ふいとこう言ったのだ。

「私は三十まで大根《だいこん》と言われていました。そうして、いまでも私は自分を大根だと思っています。」

僕は泣きたかった。あの団長の言葉が無かったら、僕はきょうあたり、首をくっ

ていたかも知れない。

新しい芸道を樹立する。至難である。頭に矢が当らず、手脚にばっかり矢が当る。最もやり切れぬ苦痛である。一粒《ひとつぶ》の芥種《からしだね》、樹《き》になるか、樹になるか。もういちど、ベートーヴェンのあの言葉を、大きく書いて見よう。「善く且つ高貴に行動する人間は唯だその事実だけに拠っても不幸に耐え得るものだということを私は証拠立てたいと願う。」

九月十七日。日曜日。

曇り。時々、雨。きょうは、稽古《けいこ》は休みだ。きのうは道場で、夜の十一時半まで稽古があった。めまいがして、舞台にぶったおれそうになった。歌舞伎座《かぶきざ》、十月一日初日。出し物は、「助六《すけろく》」漱石《そうせき》の「坊ちゃん」それから「色彩間苅豆《いろもようちよっとかりまめ》」。

僕の初舞台だ。もっとも僕の役は、「助六」では提灯《ちょうちん》持ち、「坊ちゃん」では中学生、それだけだ。それなのに、その稽古の猛烈、繰り返し繰り返しだ。家へ帰って寝てからも、へんな、いやらしい夢の連続で、寝返りばかり打っていた。あんまり疲れすぎると、かえって眠られぬものである。

けさは八時頃、下谷《したや》の姉さんから僕に電話だ。一大事だから、すぐに兄さんと二人で、下谷へ来てくれ、一大事、一大事、と笑いながら言うのである。どうしたのです、といくら尋ねても教えない。とにかく来てくれ、と言う。仕方が無い。兄さんと二人で、大急ぎでごはんを食べて下谷へ出かける。

「なんだろうね。」と僕が言ったら、兄さんは、

「夫婦喧嘩《げんか》の仲裁はごめんだな。」と、ちょっと不安そうな顔をして言った。

下谷へ行ってみたら、なんの事はない、一家三人、やたらにげらげら笑っている。

「進ちゃん、けさの都《みやこ》新聞、読んだ？」と姉さんは言う。なんの事やら、わからない。麹町《こうじまち》では都新聞をとっていない。

「いいえ。」

「一大事よ。ごらん！」

都新聞の日曜特輯《とくしゅう》の演芸欄。僕の写真が滝田輝夫の写真と並んで小さく出ている。名前が、ちがっている。僕の写真には、市川菊松。滝田のには、沢村扇之介。春秋座の二新人という説明がついていて、それから「どうぞよろしく」だとさ。あきれた。ばかにしてやがると思った。こんどの初舞台から、僕たちは準団員になる筈《はず》だという事は、わかっていたが、こんな芸名まで、ついていたとは知らなかった。なんにも僕

たちには通知がなかったのだ。どうせ、でたらめに、でっち上げられた芸名だろうが、それにしても本人に、ちょっと相談してから、確定すべきものではなかろうか。暗い気がした。けれども、市川菊松という、この妙に、ごつい芸名の陰に、団長、市川菊之助の無言の庇護《ひご》が感ぜられて、その点は、ほのぼのと嬉《うれ》しかった。市川菊松。いい名じゃねえなあ。丁稚《でっち》さんみたいだ。

「いよいよ。」鈴岡さんは笑いながら、「本格的になって来たね。お祝いの意味で、これから支那《しな》料理でも食べに行こう。」

「だけど、こんなに大袈裟《おおげさ》になって来ると、心配ね。」姉さん夫婦は、僕の俳優志願を前から知っていて、ちょっと心配しながらも、まあ、黙許という形だったのだ。「お母さんには、まだ、知らせないほうがいいんじゃない？」お母さんには、はじめから絶対秘密になっているのだ。

「もちろんさ。」兄さんは強い口調で答える。「いずれ、わかる事だろうけど、でも、もう少しお母さんが達者になってから全部を申し上げる事にしているんだ。とにかくこれは、僕の責任なんだから。」

「責任だなんて、そんな固苦しい事は、考えなくてもいいさ。」鈴岡さんは度胸がいい。「役者でもなんでも、まじめにやって行けたら立派なもんだ。十七で、五十円の月給を取るなんて、ちょっと出来ない事だぜ。」

「三十円ですよ。」僕は訂正した。

「いや、三十円の月給なら、手当やなんかで、六十円にはなるものなんだ。」役者も銀行員も、同じものに考えているらしい。

鈴岡さん夫婦、俊雄君、それから兄さん、僕、五人で日比谷《ひびや》へ支那料理を食べに出かけた。みんな浮き浮きはしゃいでいたが、僕ひとりは、ゆうべの寝不足のせいもあり、少しも楽しくなかった。稽古の地獄が、一刻も念頭より離れず、ただ、暗憺《あんたん》たる気持であった。道楽で役者修業をしているんじゃないのだ。僕の暗さは、誰《だれ》にもわからぬ。「どうぞよろしく」か。ああ、伸びんと欲《ほっ》するものは、なぜ屈しなければならぬのか！

市川菊松。さびしいねえ。


十月一日。日曜日。

秋晴れ。初舞台。僕は舞台で、提灯を持ってしゃがんでいる。観客席は、おそろしく暗い深い沼だ。観客の顔は何も見えない。深く蒼《あお》く、朦朧《もうろう》と動いている。いくら眼を見はっても、深く蒼く、朦朧としている。もの音ひとつ聞えない。しいんとしている。観客席には、誰もいないのではないかと思った。なまぬるく、深く大きい沼。気味が悪い。吸い込まれて行きそうだった。気が遠くなって来た。吐き気をもよおして来た。

役をすまして、ぼんやり楽屋へ帰って来ると、兄さんと木島さんが楽屋に来ていた。うれしかった。兄さんに武者振《むしゃぶ》りつきたかった。

「すぐわかりました。進さんだという事が、すぐにわかりました。どんな扮装《ふんそう》をしていても、やっぱりわかるものですね。」木島さんは、ひどく興奮して言っている。「僕が一ばんさきに、見つけたのです。すぐわかりました。」同じ事ばかり言っている。

鈴岡さん一家も、一等席に来ているそうだ。チョッピリ叔母さんも、お弟子を五人連れて、鶉《うずら》で頑張《がんば》っているそうだ。兄さんからそれを聞いて、僕は泣きべそをかいた。肉親って、いいものだなあ、とつくづく思った。木島さんは、市川菊松！　市川菊松！　と二度も大声で叫んだそうだ。提灯持ちに声を掛けたって仕様がない。恥ずかしいことをしてくれたものである。

「僕の掛声は聞えましたか？」と自慢そうに言う。聞えるどころか、提灯持ちは舞台で気が遠くなって、いまにも卒倒しそうだったのだ。

兄さんは僕の耳元に口を寄せて、

「楽屋に、すしか何かとどけさせようか？」と通人振《つうじんぶ》った事を、まじめな顔して囁《ささや》いたので、僕は噴き出しちゃった。

「いいんだよ。春秋座では、そんな事は、しないんだ。」と言ったら、

「そうか。」と不満そうな顔をしていた。

二つ目の「坊ちゃん」の時には、割に気楽だった。観客席の笑い声を、かすかに聞きとる事が出来た。けれども、やっぱり、観客の顔は、なんにも見えなかった。馴《な》れて来ると、観客の笑い声だけでなく、囁き声やら、赤ん坊の泣き声まで、はっきり聞えて来て、かえってうるさいそうである。観客の顔も、どこに誰が来ているという事まで、すぐにわかるようになるそうだ。僕は、まだ、だめだ。夢中だ。いや、生死の境だ。

役を全部すまして、楽屋風呂へはいって、あすから毎日、と思ったら発狂しそうな、たまらぬ嫌悪《けんお》を覚えた。役者は、いやだ！　ほんの一瞬間の事であったが、のた打ち廻《まわ》るほど苦しかった。いっそ発狂したい、と思っているうちに、その苦しみが、ふうと消えて、淋《さび》しさだけが残った。なんじら断食《だんじき》するとき、――あの、十六歳の春に日記の巻頭に大きく書きつけて置いたキリストの言葉が、その時、あざやかに蘇《よみがえ》って

来た。なんじは断食するとき、頭《かしら》に油をぬり、顔を洗え。くるしみは誰にだってあるのだ。ああ、断食は微笑と共に行え。せめてもう十年、努力してから、その時には真に怒れ。僕はまだ一つの、創造をさえしていないじゃないか。いや、創造の技術さえ、僕には未だおぼつかない。

さびしく、けれどもミルクを一口《ひとくち》飲んだくらいの甘さを体内に感じて風呂から出た。団長、市川菊之助の部屋へ挨拶《あいさつ》に行く。

「や、おめでとう。」と言われて、うれしかった。たわいのないものだ。風呂場の暗い懊悩《おうのう》が、団長の明るい一言で、きれいに吹き飛ばされた。木挽町《こびきちょう》で初舞台を踏むという事は、役者として、最もめぐまれた出発なのかも知れない。お前は幸福なのだ、と自身に言い聞かせた。

以上は、わが、光栄の初舞台の記である。

家へ帰って、午前一時頃まで、兄さんを相手に、夢中で天体の話をした。なぜ、天体の話などをはじめたのか、自分にもわからない。

十一月四日。土曜日。

晴れ。いまは大阪。中座《なかざ》。出し物は、「勧進帳《かんじんちょう》」「歌行燈《うたあんどん》」「紅葉狩《もみじがり》」。僕たちの宿は、道頓堀《どうとんぼり》の、まっただ中。ほてい屋という、じめじめした連込み宿だ。六畳二間に、われら七人の起居なり。けれども、断じて堕落はせじ！

市川菊松は聖人だそうだ。

十一月十二日。日曜日。

雨。ごめんなさい。今晩は酔っぱらっています。大阪は、いやなところですねえ。たいへん淋しい道頓堀です。あの、薄暗い「弥生《やよい》」というバーでお酒を飲みました。そうして、久し振りで酔いました。酔っても、僕は気取っていた。「わかい時から名誉を守れ！」

扇之介、愚劣なり。酔って醜怪を極めたり。そうして帰りに、破廉恥《はれんち》な事を僕に囁《ささや》いた。僕が笑ってお断り申したら、扇之介の曰《いわ》く、

「あたしゃ孤独だ。」

あきれてものが言えない。

十二月八日。金曜日。

日光が出ているのか、雨が降っているのか、わからない。始終、泣きたい気持ばかり。名古屋にいるのだ。

早く東京へ帰りたい。旅興行は、もういやだ。何も言いたくない。書きたくない。ただ、引きずられて生きています。

性慾《せいよく》の、本質的な意味が何もわからず、ただ具体的な事だけを知っているとは、恥ずかしい。犬みたいだ。

十二月二十七日。水曜日。

晴れ。名古屋の公演も終って、今夜、七時半に東京駅に着いた。大阪。名古屋。二箇月振りで帰ると、東京は既に師走《しわす》である。僕も変った。兄さんが、東京駅へ迎えに来てくれていた。僕は、兄さんの顔を見て、ただ、どぎまぎした。兄さんは、おだやかに笑っている。

僕は、兄さんと、もうはっきり違った世界に住んでいる事を自覚した。僕は日焼けした生活人だ。ロマンチシズムは、もう無いのだ。筋張《すじば》った、意地悪のリアリストだ。変ったなあ。

黒いソフトをかぶって、背広を着た少年。おしろいの匂《にお》いのする鞄《かばん》をかかえて、東京駅前の広場を歩いている。これがあの、十六歳の春から苦しみに苦しみ抜いた揚句の果に、ぽとりと一粒結晶して落ちた真珠の姿か。あの永い苦悩の、総決算がこの小さい、寒そうな姿一つだ。すれちがう人、ひとりとして僕の二箇年の、滅茶苦茶《めちゃくちゃ》の努力には気がつくまい。よくも死にもせず、発狂もせずに、ねばって来たものだと僕は思っているのだが、よその人は、ただ、あの道楽息子も、とうとう役者に成りさがった、と眉《まゆ》をひそめて言うだろう。芸術家の運命は、いつでも、そんなものだ。

誰か僕の墓碑に、次のような一句をきざんでくれる人はないか。

「かれは、人を喜ばせるのが、何よりも好きであった！」

僕の、生れた時からの宿命である。俳優という職業を選んだのも、全く、それ一つのためであった。ああ、日本一、いや、世界一の名優になりたい！　そうして皆を、ことにも貧しい人たちを、しびれる程に喜ばせてあげたい。

十二月二十九日。金曜日。

晴れ。春秋座、歳末の総会。企画部の委員に、僕が当選した。脚本選定その他、座の方針を審議する幹部直属の委員である。責任の重大を感じる。

また、正月二日のラジオ放送、「小僧の神様」の朗読は、市川菊松ひとりに、やらせてみる事に決定された。二箇月の旅興行に於ける僕の奮闘が、認められた結果らしい。けれども僕は、いまは決して自惚《うぬぼ》れてはいない。

己《おの》れ只《ただ》一人智《かしこ》からんと欲するは大愚のみ。(ラ・ロシフコオ)

まじめに努力して行くだけだ。これからは、単純に、正直に行動しよう。知らない事は、知らないと言おう。出来ない事は、出来ないと言おう。思わせ振りを捨てたならば、人生は、意外にも平坦《へいたん》なところらしい。磐《いわ》の上に、小さい家を築こう。

お正月には、斎藤先生の所へ、まっさきに御年始に行こうと思っている。こんどは逢《あ》ってくれそうな気がする。

僕は、来年、十八歳。

わがゆくみちに　　はなさきかおり
のどかなれとは　　ねがいまつらじ
　　　　　　　　　――さんびか第三百十三

パンドラの匣《はこ》

作者の言葉

この小説は、「健康道場」と称する或《あ》る療養所で病いと闘っている二十歳の男の子から、その親友に宛《あ》てた手紙の形式になっている。手紙の形式の小説は、これまでの新聞小説には前例が少かったのではなかろうかと思われる。だから、読者も、はじめの四、五回は少し勝手が違ってまごつくかも知れないが、しかし、手紙の形式はまた、現実感が濃いので、昔から外国に於《お》いても日本に於いても、多くの作者に依《よ》って試みられて来たものである。

「パンドラの匣《はこ》」という題に就《つい》ては、明日のこの小説の第一回に於て書き記してある筈《はず》だし、此処《ここ》で申上げて置きたい事は、もう何も無い。

甚《はなは》だぶあいそな前口上でいけないが、しかし、こんなぶあいそな挨拶《あいさつ》をする男の書く小説が案外面白《おもしろ》い事がある。

（昭和二十年秋、河北新報に連載の際に読者になせる作者の言葉による。）

幕ひらく

1

君、思い違いしちゃいけない。僕《ぼく》は、ちっとも、しょげてはいないのだ。君からあんな、なぐさめの手紙をもらって、僕はまごついて、それから何だか恥ずかしくて赤面しました。妙に落ちつかない気持でした。こんな事を言うと、君は怒るかも知れないけれど、僕は君の手紙を読んで、「古いな」と思いました。君、もうすでに新しい幕がひらかれてしまっているのです。しかも、われらの先祖のいちども経験しなかった全然あたらしい幕が。

古い気取りはよそうじゃないか。それはもうたいてい、ウソなのだから。僕は、いま、自分のこの胸の病気に就いても、ちっとも気にしてはいない。病気の事なんか、忘れてしまった。病気の事だけじゃない。何でもみんな忘れてしまった。僕がこの健康道場にはいったのは、戦争がすんで急に命が惜しくなって、これから丈夫なからだになり、何とかして一つ立身出世、なんて事のためでは勿論《もちろん》ないし、また、早く病気をなおしてお父さんに安心させたい、お母さんを喜ばせたいなどという涙ぐましいような殊勝な孝心からでも無かったのだ。しかし、また、へんなやけくそを起してこんな辺鄙《へんぴ》な場所へ来てしまったというわけでも無いんだ。ひとの行為にいちいち説明をつけるのが既に古い「思想」のあやまりではなかろうか。無理な説明は、しばしばウソのこじつけに終っている事が多い。理論の遊戯はもうたくさんだ。概念のすべてが言い尽されて来たじゃないか。僕がこの健康道場にはいったのには、だから何も理由なんか無いと言いたい。或る日、或る時、聖霊が胸に忍び込み、涙が頬《ほお》を洗い流れて、そうしてひとりでずいぶん泣いて、そのうちに、すっとからだが軽くなり、頭脳が涼しく透明になった感じで、その時から僕は、ちがう男になったのだ。それまで隠していたのだが、僕はすぐに、

「喀血《かっけつ》した。」

とお母さんに言って、お父さんは、僕のためにこの山腹の健康道場を選んでくれた。本当にもう、それだけの事だ。或る日、或る時とは、どんな事か。それは君にもおわかりだろう。あの日だよ。あの日の正午だよ。ほとんど奇蹟《きせき》の、天来の御声《みこえ》に泣いておわびを申し上げたあの時だよ。

あの日以来、僕は何だか、新造の大きい船にでも乗せられているような気持だ。この船はいったいどこへ行くのか。それは僕にもわからない。未《いま》だ、まるで夢見心地だ。船は、するする岸を離れる。この航路は、世界の誰《だれ》も経験した事のない全く新しい処女航路らしい、という事だけは、おぼろげながら予感できるが、しかし、いまのところ、ただ新しい大きな船の出迎えを受けて、天の潮路のまにまに素直に進んでいるという具合いなのだ。

しかし、君、誤解してはいけない。僕は決して、絶望の末の虚無みたいなものになっているわけではない。船の出帆は、それはどんな性質な出帆であっても、必ず何かしらの幽《かす》かな期待を感じさせるものだ。それは大昔から変りのない人間性の一つだ。君はギリシャ神話のパンドラの匣《はこ》という物語をご存じだろう。あけてはならぬ匣をあけたばかりに、病苦、悲哀、嫉妬《しっと》、貪慾《どんよく》、猜疑《さいぎ》、陰険、飢餓、憎悪《ぞうお》など、あらゆる不吉の虫が這《は》い出し、空を覆《おお》ってぶんぶん飛び廻《まわ》り、それ以来、人間は永遠に不幸に悶《もだ》えなければならなくなったが、しかし、その匣の隅《すみ》に、けし粒ほどの小さい光る石が残っていて、その石に幽かに「希望」という字が書かれていたという話。

2

それはもう大昔からきまっているのだ。人間には絶望という事はあり得ない。人間は、しばしば希望にあざむかれるが、しかし、また「絶望」という観念にも同様にあざむかれる事がある。正直に言う事にしよう。人間は不幸のどん底につき落され、ころげ廻りながらも、いつかしら一縷《いちる》の希望の糸を手さぐりで捜し当てているものだ。それはもうパンドラの匣以来、オリムポスの神々に依《よ》っても規定せられている事実だ。楽観論やら悲観論やら、肩をそびやかして何やら演説して、ことさらに気勢を示している人たちを岸に残して、僕たちの新時代の船は、一足おさきにするすると進んで行く。何の渋滞も無いのだ。それはまるで植物の蔓《つる》が延びるみたいに、意識を超越した天然の向日性に似ている。

本当にもうこれからは、やたらに人を非国民あつかいにして責めつけるような気取ったものの言い方などはやめにしましょう。この不幸な世の中を、ただいっそう陰鬱《いんうつ》にするだけの事だ。他人を責めるひとほど陰で悪い事をしているものではないのか。こんどまた戦争に負けたからと言って、大いそぎで一時のがれのごまかしを捏造《ねつぞう》して、ちょっとうまい事をしようとたくらんでいる政治家など無ければ幸いだが、そんな浅《あさ》墓《はか》な言いつくろいが日本をだめにして来たのだから、これからは本当に、気をつけてもらいたい。二度とあんな事を繰り返したら世界中の鼻つまみになるかも知れぬ。ホラなんか吹かずに、もっとさっぱりと単純な人になりましょう。新造の船は、もう既に海洋にすべり出ているのだ。

そりゃ僕だって、いままでずいぶんつらい思いをして来たのです。君もご存じのとおり、僕は昨年の春、中学校を卒業と同時に高熱を発して肺炎を起し、三箇月も寝込んでそのために高等学校への受験も出来ず、どうやら起きて歩けるようになってからも、微熱が続いて、医者から肋膜《ろくまく》の疑いがあると言われて、家でぶらぶら遊んで暮しているうちに、ことしの受験期も過ぎてしまって、僕はその頃《ころ》から、上級の学校へ行く気も無くなり、そんならどうするのか、となると眼の先がまっくらで、家でただ遊んでいるのもお父さんに申しわけがなく、またお母さんに対しても、ていさいの悪いこと並たいていではなく、君には浪人の経験が無いからわからないかも知れないが、あれは全くつらい地獄だ。僕はあの頃、ただもうやたらに畑の草むしりばかりやっていた。そんな、お百姓の真似《まね》をする事で、わずかにお体裁を取りつくろっていた次第なのだ。ご承知のように、僕の家の裏には百坪ほどの畑がある。これは、ずっと前から、どうしたわけか僕の名前で登記されているらしいのだ。そのせいばかりでもないけれども、僕はこの畑の中に一歩足を踏みいれると、周囲の圧迫からちょっとのがれたような気楽さを覚えるのだ。この一、二年、僕はこの畑の主任みたいなものになってしまっていた。草をむしり、また、からだにさわらぬ程度で、土を打ちかえし、トマトに添木を作ってやったり、まあ、こんな事でも少しは食料増産のお手伝いにはなるだろうと、その日その日をごまかして生きていたのだけれども、けれども、君、どうしてもごまかし切れぬ一塊の黒雲のような不安が胸の奥底にこびりついていて離れないのだ。こんな事をして暮して、いったい僕はこれから、どんな身の上になるのだろう。なんの事はない、てもなく癈人《はいじん》じゃないか。そう思うと、呆然《ぼうぜん》とする。どうしてよいか、まるで見当も何もつかなくなるのだ。そうして、こんなだらし無い自分の生きているという事が、ただ人に迷惑をかけるばかりで、全然無意味だと思うと、なんとも、つらくてかなわなかったのだ。君のような秀才にはわかるまいが、「自分の生きている事が、人に迷惑をかける。僕は余計者だ。」という意識ほどつらい思いは世の中に無い。

3

けれども君、僕がこんな甘ったれた古くさい薄のろの悩みを続けているうちにも、世界の風車はクルクルと眼にとまらぬ早さでまわっていたのだ。欧洲《おうしゅう》に於いてはナチスの全滅、東洋に於いては比島決戦についで沖縄《おきなわ》決戦、米機の日本内地爆撃、僕には兵隊の作戦の事などほとんど何もわからぬが、しかし、僕には若い敏感なアンテナがある。このアンテナは信頼できる。一国の憂鬱《ゆううつ》、危機、すぐにこのアンテナは、ぴりと感ずる。理窟《りくつ》は無いんだ。勘だけなんだ。ことしの初夏の頃から、僕のこの若いアンテナは、嘗《か》ってなかったほどの大きな海嘯《かいしょう》の音を感知し、震えた。けれども僕には何の策も無い。ただ、あわてるばかりだ。僕は滅茶苦茶《めちゃくちゃ》に畑の仕事に精出した。暑い日射《ひざ》しの下で、うんうん唸《うな》りながら重い鍬《くわ》を振り廻して畑の土を掘りかえし、そうして甘藷《かんしょ》の蔓を植えつけるのである。なんだって毎日、あんなに烈《はげ》しく畑の仕事を続けたのか、僕には今もってよくわからない。自分のやくざなからだが、うらめしくて、思い切りこっぴどく痛めつけてやろうという、少しやけくそに似た気持もあったよう で、死ね！　死んでしまえ！　死ね！　死んでしまえ！　と鍬を打ちおろす度毎《たびごと》に低く呻《うめ》くように言い続けていた日もあった。僕は甘藷の蔓を六百本植えた。

「畑の仕事も、もういい加減によすんだね。お前のからだには少し無理だよ。」と夕食の時にお父さんに言われて、それから三日目の深夜、夢うつつの裡《うち》に、こんこんと咳《せ》き込んで、そのうちに、ごろごろと、何か、胸の中で鳴るものがある。ああ、いけない、とすぐに気附《きづ》いて、はっきり眼が覚めた。喀血の前に、胸がごろごろ鳴るという事を僕は、或る本で読んで知っていたのだ。腹這いになった途端に、ぐっと来た。やはり血だった。便所にながいこと立っていたが、それ以上は血が出なかった。僕は忍び足で台所へ行き、塩水でうがいをして、それから顔も手も洗って寝床へ帰った。咳《せき》の出ないように息をつめるようにして静かに寝ていて、僕は不思議なくらい平気だった。口の中に一ぱい、生臭い匂《にお》いのものを含みながら、こんな夜を、僕はずっと前から待っていたのだというような気さえした。本望、という言葉さえ思い浮んだ。明日もまた、黙って畑の仕事を続けよう。仕方がないのである。他《ほか》に生きがいの無い人間なのである。ぶんを知らなければいけない。ああ、本当に僕なんか一日も早く死んでしまったほうがいいのだ。いまのうちに、うんと自分のからだをこき使って、そうしてわずかでも食料の増産に役立ち、あとはもうこの世からおさらばして、お国の負担を軽くしてあげたほうがよい。それが僕のような、やくざな病人のせめてもの御奉公の道だ。ああ、早く死にたい。

そうして翌《あく》る朝は、いつもより一時間以上も早く起きて、さっさと蒲団《ふとん》を畳んで、ごはんも食べずに畑に出てしまった。そうして滅茶苦茶に畑仕事をした。今から思うと、まるで地獄の夢のようだ。僕は勿論、この病気の事は死ぬまで誰にも告白せずにいるつもりだった。誰にも知らせずに、こっそりぐんぐん病気を悪化させてしまうつもりであった。こんな気持をこそ、堕落思想というのだろうね。僕はその夜、お勝手に忍び込んで、配給の焼酎《しょうちゅう》をお茶碗《ちゃわん》で一ぱい飲みほしちゃったよ。そうして、深夜、僕はまた喀血をした。ふと眼覚めて、二つ三つ軽く咳をしたら、ぐっと来た。こんどは便所まで走って行くひまも無かった。硝子戸《ガラスど》をあけて、はだしで庭へ飛び降りて吐いた。ぐいぐいと喉《のど》からいくらでも込み上げて来て、眼からも耳からも血が噴き出ているような感じがした。コップに二杯くらいも吐いたろうか、血がとまった。僕は血で汚れた土を棒切れで掘り返して、わからないようにした、とたんに空襲警報である。思えば、あれが日本の、いや世界の最後の夜間空襲だったのだ。朦朧《もうろう》とした気持で、防空壕《ぼうくうごう》から這い出たら、あの八月十五日の朝が白々と明けていた。

4

でも僕は、その日もやっぱり畑に出たのだ。それを聞いては、流石《さすが》に君も苦笑するだろう。しかし君、僕にとっては笑い事じゃ無かった。本当にもうそれより以外に僕の執るべき態度は無いような気がしていたのだ。どうにも他に仕様が無かった。さんざ思い迷った揚句《あげく》の果に、お百姓として死んで行こうと覚悟をきめた筈ではないか。

自分の手で耕した畑に、お百姓の姿で倒れて死ぬのは本望だ。えい、何でもかまわぬ早く死にたい。目まいと、悪寒《おかん》と、ねっとりした冷い汗とで苦しいのを通り越してもう気が遠くなりそうで、豆畑の茂みの中に仰向に寝ころんだ時、お母さんが呼びに来た。早く手と足を洗ってお父さんの居間にいらっしゃいという。いつも微笑《ほほえ》みながらものを言うお母さんは、別人のように厳粛な顔つきをしていた。

お父さんの居間のラジオの前に坐《すわ》らされて、そうして、正午、僕は天来の御声に泣いて、涙が頰を洗い流れ、不思議な光がからだに射し込み、まるで違う世界に足を踏みいれたような、或《あるい》いは何だかゆらゆら大きい船にでも乗せられたような感じで、ふと気がついてみるともう、昔の僕ではなかった。

まさか僕は、死生一如《しせいいちにょ》の悟りをひらいたなどと自惚《うぬぼ》れてはいないが、しかし、死ぬも生きるも同じ様なものじゃないか。どっちにしたって同じ様につらいんだ。無理に死をいそぐ人には気取屋が多い。僕のこれまでの苦しさも、自分のおていさいを飾ろうとする苦労にすぎなかった。古い気取りはよそうじゃないか。君の手紙の中に「悲痛な決意」などという言葉があったけれども、悲痛なんてのは今の僕には、何だか安芝居の色男役者の表情みたいに思われる。悲痛どころではあるまい。それはもう既に、ウソの表情だ。船は、するする岸壁から離れたのだ。そして船の出帆には、必ず何かしらの幽かな希望がある筈だ。僕はもう、しょげてはいない。胸の病気も気にしていない。君からあんな、同情の言葉に満ちた手紙をもらって、僕は実際まごついた。僕はいまは何も思わず、ただこの船に身をゆだねて行くつもりだ。僕はあの日、すぐにお母さんに打明けた。自分でも不思議なくらい平静な態度で打明けた。

「僕、ゆうべ喀血しました。その前の晩も、喀血しました。」

何の理由も無かった。急に命が惜しくなったというわけでも無い。ただ、きのう迄《まで》の無理な気取りが消えただけだ。

お父さんは僕のためにこの「健康道場」を選んでくれた。ご承知のように、僕のお父さんは数学の教授だ。数字の計算は上手かも知れないが、お金のお勘定なんてのは一度もした事がないらしい。いつも貧乏なのだから、僕も、ぜいたくな療養生活など望んではいけない。この簡素な「健康道場」は、その点だけでも、まったく僕に似合っている。僕には、なんの不平も無い。僕は、六箇月で全快するそうだ。あれから一度も喀血しない。血痰《けったん》さえ出ない。病気の事なんか忘れてしまった。この「病気を忘れる」という事が、全快の早道だと、ここの場長さんが言っていた。少し変ったところのある人だ。何せ、結核療養の病院に、健康道場などという名前をつけて、戦争中の食料不足や薬品不足に対処して、特殊な闘病法を発明し、たくさんの入院患者を激励して来た人なのだから。とにかく変った病院だよ。とても面白い事ばかり、山ほどあるんだけど、まあこの次にゆっくりお話しましょう。

僕の事に就いては、本当に何もご心配なさらぬように。では、そちらもお大事に。

昭和二十年八月二十五日

健康道場

1

きょうはお約束どおり、僕のいまいるこの健康道場の様子をお知らせしましょう。

E市からバスに乗って約一時間、小梅橋というところで降りて、そこから他のバスに乗りかえるのだが、でも、その小梅橋からはもう道場までいくらも無いんだ。乗りかえのバスを待っているより、歩いたほうが早い。ほんの十丁くらいのものなのだ。道場へ来る人は、たいていそこからもう歩いてしまう。つまり、小梅橋から、山々を右手に見ながらアスファルトの県道を南へ約十丁ほど行くと、山裾《やますそ》に石の小さい門があって、そこから松並木が山腹までつづき、その松並木の尽きるあたりに、二棟《むね》の建物の屋根が見える。それがいま、僕の世話になっている「健康道場」と称するまことに風変りな結核療養所なのだ。新館と旧館と二棟にわかれている。旧館のほうはそれほどでもないが、新館はとても瀟洒《しょうしゃ》な明るい建物だ。旧館で相当の鍛錬を積んだ人が、この新館のほうにつぎつぎと移されて来る事になっているのだ。けれども僕は、元気がよいので特別に、はじめから新館にいれられた。僕の部屋は、道場の表玄関から入ってすぐ右手の「桜の間」だ。「新緑の間」だの「白鳥の間」だの「向日葵《ひまわり》の間」だの、へんに恥ずかしいくらい綺麗《きれい》な名前がそれぞれの病室に附せられてあるのだ。「桜の間」は、十畳間くらいの、そうしてやや長方形の洋室である。木製の頑丈《がんじょう》なベッドが南枕《みなみまくら》で四つ並んでいて、僕のベッドは部屋の一ばん奥にあって、枕元の大きい硝子窓《ガラスまど》の下には、十坪くらいの「乙女ヶ池」とかいう（この名は、あまり感心しないが）いつも涼しく澄んでいる池があって、鮒《ふな》や金魚が泳いでいるのもはっきり見えて、まあ、僕のベッドの位置に就いては不服は無い。一番いい位置かも知れない。ベッドは木製でひどく大きく、ちゃちなスプリングなど附いていないのが、かえってたのもしく、両側には引出しやら棚《たな》やらがたくさん附いていて、身のまわりのもの一切をそれにしまい込んでも、まだ余分の引出しが残っているくらいだ。

同室の先輩たちを紹介しよう。僕のとなりは、大月松右衛門《おおつきまつえもん》殿だ。その名の如《ごと》く人品こつがら卑《いや》しからぬ中年のおっさんだ。東京の新聞記者だとかいう話だ。早く細君に死なれて、いまは年頃の娘さんと二人だけの家庭の様子で、その娘さんも一緒に東京からこの健康道場ちかくの山家《やまが》に疎開《そかい》して来ていて、時々この淋《さび》しき父を見舞いに来る。父はたいていむっつりしている。しかし、ふだんは寡言家《かげんか》でも、突如として恐るべき果断家に変ずる事もある。人格は、だいたい高潔らしい。仙骨《せんこつ》を帯びているようなところもあるが、どうもまだ、はっきりはわからない。まっくろい口髭《くちひげ》は立派だが、ひどい近眼らしく、眼鏡の奥の小さい赤い眼は、しょぼしょぼしている。丸い鼻の頭には、絶えず汗の粒が湧《わ》いて出るらしく、しきりにタオルで鼻の頭を強くこすって、その為《ため》に鼻の頭は、いまにも血のしたたり落ちるくらいに赤い。けれども、眼をつぶって何かを考えている時には、威厳がある。案外、偉いひとなのかも知れない。綽名《あだな》は越後獅子《えちごじし》。その由来は、僕にはわからないが、ぴったりしているような感じもする。松右衛門殿も、この綽名をそんなにいやがってもいないようだ。ご自分からこの綽名を申出たのだという説もあるが、はっきりは、わからない。

2

そのお隣りは、木下清七殿。左官屋さんだ。未だ独身の、二十八歳。健康道場第一等の美男におわします。色あくまでも白く、鼻がつんと高くて、眼許《めもと》すずしく、いかにもいい男だ。けれども少し爪先《つまさき》立ってお尻《しり》を軽く振って歩く、あの歩き方だけは、やめたほうがよい。どうしてあんな歩き方をするのだろう。音楽的だとでも思っているのかしら。不可解だ。いろんな流行歌も知っているらしいが、それよりも都々逸《どどいつ》というものが一ばんお得意のようである。僕は既に、五つ六つ聞かされた。松右衛門殿は眼をつぶって黙って聞いているが、僕は落ちつかない気持である。富士の山ほどお金をためて毎日五十銭ずつ使うつもりだとか、馬鹿《ばか》々々しい、なんの意味もないような唄《うた》ばかりなので、全く閉口のほかは無い。なおその上、文句入りの都々逸というのがあって、これがまた、ひどいんだ。唄の中に、芝居の台詞《せりふ》のようなものがはいるのだ。あら、兄さん、とか何とか、どうにも聞いて居られないのだ。けれども一度に続けて二つ以上は歌わない。いくつでも続けて歌いたいらしいのだが、それ以上は松右衛門殿がゆるさない。二つ歌い終ると、越後獅子は眼をひらいて、もうよかろう、と言う。からだにさわる、と言い添える事もある。歌い手のからだにさわるという意味か、聞き手のからだにさわるという意味か、はっきりしない。でも、この清七殿だって決して悪い人じゃないんだ。俳句が好きなんだそうで、夜、寝る前に松右衛門殿にさまざまの近作を披露《ひろう》して、その感想を求めたけれども、越後は、うんともすんとも答えぬので、清七殿ひどくしょげかえって、さっさと寝てしまったが、あの時は可哀《かわい》想《そう》だった。清七殿は越後獅子をかなり尊敬しているらしい。この粋《いき》な男の名は、かっぽれ。

そのお隣りに陣取っている人は、西脇一夫《にしわきかずお》殿。郵便局長だか何だかしていた人だそうだ。三十五歳。僕はこの人が一ばん好きだ。おとなしそうな小柄《こがら》の細君が時々、見舞いに来る。そうして二人で、ひそひそ何か話をしている。しんみりした風景だ。かっぽれも、越後も、遠慮してそれを見ないように努めているようである。それもまたいい心掛けだと思う。西脇殿の綽名は、つくし。ひょろ長いからであろうか。美男子ではないけれども、上品だ。学生のような感じがどこかにある。はにかむような微笑は魅力的だ。この人が、僕のお隣りだったら、よかったのにと僕はときどき思う。けれども、深夜、奇妙な声を出して唸《うな》る事があるので、やっぱりお隣りでなくてよかったとも思う。これでだいたい僕の同室の先輩たちの紹介もすんだ事になるのだが、つづいて当道場の特殊な療養生活に就いて少し御報告申しましょう。まず、毎日の日課の時間割を書いてみると、

六時　起床
七時　朝食

八時ヨリ八時半マデ	屈伸鍛錬
八時半ヨリ九時半マデ	摩　擦
九時半ヨリ十時マデ	屈伸鍛錬
十時	場長巡回（日曜ハ指導員ノミノ巡回）
十時半ヨリ十一時半マデ	摩　擦
十二時	昼　食
一時ヨリ二時マデ	講　話（日曜ハ慰安放送）
二時ヨリ二時半マデ	屈伸鍛錬
二時半ヨリ三時半マデ	摩　擦
三時半ヨリ四時マデ	屈伸鍛錬
四時ヨリ四時半マデ	自　然
四時半ヨリ五時半マデ	摩　擦
六時	夕　食
七時ヨリ七時半マデ	屈伸鍛錬
七時半ヨリ八時半マデ	摩　擦
八時半	報　告

九時　就寝

3

こないだも、ちょっと申上げて置いたように、戦争中に焼かれた病院も多いだろうし、また罹災《りさい》しないまでも、物資不足やら手不足やらで閉鎖した病院も少くなかったようで、長期の入院を必要とするたくさんの結核患者、特に僕たちのようにあまり裕福でない患者たちは、行きどころを失ったような有様になったので、この辺には、さいわい敵機の襲撃もほとんど無いし、地方有力の特志家が二、三打ち寄り、当局の賛助をも得て、もとからこの山腹にあった県の療養所を増築し、いまの田島博士を招聘《しょうへい》して、ここに、物資にたよらぬ独自の結核療養所が出来たというわけなのだ。まず、ざっとこの日課の時間割をごらんになっただけでも、普通の療養所の生活と随分ちがうのがおわかりだろうと思う。病院、あるいは患者などという観念を捨てさせるように仕組まれている。

院長の事を場長と呼び、副院長以下のお医者は指導員、そうして看護婦さんたちは助手、僕たち入院患者は塾生《じゅくせい》と呼ばれる事になっている。すべてここの田島場長の創案らしい。田島先生がこの療養所へ招聘されて来てからは、内部の機構が一新せられ、患者に対しても独得の療法を施し、非常な好成績で、医学界の注目の的となっているのだそうだ。頭がすっかり禿《は》げているので、五十歳くらいにも見えるが、あれでまだ三十歳代の独身者だとかいう事だ。痩《や》せて長身の、ちょっと前こごみの、そうして、なかなか笑わない人だ。頭の禿げている人は、たいてい端正な顔をしているものだが、田島先生も、卵に目鼻というような典雅な容貌《ようぼう》の持主である。そうして、これも頭の禿げた人に特有の、れいの猫《ねこ》みたいな陰性の気むずかしさを持っている人のようである。ちょっと、こわい。毎日、午前十時にこの場長は、指導員、助手を引き連れて場内を巡回するのだが、その時には、道場全体が、しんとなる。塾生たちも、この場長の前では、おそろしく神妙にしている。けれども、陰ではこっそり綽名で呼んでいる。清盛《きよもり》というのだ。

さて、それでは当道場の日課について、も少しくわしく説明しましょうか。屈伸鍛錬というのは、一口に言えば、手足と、腹筋の運動だ。こまかく書くと君は退屈するだろうから、ごく大ざっぱに要点だけ言うと、まあ、ベッドの上に仰向に大の字に寝たまま、手の指、手首、腕と順次に運動をはじめて、次に腹をへこましたり、ふくらましたり、ここはなかなかむずかしく練習を要するところで、また屈伸鍛錬の一ばん大事なところでもあるらしく、その次には足の運動、脚の筋肉をいろいろに伸ばしたり、ゆるめたりして、そうして大体、一とおり鍛錬を終る。そうして、一度終れば、また手の運動から繰り返し、三十分間、時間のある限りつづけていなければならぬ。これを前に記した時間割のとおり午前二回、午後三回、毎日やるんだから、楽じゃない。これまでの医学の常識から言えば、結核患者がこんな運動をするのは、とんでもない危険な事とされていたらしいが、これもまた、戦時の物資不足から生れた新療法の一つであろう。当道場では、たしかに、この運動を熱心にやる人ほど、恢復《かいふく》が早いそうだ。

次に摩擦の事を少し書こう。これも当道場独得のものらしい。そうしてこれは、この陽気な助手さんたちの役目なのだ。

4

摩擦に用いるブラシは、散髪の時に用いる硬い毛のブラシの、あの毛を、ほんの少しやわらかくしたようなものである。だから、はじめのうちは、これでこすられると相当に痛く、皮膚のところどころに摩擦負けのブツブツの生ずるような事さえあるけれども、たいていは一週間ほどで慣れてしまう。

摩擦の時間が来ると、れいの陽気な助手さんたちが、おのおの手わけして、順々に全部の塾生たちに摩擦してまわるのである。小さい金盥《かなだらい》に、タオルを畳んでいれて、それを水にひたして、ブラシをそのタオルに押しつけては水をつけ、それでもって、シャッシャッと摩擦するのである。摩擦は原則として、ほとんど全身にほどこす。入場後の一週間ほどは手足だけであるが、それからのちは、全身になる。横向きに寝て、まず手、足、それから胸、腹、背中、腰と摩擦して、次に寝がえりを打って反対側の手、足、胸、腹、背中、腰と移って行くのである。慣れると、なかなか気持のよいものである。殊《こと》に、背中をこすってもらう時の気持は、何とも言えない。うまい助手さんもあるが、へたくその助手さんもある。

けれども、この助手さんたちの事に就いては、後でまた書く事にしよう。

道場の生活は、この屈伸鍛錬と摩擦の二つで明け暮れしていると思ってよい。戦争がすんでも、物資の不足は変らないのだから、まあ当分はこんな事で闘病の心意気を示すのも悪くないじゃないか。この他《ほか》には午後一時からの講話、四時の自然、八時半からの報告などがあるけれども、講話というのは、場長、指導員、または道場へ視察にやって来る各方面の名士など、かわるがわるマイクを通じて話かけて、それが部屋の外の廊下の要所々々に設備されてある拡声機から僕たちの部屋へ流れてはいり、僕たちはベッドの上に坐《すわ》って黙って聞いているのだ。

これは、戦争中に拡声機が電力の不足でだめになったので、一時休止していたのだそうだが、戦争がすんで電力の使用が少し緩和されると同時に、またすぐはじめられたのだ。場長は、このごろ、日本の科学の発展史、とでもいうようなテーマの講義を続けている。頭のいい講義とでもいうのであろうか、淡々たる口調で、僕たちの祖先の苦労を実に平明に解説してくれる。きのうは、杉田《すぎた》玄白《げんぱく》の「蘭学事始《らんがくことはじめ》」に就いてお話して下さった。玄白たちが、はじめて洋書をひらいて見たが、どのようにしてどう飜訳《ほんやく》してよいのか、「まことに艫舵《ろだ》なき船の大海に乗出せしが如く、茫洋《ぼうよう》として寄るべなく、只《ただ》あきれにあきれて居たる迄《まで》なり」というところなど実によかった。玄白たちの苦心に就いては、僕も中学校の時にあの歴史の木山ガンモ先生から教えられたが、しかし、あれとは丸っきり違う感じを受けた。

ガンモは、玄白はひどいアバタで見られた顔でなかった、などつまらぬ事ばかり言っていたっけね。とにかく、この場長の毎日の講話は、僕にはとても楽しみだ。日曜には、講話のかわりにレコオドを放送する。僕はあんまり音楽は好きでないけれども、でも一週間に一度くらい聞くのは、わるくないものだ。レコオドのあいまに、助手さんの肉声の歌が放送される事もあるが、これは聞いていて楽しい、というよりは、ハラハラして落ち附《つ》かない気持になるものだ。でも、他の塾生たちには、これが一ばん歓迎されているようだ。清七殿など、眼を細くして聞いている。思うに、かれ自身も都々逸の文句入りというところなど、放送したくてたまらないのだろう。

5

午後四時の自然というのは、まあ、安静の時間だ。この時刻には、僕たちの体温が一ばん上昇していて、からだが、だるくて、気分がいらいらして、けわしくなり、どうにも苦しいので、まあ諸君の気のむくように勝手な事をして過してい給《たま》え、という意味で自由の三十分間を与えられているような具合いのものらしいが、でも、塾生の大部分は、この時間には、ただ静かにベッドに横臥《おうが》している。ついでながら、この道場では、夜の睡眠の時以外は、ベッドに掛蒲団《かけぶとん》を用いる事を絶対に許さない。昼は、毛布も何も一切掛けずに、ただ寝巻を着たままでベッドの上にごろ寝をしているのだが、慣れると清潔な感じがして来て、かえって気持がいい。午後八時半の報告というのは、その日その日の世界情勢に就いての報道だ。やっぱり廊下の拡声機から、当直の事務員のおそろしく緊張した口調のニュウスが、いろいろと報告せられるのだ。この道場では、本を読む事はもちろん、新聞を読む事さえ禁ぜられている。耽読《たんどく》は、からだに悪い事かも知れない。まあ、ここにいる間だけでも、うるさい思念の洪水《こうずい》からのがれて、ただ新しい船出という一事をのみ確信して素朴《そぼく》に生きて遊んでいるのも、わるくないと思っている。

ただ、君への手紙を書く時間が少くて、これには弱っている。たいてい食事後に、いそいで便箋《びんせん》を出して書いているが、書きたい事はたくさんあるのだし、この手紙も二日がかりで書いたのだ。でも、だんだん道場の生活に慣れるに随《したが》って、短い時間を利用する事も上手になって来るだろう。僕はもう何事につけても、ひどく楽天居士《こじ》になっているようでもある。心配の種なんか、一つも無い。みんな忘れてしまった。ついでに、もうひとつ御紹介すると、僕のこの当道場に於《お》ける綽名は、「ひばり」というのだ。実に、つまらない名前だ。小柴利助《こしばりすけ》という僕の姓名が、小雲雀《こひばり》という具合にも聞えるので、そんな綽名をもらう事になったものらしい。あまり名誉な事ではない。はじめは、どうにもいやらしく、てれくさくて、かなわなかったが、でもこのごろの僕は、何事に対しても寛大になっているので、ひばりと人に呼ばれても気軽に返事を与える事にしているのだ。わかったかい？　僕はもう昔の小柴じゃないんだよ。いまはもう、この健康道場に於ける一羽の雲雀なんだ。ピイチクピイチクやかましく囀《さえず》って騒いでいるのさ。だから、君もどうかそのつもりで、これからの僕の手紙を読んでおくれ。何という軽薄な奴《やつ》だ、なんて顔をしかめたりなんかしないでおくれ。

「ひばり。」と今も窓の外から、ここの助手さんのひとりが僕を鋭く呼ぶ。

「なんだい。」と僕は平然と答える。

「やっとるか。」

「やっとるぞ。」

「がんばれよ。」

「よし来た。」

この問答は何だかわかるか。これはこの道場の、挨拶《あいさつ》である。助手さんと塾生が、廊下ですれちがった時など、必ずこの挨拶を交す事にきまっているようだ。いつ頃《ごろ》からはじまった事か、それはわからぬけれども、まさかここの場長がとりきめたものではなかろう。助手さんたちの案出したものに違いない。ひどく快活で、そうしてちょっと男の子みたいな手剛《てごわ》さが、ここの看護婦さんたちに通有の気風らしい。場長や指導員、塾生、事務員、全部のひとに片端から辛辣《しんらつ》な綽名を呈上するのも、すなわち、この助手さんたちのようである。油断のならぬところがあるのだ。この助手さんたちに就いては、更によく観察し、次便でまたくわしく報告する事にしよう。

まずは当道場の概説くだんの如しというところだ。失敬。

九月三日

鈴虫

1

　拝啓仕《つかまつ》り候《そうろう》。九月になると、やっぱり違うね。風が、湖面を渡って来たみたいに、ひやりとする。虫の音も、めっきり、かん高くなって来たじゃないか。僕《ぼく》は君のように詩人ではないのだから、秋になったからとて、別段、断腸の思いも無いが、きのうの夕方、ひとりの若い助手さんが、窓の下の池のほとりに立って、僕のほうを見て笑って、

「つくしにね、鈴虫が鳴いてるって言ってやって。」

　そんな言葉を聞くと、この人たちには秋がきびしく沁《し》みているのだという事がわかって、ちょっと息がつまった。この助手さんは、僕と同室の西脇《にしわき》つくし殿に、前から好意を寄せているらしいのだ。

「つくしは、いないよ。ついさっき、事務所へ行った。」と答えてやったら、急に不《ふ》機《き》嫌《げん》になり、言葉まで頗《すこぶ》るぞんざいに、

「あらそう。いなくたっていいじゃないの。ひばりは鈴虫がきらいなの？」と妙な逆襲の仕方をして来たので、僕はわけがわからず、実にまごついた。

この若い助手さんには、どうも不可解なところが多く、僕は前から、このひとに最も気をつけて来ているのだ。綽名《あだな》は、マア坊。

ついでに、きょうは他《ほか》の助手さんたちの綽名も紹介しましょう。こないだの手紙に、ここの助手さんたちは、油断のならぬところがあって、男のひとたちに片端から辛辣《しんらつ》の綽名を呈上していると言ったが、しかし、また塾生のほうだって負けずに、助手さんたち全部を綽名で呼んでいるのだから、まあ、アイコみたいなものだ。けれども、塾生たちの案出した綽名は、そこは何といっても、やっぱり女性に対するいたわりもあるらしく、いくぶんお手やわらかに出来ている。三浦正子だから、マア坊。なんという事もない。竹中静子だから、竹さん、なんてのはもっとも気がきかない。平凡きわまる。また、眼鏡をかけている助手さんは、出目金《でめきん》とでもいうようなところなのに、遠慮して、キントト。痩《や》せているから、うるめ。淋《さび》しそうな顔をしているから、ハイチャイ。このへんは、まあ、いいほうかも知れないが、どうも少し遠慮している。ひどく、ぶ器量なくせに、パーマネントも物凄《ものすご》く、眼蓋《まぶた》を赤く塗ったりして奇怪な厚化粧をしているから、孔雀《くじゃく》。ばかにして、孔雀とつけたのだろうが、つけられた当人はかえって大いに得意で、そうよ、あたしは孔雀よ、といよいよ自信を強くしたかも知れない。ちっとも諷刺《ふうし》がきいていない。僕ならば、天女とつける。そうよ、あたしは天女よ、とはまさか思えまい。その他、となかい、こおろぎ、たんてい、たまねぎなど、いろいろあるが、みんな陳腐だ。ただひとり、カクランというのがあって、これはちょっと、うまくつけたものだと思う。顔のはばが広くほっぺたが真赤に光っている助手さんがあって、いかにも赤鬼のお面を聯想《れんそう》させるのだが、さすがに、そこは遠慮して避けて、鬼の霍乱《かくらん》というわけで、カクランだ。着想が上品である。

「カクラン。」

「なんだい。」すまして答える。

「がんばれよ。」

「ようし来た。」と元気なものだ。霍乱に頑張《がんば》られては、かなわない。このひとに限らず、ここの助手さんたちは、少し荒っぽいところがあるけれども、本当は気持のやさしい、いいひとばかりのようだ。

2

塾生たちに一ばん人気のあるのは、竹中静子の、竹さんだ。ちっとも美人ではない。

丈が五尺二寸くらいで、胸部のゆたかな、そうして色の浅黒い堂々たる女だ。二十五だとか、六だとか、とにかく相当としとっているらしい。けれども、このひとの笑い顔には特徴がある。これが人気の第一の原因かも知れない。かなり大きな眼が、笑うとかえって眼尻《めじり》が吊《つ》り上って、そうして針のように細くなって、歯がまっしろで、とても涼しく感ぜられる。からだが大きいから、看護婦の制服の、あの白衣がよく似合う。それから、たいへん働き者だという事も、人気の原因の一つになっているかも知れない。とにかく、よく気がきいて、きりきりしゃんと素早く仕事を片づける手際《てぎわ》は、かっぽれの言い草じゃないけれど、「まったく、日本一のおかみさんだよ。」摩擦の時など、他の助手さんたちは、塾生と、無駄口《むだぐち》をきいたり、流行歌を教え合ったり、善く言えば和気藹々《わきあいあい》と、悪く言えばのろのろとやっているのに、この竹さんだけは、塾生たちが何を言いかけても、少し微笑《ほほえ》んであいまいに首肯《うなず》くだけで、シャッシャッとあざやかな手つきで摩擦して、他の人がやっとひとりをすました頃《ころ》には、ちゃんと二人の摩擦をやってしまっている。しかも摩擦の具合いは、強くも無し弱くも無し、一ばん上手で、そうして念いりだし、いつも黙って明るく微笑んで愚痴も言わず、つまらぬ世間話など決してしないし、他の助手さんたちから、ひとり離れて、すっと立っている感じだ。このちょっとよそよそしいような、孤独の気品が、塾生たちにとって何よりの魅力になっているのかも知れない。何しろ、たいへんな人気だ。越後獅子《えちごじし》の説に拠《よ》ると、「あの子の母親は、よっぽどしっかりした女に違いない」という事である。或《ある》いは、そうかも知れない。大阪の生れだそうで、竹さんの言葉には、いくらか関西訛《なまり》が残っている。そこがまた塾生たちにとって、たまらぬいいところらしいが、僕は昔から、身体《からだ》の立派な女を見ると、大鯛《おおだい》なんかを思い出し、つい苦笑してしまって、そうして、ただそのひとを気の毒に思うばかりで、それ以上は何の興味も感じないのだ。気品のある女よりも、僕には可愛《かわい》らしい女のほうがよい。マア坊は、小さくて可愛らしいひとだ。僕は、やっぱり、あのどこやら不可解なマア坊に一ばん興味がある。

マア坊は、十八。東京の府立の女学校を中途退学して、すぐここへ来たのだそうである。丸顔で色が白く、まつげの長い二重瞼《ふたえまぶた》の大きい眼の眼尻が少しさがって、そうしていつもその眼を驚いたみたいにまんまるく瞠《みは》って、そのために額に皺《しわ》が出来て狭い額がいっそう狭くなっている。滅茶苦茶《めちゃくちゃ》に笑う。金歯が光る。笑いたくて笑いたくて、うずうずしているようで、なに？　なに？　と眼をぐんと大きく瞠って、どんな話にでも首をつっ込んで来て、たちまち、けたたましく笑い、からだを前こごみにして、おなかをとんとん叩《たた》きながら笑い咽《むせ》んでいるのだ。鼻が丸くてこんもり高く、薄い下唇《したくちびる》が上唇より少し突き出ている。美人ではないが、ひどく可愛い。仕事にもあまり精を出さない様子だし、摩擦も下手くそだが、何せピチピチして可愛らしいので、竹さんに劣らぬ人気だ。

3

君、それにつけても、男って可笑《おか》しなものだね。そんなに好きでもない女のひとには、カクランだの、ハイチャイだの、ばかにしたような綽名をどしどしつけるが、いいひとに対しては、どんな綽名も思いつかず、ただ、竹さんだのマア坊だのという極めて平凡な呼び方しか出来ないのだからね。おやおや、きょうは、ばかに女の話ばかりする。でも、きょうは、なぜだか、他の話はしたくないのだ。きのうの、マア坊の、

「つくしにね、鈴虫が鳴いてるって言ってやって。」

という可憐《かれん》な言葉に酔わされて、まだその酔いが醒《さ》めずにいるのかも知れない。いつもあんなに笑い狂っているくせに、マア坊も、本当は人一倍さびしがりの子なのかも知れない。よく笑うひとは、よく泣くものじゃないのか。なんて、どうも僕はマア坊の事になると、何だか調子が変になる。そうして、マア坊は、どうやら西脇つくし

殿を、おしたい申しているのだから、かなわない。いま僕は、この手紙を、昼食を早くすましていそいで書いているのだが、隣りの「白鳥の間」から、塾生たちの笑い声にまじって、かん高い、派手な、マア坊の笑い声がはっきり聞えて来る。いったい、何を騒いでいるのだろう。いまいましくって仕様がない。誰《だれ》とでも見さかい無く、あんなにきゃあきゃあ騒いでいるのだ。みっともない。白痴じゃないか。なんて、きょうの僕は、どうも少し調子が変だ。いろいろ、もっと、書きたい事もあったのだけれど、どうも隣室の笑い声が気になって、書けなくなった。ちょっと休もう。

やっと、どうやら、お隣りの騒ぎも、しずまったようだから、も少し書きつづける事にしよう。どうもあの、マア坊ってのは、わからないひとだ。いや、なに、別に、こだわるわけでは無いがね、十七八の女って、皆こんなものなのかしら。善いひとなのか悪いひとなのか、その性格に全然見当がつかない。僕はあのひとと逢《あ》うたんびに、それこそあの杉田玄白がはじめて西洋の横文字の本をひらいて見た時と同じ様に、「まことに艫舵《ろだ》なき船の大海に乗出せしが如《ごと》く、茫洋《ぼうよう》として寄るべなく、只《ただ》あきれにあきれて居たる迄《まで》なり」とでもいうべき状態になってしまう、と言えば少し大袈裟《おおげさ》だが、とにかく多少、たじろぐのは事実だ。どうも気になる。いまも僕は、あのひとの笑い声のために手紙を書くのを中断せられ、ペンを投げてベッドに寝ころんでしまったのだが、どうにも落ちつかなく堪《た》え難《がた》くなって来て、寝ころびながらお隣りの松右衛門殿に訴えた。

「マア坊は、うるさいですね。」そう僕が口をとがらせて言ったら、松右衛門殿は、お隣りのベッドに泰然とあぐらをかいて爪楊子《つまようじ》を使いながら、うむと首肯《うなず》き、それからタオルで鼻の汗をゆっくり拭《ぬぐ》って、

「あの子の母親が悪い。」と言った。

なんでも母親のせいにする。

でも、マア坊も、或いは意地の悪い継母なんかに育てられた子なのかも知れない。陽気にはしゃいでいるけれども、どこかに、ふっと淋しい影が感ぜられる。なんて、どうもきょうの僕は、マア坊を、よっぽど好いているらしい。

「つくしにね、鈴虫が鳴いてるって言ってやって。」

その時から、どうも僕はへんだ。つまらない女なんだけれどもね。

九月七日

死生

1

きのうは妙な手紙で失敬。季節のかわりめには、もの皆があたらしく見えて、こいしく思われ、つい、好きだ好きだ、なんて騒ぎ出す始末になるのだ。なあに、そんなに好いてもいないんだよ。すべて、この初秋という季節のせいなのだ。このごろは僕も、まるでもう、おっちょこちょいの、それこそピイチクピイチクやかましくおしゃべりする雲雀《ひばり》みたいになってしまったようだが、しかし、もはやそれに対する自己嫌《けん》悪《お》や、臍《ほぞ》を噛《か》みたいほどの烈《はげ》しい悔恨も感じない。はじめは、その嫌悪感の消滅を不思議な事だと思っていたが、なに、ちっとも不思議じゃない。僕は、まったく違う男になってしまった筈《はず》ではなかったか。僕は、あたらしい男になっていたのだ。自己嫌悪や、悔恨を感じないのは、いままでは僕にとって大きな喜びである。よい事だと思っている。僕には、いま、あたらしい男としての爽《さわ》やかな自負があるのだ。そうして僕は、この道場に於《お》いて六箇月間、何事も思わず、素朴《そぼく》に生きて遊ぶ資格を尊いお方からいただいているのだ。囀《さえず》る雲雀。流れる清水。透明に、ただ軽快に生きて在れ！

きのうの手紙で、マア坊をばかに褒《ほ》めてしまったが、あれは少し取消したい。実は、きょう、ちょっと珍妙な事件があったので、前便の不備の補足かたがた早速御一報に及ぶ次第なのだ。囀る雲雀、流れる清水、このおっちょこちょいを笑い給《たも》うな。

けさの摩擦は久しぶりでマア坊だった。マア坊の摩擦は下手くそで、いい加減。つくし殿には、ていねいに摩擦してあげるのかも知れないが、僕には、いつでも粗末で不親切だ。マア坊には、僕なんか、まるで道ばたの石ころくらいにしか思われていないのだろうし、どうせそうだろうし、まあ、仕方が無い。けれども僕にとっては、マア坊は、あながち石ころでは無いのだから、僕はマア坊の摩擦の時には息ぐるしく、妙に固くなって、うまく冗談が言えない。冗談を言うどころか、声が喉《のど》にひっからまって、ろくにものが言えなくなるのだ。結局、僕は、不機嫌《ふきげん》みたいに、むっつりしてしまうのだが、そうするとまた、マア坊のほうでも気づまりになるのであろう、僕の摩擦の時だけは、ちっとも笑わず、そうして無口だ。けさの摩擦も、そんな具合いの窮屈な、やりきれないものであった。殊《こと》にも、あの、「つくしにね、鈴虫が鳴いてるって言ってやって」以来、僕の気持は急速にはりつめて来ているような按配《あんばい》なのだし、それにまた、君への手紙に、マア坊を好きだと書いてやった直後でもあるし、どうにも、かなわない、ぎこちない気分であった。マア坊は、僕の背中をこすりながら、ふいと小声で言った。

「ひばりが、一ばんいいな。」

うれしく無かった。何を言っていやがると思った。とってつけたようなそんなお世辞を言えるのは、マア坊が僕を、いい加減に思っている証拠だ。本当に、一ばんいいと思っていたら、そんなにはっきり、ぬけぬけと言えるものではない。僕にだってそれくらいの機微は、わかっているさ。僕は、黙っていた。すると、また小声で、

「なやみが、あるのよ。」

と来た。僕は、びっくりした。なんてまあ、まずい事を言うのだろう。うんざりした。「鈴虫が鳴いている」が、これで完全にマイナスになった。低能なんじゃないかしらと疑った。まえからどうも、あの笑い方は白痴的だと思っていたが、さては、ほんものであったか、などと考えているうちに、気持も軽くなって、

「どんな悩みが、あるんだい。」と馬鹿《ばか》にし切った口調で尋ねることが出来た。

2

答えない。かすかに鼻をすすった。横目でそっと見ると、なんだ、かれは泣いているのだ。いよいよ僕は呆《あき》れた。よく笑うひとは、またよく泣くひとではないか、などときのう僕は君に書いてやったが、そんな出鱈目《でたらめ》の予言が、あまりあっけなく眼前に実現せられているのを見ると、かえってこっちが気抜けしていやになる。ばかばかしいと思った。

「つくしが退場するんだってね。」と僕は、からかうような口調で言った。事実、そんな噂《うわさ》があるのだ。何か一家内の都合で、つくしは、北海道の故郷のほうの病院に移らなければならぬような事になったという噂を、僕は聞いて知っていたのだ。

「ばかにしないで。」

すっと立って、まだ摩擦もすまないのに、金盥《かなだらい》をかかえてさっさと部屋から出て行ってしまった。その後姿を眺《なが》めて、白状するが、僕の胸はちょっと、ときめいた。まさか、僕の事でなやんでいるなどとは、いくら自惚《うぬぼ》れても、考えられやしないけれど、しかし、あんなに陽気なマア坊が、いやしくも一個の男子の前で意味ありげに泣いてみせて、そうして怒って、すっと立って行ったというのは、或《あ》いは重大な事なのかも知れない。或いは、ひょっとすると、と、そこは、いくらおさえつけてもやっぱり少し自惚れが出て来て、ついさっきの軽蔑感《けいべつかん》も何も吹っ飛んでしまって、やたらにマア坊がいとしく思われ、わあ、と叫びたい気持で、ベッドに寝たまま両腕を大きく振りまわした。けれども、なんという事も無かった。マア坊の涙の意味がすぐにわかった。お隣りの越後獅子《えちごじし》の摩擦をしていたキントトが、その時、事も無げに僕に教えたのだ。

「叱《しか》られたのよ。あんまり調子に乗って騒ぐので、ゆうべ、竹さんに言われたのよ。」

竹さんは助手の組長だ。叱る権利はあるだろう。まあこれで、すべて、わかった。なんという事も無かった。はっきり、わかったというものだ。なあんだ！　組長に叱られて、それで悩みがあるもすさまじいや。僕は、実に、恥ずかしかった。僕のあわれな自惚れを、キントトにも、越後獅子にも、みんなに見破られて憫笑《びんしょう》せられているような気がして、さすがの新しい男も、この時ばかりは閉口した。実に、わかった。何もかも、よくわかった。僕は、マア坊の事は、きれいにあきらめるつもりだ。新しい男は、思い切りがいいものだ。未練なんて感情は、新しい男には無いんだ。僕はこれからマア坊を完全に黙殺してやるつもりだ。あれは猫《ねこ》だ。本当につまらない女だ。あははは、とひとりで笑ってみたい気持だ。

お昼には、竹さんがお膳《ぜん》を持って来た。いつもは、さっさと帰るのだが、きょうは、お膳をベッドの傍の小机に載せて、それから伸び上るようにして窓の外を眺《なが》め、二、三歩、窓のほうへ歩み寄り、窓縁《まどべり》に両手を置いて、僕のほうに背を向けたまま黙って立っている。庭の池を見ている様子であった。僕はベッドに腰かけて、さっそく食事をはじめた。あたらしい男は、おかずに不服を言わないものである。きょうのおかずは、めざしと、かぼちゃの煮つけだ。めざしは頭からバリバリ食べる。よく噛《か》んで、よく噛んで、全部を滋養にしなければならぬ。

「ひばり。」と音声の無い、呼吸だけの言葉で囁《ささや》かれて、顔を挙げたら、竹さんは、いつのまにか、両手をうしろに廻《まわ》して窓に寄りかかってこちら向きになっていて、そうして、あの特徴のある微笑をして、それから、やっぱり呼吸だけのような極めて低い声で、「マア坊が泣いたって?」

3

「うん。」僕は普通の声で返辞した。「なやみがあると言ってた。」よく噛んで、よく噛んで、きれいな血液を作るのだ。

「いやらしい。」竹さんは小さい声で言って顔をしかめた。

「僕の知った事じゃない。」あたらしい男は、さっぱりしているものだ。女のごたつきには興味が無いんだ。

「うち、気がもめる。」と言って、にっと笑った。顔が赤い。

僕は、少しあわてた。ごはんを、なま嚙みのまま呑《の》み込んでしまった。

「たんと食べえよ。」と、低く口早に言って、僕の前を通り、部屋から出て行った。

僕の口は思わずとがった。なあんだ。大きいなりをして、だらしがねえ。なぜだか、その時、そんな気がして、すこぶる気にいらなかった。組長じゃないか。人を叱って気がもめる、もないもんだ。僕は、にがにがしく思った。竹さんも、もっと、しっかりしなければいかんと思った。けれども、三杯目のごはんをよそって、こんどは僕のほうで顔を赤くしてしまった。おひつのごはんが、ばかに多いのだ。いつもは、軽く三杯よそうと、ちょうど無くなる筈なのに、きょうは三杯よそっても、まだたっぷり一杯ぶん、その小さいおひつの底に残ってあるのだ。ちょっと閉口だった。僕は、このような種類の親切は好かない。親切の形式が、ひどく古い。僕だけが、他の人より一杯よけいに食べたとて、ちっとも僕は楽しくもないし、またおいしいとも感じない。おいしくないごはんは、血にも肉にもなりはしない。なんにもならん。むだな事だ。越後獅子の口真似《くちまね》をして言うならば、「竹さんの母親は、おそろしく旧式のひとに違いない。」

僕はいつものように軽く三杯たべただけで、あとの贔屓《ひいき》の一杯ぶんは、そのままおひつに残した。しばらくして竹さんが、何事も無かったような澄ました顔をしてお膳をさげに来た時、僕は軽い口調で言ってやった。

「ごはんを残したよ。」

竹さんは、僕のほうをちっとも見ないで、おひつの蓋《ふた》をちょっとあけてみて、

「いやらしい子！」と、ほとんど僕にも聞きとれなかったくらいの低い声で言ってお膳を持ち上げ、そうしてまた、何事も無かったような澄ました顔で部屋から出て行った。

竹さんの「いやらしい」は口癖のようになっていて、何の意味も無いものらしいが、しかし、僕は女から「いやらしい」と言われると、いい気はしない。実に、いやだ。以前の僕だったら、たしかに竹さんを一発ぴしゃんと殴ったであろう。どうして僕はいやらしいのだ。いやらしいのは、お前じゃないか。昔は女中が、贔屓の丁稚《でっち》の茶碗《ちゃわん》にごはんをこっそり押し込んでよそってやったものだそうだが、なんとも無智《むち》な、いやらしい愛情だ。あんまり、みじめだ。ばかにしちゃいけない。僕には、あたらしい男としての誇りがあるんだ。ごはんというものは、たとい量が不足でも、明るい気持でよく噛んで食べさえすれば、充分の栄養がとれるものなのだ。竹さんを、もっとしっかりしたひとだと思っていたが、やっぱり、女はだめだ。ふだんあんなに利巧そうに涼しく振舞っているだけに、こんな愚行を演じた時には、なおさら目立って、きた

ならしくなる。残念な事だ。竹さんは、もっとしっかりしなければいけない。これがマア坊だったら、どんな失敗を演じても、かえって可愛く、いじらしさが増すというような事もないわけではないのだろうが、どうも、立派な女の、へまは、困る。と、ここまでお昼ごはんの後の休憩を利用して書いたのだが、突然、廊下の拡声機が、新館の全塾生はただちに新館バルコニイに集合せよ、という命令を伝えた。

4

便箋《びんせん》を片附《かたづ》けて二階のバルコニイに行ってみると、きのうの深夜、旧館の鳴沢イト子とかいう若い女の塾生が死んで、ただいま沈黙の退場をするのを、みんなで見送るのだという事であった。新館の男の塾生三十三名、そのほか新館別館の女の塾生六名、緊張した顔でバルコニイに、四列横隊みたいな形で並び、出棺を待った。しばらくして、白い布に包まれた鳴沢さんの寝棺が、秋の陽《ひ》を浴びて美しく光り、近親の人たちに守られながら、旧館を出て松林の中の細い坂路《さかみち》を、アスファルトの県道の方へ、ゆるゆると降りて行った。鳴沢さんのお母さんらしい人が、歩きながらハンケチを眼にあて、泣いているのが見えた。白衣の指導員や助手の一団も、途中まで、首をたれて、ついて行った。

よいものだと思った。人間は死に依《よ》って完成せられる。生きているうちは、みんな未完成だ。虫や小鳥は、生きてうごいているうちは完璧《かんぺき》だが、死んだとたんに、ただの死骸《しがい》だ。完成も未完成もない、ただの無に帰する。人間はそれに較《くら》べると、まるで逆である。人間は、死んでから一ばん人間らしくなる、というパラドックスも成立するようだ。鳴沢さんは病気と戦って死んで、そうして美しい潔白の布に包まれ、松の並木に見え隠れしながら坂路を降りて行く今、ご自身の若い魂を、最も厳粛に、最も明確に、最も雄弁に主張して居《お》られる。僕たちはもう決して、鳴沢さんを忘れる事が出来ない。僕は光る白布に向って素直に合掌した。

けれども、君、思い違いしてはいけない。僕は死をよいものだと思った、とは言っても、決してひとの命を安く見ていい加減に取扱っているのでも無いし、また、あのセンチメンタルで無気力な、「死の讃美者《さんびしゃ》」とやらでもないんだ。僕たちは、死と紙一枚の隣合せに住んでいるので、もはや死に就いておどろかなくなっているだけだ。この一点を、どうか忘れずにいてくれ給え。僕のこれまでの手紙を見て、君はきっと、この日本の悲憤と反省と憂鬱《ゆううつ》の時期に、僕の周囲の空気だけが、あまりにのんきで明るすぎる事を、不謹慎のように感じたに違いない。それは無理もない事だ。しかし、僕だって阿呆《あほう》ではない。朝から晩まで、ただ、げたげた笑って暮しているわけではない。それは、あたり前の事だ。毎夜、八時半の報告の時間には、さまざまのニュウスを聞かされる。黙って毛布をかぶって寝ても、眠られない夜がある。しかし僕は、いまはそんなわかり切った事はいっさい君に語りたくないのだ。僕たちは結核患者だ。今夜にも急に喀血《かっけつ》して、鳴沢さんのようになるかも知れない人たちばかりなのだ。僕たちの笑いは、あのパンドラの匣《はこ》の片隅《かたすみ》にころがっていた小さな石から発しているのだ。死と隣合せに生活している人には、生死の問題よりも、一輪の花の微笑が身に沁《し》みる。僕たちはいま、謂《い》わば幽《かす》かな花の香にさそわれて、何だかわからぬ大きな船に乗せられ、そうして天の潮路のまにまに身をゆだねて進んでいるのだ。この所謂《いわゆる》天意の船が、どのような島に到達するのか、それは僕も知らない。けれども、僕たちはこの航海を信じなければならぬ。死ぬのか生きるのか、それはもう人間の幸不幸を決する鍵《かぎ》では無いような気さえして来たのだ。死者は完成せられ、生者は出帆の船のデッキに立ってそれに手を合せる。船はするする岸壁から離れる。

「死はよいものだ。」

それはもう熟練の航海者の余裕にも似ていないか。新しい男には、死生に関する感傷は無いんだ。

九月八日

マア坊

1

さっそくの御返事、なつかしく拝読しました。こないだ、僕は、「死はよいものだ」などという、ちょっと誤解を招き易《やす》いようなあぶない言葉を書き送ったが、それに対して君は、いちぶも思い違いするところなく、正確に僕の感じを受取ってくれた様子で、実にうれしく思った。やっぱり、時代、という事を考えずには居られない。あの、死に対する平静の気持は、一時代まえの人たちには、どうしても理解できないのではあるまいか。「いまの青年は誰《だれ》でも死と隣り合せの生活をして来ました。敢《あ》えて、結核患者に限りませぬ。もう僕たちの命は、或《あ》るお方にささげてしまっていたのです。僕たちのものではありませぬ。それゆえ、僕たちは、その所謂天意の船に、何の躊躇《ちゅうちょ》も無く気軽に身をゆだねる事が出来るのです。これは新しい世紀の新しい勇気の形式です。船は、板一まい下は地獄と昔からきまっていますが、しかし、僕たちには不思議にそれが気にならない。」という君のお手紙の言葉には、かえってこっちが一本やられた形です。君からいただいた最初のお手紙に対して、「古い」なんて乱暴な感想を吐いた事に就いては、まじめにおわびを申し上げなければならぬ。

僕たちは決して、命を粗末にしているわけではない。しかしまた、死に対していたずらに感傷に沈み、或いは、恐れおびえてもいないのだ。その証拠には、あの鳴沢イト子さんの白布に包まれた美しく光る寝棺を見送ってから、僕はもう、マア坊だの竹さんだのの事はすっかり忘れて、まるできょうの秋空のように高く澄んだ心境でベッドに横たわり、そうして廊下では、塾生《じゅくせい》と助手が、れいの如《ごと》く、

「やっとるか。」

「やっとるぞ。」

「がんばれよ。」

「ようし来た。」

という挨拶《あいさつ》を交しているのを聞き、それがいつものようなふざけ半分の口調でなくて、何だか真剣な響きのこもっているのに気がついた。そうして、そのように素直に緊張して叫んでいる塾生たちに、僕はかえって非常に健康なものを感じた。少し気取った言い方をするなら、その日一日、道場全体が神聖な感じであった。僕は信じた。死は決して、人の気持を萎縮《いしゅく》させるものではない、と。

僕たちのこんな感想を、幼い強がりとか、或いは絶望の果のヤケクソとしか理解できない古い時代の人たちは、気の毒なものだ。古い時代と、新しい時代と、その二つの時代の感情を共に明瞭《めいりょう》に理解する事のできる人は、まれなのではあるまいか。僕たちは命を、羽のように軽いものだと思っている。けれどもそれは命を粗末にしているという意味ではなくて、僕たちは命を羽のように軽いものとして愛しているという事だ。そうしてその羽毛は、なかなか遠くへ素早く飛ぶ。本当に、いま、愛国思想がどうの、戦争の責任がどうのこうのと、おとなたちが、きまりきったような議論をやたらに大声挙げて続けているうちに、僕たちは、その人たちを置き去りにして、さっさと尊いお方の直接のお言葉のままに出帆する。新しい日本の特徴は、そんなところにあるような気さえする。

鳴沢イト子の死から、とんでもない「理論」が発展したが、僕はどうもこんな「理論」は得手じゃない。新しい男は、やっぱり黙って新造の船に身をゆだねて、そうして不思議に明るい船中の生活でも報告しているほうが、気が楽だ。どうだい、また一つ、女の話でもしようかね。

2

君のお手紙では、君は、ばかに竹さんを弁護しているようじゃないか。そんなに好きなら、竹さんに君から直接、手紙でも出すがよい。いや、それよりも、まあ、いちど逢《あ》ってごらん。そのうち、おひまの折に、僕を見舞いに、ではなくて竹さんを拝見しに、この道場へおいでになるといい。拝見したら、幻滅しますよ。何せ、どうにも、立派な女なのだから。腕力だって、君より強いかも知れない。お手紙に依《よ》ると、君は、マア坊が泣いた事なんか、少しも問題ではないが、竹さんの、「うち、気がもめる」が、大事件だ、というお説のようだが、それは僕だって考えてみたさ。マア坊が僕のところへ来て、なやみがあるのよ、なんて言って泣いた事に就いて、「うち、気がもめる」というのは、すなわち、竹さんが僕に前から思召《おぼしめ》しがある証拠ではなかろうか、とばかな自惚《うぬぼ》れを起したいところだが、僕には、みじんもそんな気持が起らない。竹さんは、なりばかり大きくて、ちっともお色気の無い人だ。いつも仕事に追われて、他《ほか》の事など、考えているひまも無いようなたちの人なんだ。助手の組長という重責に緊張して、甲斐々々《かいがい》しく立働いているというだけの人なんだ。竹さんが、その前夜、マア坊を叱《しか》った。叱ったところが、マア坊はひどくしょげて、泣いたりしているという事を、他の助手から聞いて、それでは自分の叱り方が少し強すぎたのかしらと反省して、そうして心配になって来て、「うち、気がもめる」という事になった、というのがこの場合、頗《すこぶ》る野暮ったいけれども、しかし、最も健全な考え方だと思われる。それに違いないのだ。女なんて、どうせ、自分自身の立場の事ばかり考えているものさ。あたらしい男は、女に対して、ちっとも自惚れていないのだ。また、好かれるという事も無いんだ。さっぱりしたものだ。

「うち、気がもめる」と言って、竹さんは顔を赤くしたけれども、あれは、マア坊を叱った事に就いて気がもめる、という意味で、ふいと言ったその言葉が、案外の妙な響きを持っている事にはっと気づいて、少し自分でまごついて顔を赤くしたというだけの事で、なんという事もない。きわめて、つまらぬ事だ。そうして、あの日、マア坊が僕のところで泣いた事や、また、気がもめるの事にしても、或いは、ごはん一杯ぶんの贔屓《ひいき》の事にしろ、あの日の全部の変調子を解くために、是非とも考慮に入れて置かなければならぬ重大な事実が一つあるのだ。それは、鳴沢イト子の死である。鳴沢さんは、その前夜に死んだのだ。笑い上戸《じょうご》のマア坊が叱られたのもそれでわかる。助手たちは、鳴沢イト子と同様の、若い女だ。衝動も強かったのでは、あるまいか。女には、未だ、古くさい情緒みたいなものが残っている。淋《さび》しくて戸まどいして、そうして、ごはん一杯ぶんの慈善なんて、へんな情緒を発揮したのではあるまいか。とにかく、あの日の、みんなの変調子は、鳴沢イト子の死と強くむすびついているようだ。マア坊も、竹さんも、別段、僕に思召しがあるわけじゃないんだ。冗談じゃない。どうだ、君、わかったかい。これでも、君は、竹さんを好きかい。まあいちど道場へ御出張になって、実物を拝見なさる事だ。竹さんよりは、マア坊のほうが、まだしも感覚の新しいところがあって、いいように僕には思われるのだが、君は、ひどくマア坊をきらいらしいね。考え直したらどうかね。マア坊には、やっぱり、ちょっといいところがあるんだぜ。おとといであったか、マア坊が、とても気だてのよいところを見せてくれて、僕は、にわかにまたマア坊を見直したというわけだが、きょうは一つその事の次第を御紹介しましょう。君も、きっと、マア坊を好きになるだろうと思う。

3

おととい、同室の西脇《にしわき》つくし殿が、いよいよ一家内の都合でこの道場を出る事になって、ちょうどその日がマア坊の公休日とかに当っているのだそうで、それで、つくしをE市まで送って行く約束をしたとか、その前の日あたりからマア坊は塾生たちに大いにからかわれて、お土産をたのむ、とほうぼうから強迫されて、よし心得た、と気軽に合点々々していたが、おとといの朝早く、久留米絣《くるめがすり》のモンペイをはいて、つくし殿のあとを追っていそいそ出かけ、そうして午後の三時頃、僕たちが屈伸鍛錬をはじめていたら、こいしい人と別れて来たひとらしくもなく、にこにこ笑いながら帰って来て、部屋々々を廻《まわ》って約束のお土産を塾生たちにくばって歩いていた。

いまのような手不足の時代には、かなりの暮しをしている家の娘でも、やはり家を出て働かなければならぬ様子だが、マア坊なども、どうやらその組らしく、仕事も遊び半分のようだし、そのくせポケットの温かなせいか、いつもなかなか気前がよく、それがまた塾生たちの人気の原因の一つになっているようで、こんな時のお土産だって、かなり贅沢《ぜいたく》だ。お土産は、どこでどんな具合いに入手したのか、一寸に二寸くらいのおもちゃの鏡だ。裏に映画女優の写真が貼《は》られてある。昔は、こんなものは、駄《だ》菓子屋《がしや》の景物などに、ただでくれたしろものだが、いまはこんなものでも、買うとなると決して安くないだろう。どこかの駄菓子屋かおもちゃ屋のストックを、そんなに数十枚も買って帰ったのかも知れないが、とにかく、いかにもマア坊らしい思いつきのお土産だ。塾生たちには、裏の映画女優の写真がいたくお気に召した様子で、たいへんな騒ぎ方だ。かっぽれも一枚もらった。僕は、女からものをもらうのは、いやだから、はじめからお土産の強迫などもしなかったし、また、みんなと同じおもちゃの懐中鏡一枚の恩恵に浴したところで、つまらない事だと思っていたし、マア坊が僕たちの部屋へやって来て、かっぽれに鏡を手渡し、

「かっぽれさんは、この女優を知ってる？」

「知らねえが、べっぴんだ。マア坊にそっくりじゃないか。」

「あら、いやだ。ダニエル・ダリュウじゃないの。」

「なんだ、アメリカか。」

「ちがうわよ、フランスのひとよ。ひところ東京では、ずいぶん人気があったのよ。知らないの？」

「知らねえ。フランスでも何でも、とにかくこれは返すよ。毛唐《けとう》はつまらねえ。日本の女優の写真とかえてくれねえか。あい願わくば、そうしてもらいたい。こいつは、向うの小柴《こしば》のひばりさんにでもあげるんだね。」

「ぜいたく言ってる。特別に、あなただけに差上げるのよ。ひばりには、いや。意地わるだから、いや。」

「どうだかね。ではまあ、いただいて置きましょう。ダニエ？」

「ダニエルよ。ダニエル・ダリュウ。」

そんな二人の会話を聞いて、僕はにこりともせず屈伸鍛錬を続けていたが、さすがに面白《おもしろ》くなかった。僕がそんなにマア坊にきらわれていたのか。好かれているとは、もちろん思っていなかったが、こんなに僕ひとり憎まれてきらわれているとは思い及ばなかった。自分の地位を最低のところに置いたつもりでいても、まだまだ底には底があるものだ。人間は所詮《しょせん》、自己の幻影に酔って生きているものであろうか。現実は、きびしいと思った。いったい僕の、どこがいけないのだろう。こんど一つマア坊に、真面目《まじめ》に聞いてみようと思った。そうして、機会は、案外早くやって来た。

4

その日の四時すぎ、自然の時間に、僕はベッドに腰かけてぼんやり窓の外を眺《なが》めていたら、白衣に着かえたマア坊が、洗濯物《せんたくもの》を持ってひょいと庭に出て来た。僕は思わず立ち上り、窓から上半身乗り出して、

「マア坊。」と小さい声で呼んだ。

マア坊は振向き、僕を見つけて笑った。

「土産をくれないの？」と言ってみた。

マア坊は、すぐには答えず、四辺を素早く見廻した。誰か見ていないかと、あたり

に気をくばるような具合いであった。道場は、いま安静の時間である。しんとしていた。マア坊は、こわばったような笑い方をして、ちょっと掌《てのひら》を口の横にかざし、あ、と大きく口をあけ、それから口をとがらせて顎《あご》をひき、その次に、口を半分くらいひらいてこっくり首肯《うなず》き、それから口を三分の二ほどひらいてまた、こっくり首肯いた。声を全然出さず、つまり口の形だけで通信しているのである。僕には、すぐにわかった。

「ア、ト、デ、ネ」と言っているのだ。

すぐにわかったけれども、わざと、同じ様に口の形だけで、「ア、ト、デ？」と聞きかえすと、もう一度、「ア、ト、デ、ネ」を一字一字区切って、子供がこっくりこっくりをするような身振りで可愛《かわい》く通信してみせて、それから、口の横にかざしていた掌を、内緒、内緒、とでもいうように小さく横に振って、肩をきゅっとすくめて笑い、小走りに別館のほうへ走って行った。

「あとでね、か。案ずるより生むが易《やす》し、だ。」そんな事を心の中で呟《つぶや》き、僕は、どさんとベッドに寝ころがった。僕のよろこびに就いては説明する必要もあるまい。すべて、御賢察にまかせる。

そうして、きのうの夜の摩擦の時、僕はマア坊から、その「アトデネ」のお土産をもらった。きのうの朝から、時々、マア坊は、エプロンの下に何か隠しているようなふうで、意味ありげに廊下をうろついて、ひょっとしたら、あのエプロンの下に僕へのお土産を忍ばせてあるのではあるまいかとも思っていたのだが、図々《ずうずう》しくこちらから近寄って手を差しのべ、「どうしたの？」などと逆襲されると、これはまた大恥辱であるから、僕は知らん顔をしていたのだ。けれども、やっぱり、それは僕への贈物であったのだ。

昨夜の七時半の摩擦は、約一週間ぶりでマア坊の番に当って、マア坊は左手に金盥《かなだらい》をかかえ、右手をエプロンの下に隠し、にやりにやりと笑いながらやって来て、僕のベッドの側にしゃがみこんで、

「意地わる。取りに来ないんだもの。けさから何度も廊下で待っていたのに。」

そう言ってベッドの引出しをあけ、素早くエプロンの下の品物をその中に滑り込ませて、ぴったり引出しをしめ、

「言っちゃ、いやよ。誰にも、言っちゃいやよ。」

僕は寝ながら二度も三度も小さく首肯いた。摩擦に取りかかって、

「ひばりの摩擦は、久しぶりね。なかなか番が廻って来ないんだもの。お土産を渡そうとしても、どうしたらいいのか、困ったわ。」

僕は自分の首のところに手をやって、結ぶ真似《まね》をして、ネクタイか？　という意味の無言の質問をすると、

「ううん。」と下唇《したくちびる》を突き出して笑って否定し、「ばかねえ。」と小声で言った。

実際、ばかだ。僕には、背広さえ無いのに、何だってまた、ネクタイなんて妙なものを考えたのだろう。われながら、おかしい。或いは、あの小さい懐中鏡から無意識にネクタイを聯想《れんそう》したのかも知れない。

5

僕は、こんどは右手で、ものを書く真似をして、万年筆か？　という意味の質問をしてみた。実に僕は勝手な男だ。僕の万年筆がこの頃どうも具合いが悪いので、あたらしいのが欲しいという意識が潜在していたらしく、ついこんな時ひょいと出る。僕は内心、自分の図々しさに呆《あき》れたよ。

「ううん。」マア坊は、やっぱり首を横に振って否定する。まるでもう、見当がつかない。

「ちょっと、地味かも知れないけど、人にやったりしないでね。お店に、たった一つ残っていたのよ。飾りも、ちっとも上等でないけど、ここを出てから持って歩いてね。

ひばりは紳士だから、きっと要るわよ。」

いよいよ、わからなくなった。まさか、ステッキじゃあるまい。

「とにかく、ありがとう。」僕は寝返りを打ちながら言った。

「何を言ってるの。ぼんやりねえ、この子は。さっさと早くなおって、いなくなるといい。」

「おおきに、お世話だ。いっそ、ここで、死んでやろうかね。」

「あら、だめよ。泣くひとがあるわ。」

「マア坊かい？」

「しょってるわ。泣くもんですか。泣くわけがないじゃないの。」

「そうだろうと思った。」

「あたしが泣かなくたって、ひばりには、泣いてくれる人がいくらでもあるわ。」ちょっと考えてから、「三人、いや、四人あるわ。」

「泣くなんて、意味が無い。」

「あるわよ、意味があるわよ。」と強く言い張って、それから僕の耳元に口を寄せて、「竹さんでしょう？　キントトでしょう？　たまねぎでしょう？　カクランでしょう？」と一人々々左手の指を折って数え上げて、「わあい。」と言って笑った。

「カクランも泣くのか。」僕も笑った。

その夜の摩擦はたのしかった。僕も以前のように、マア坊に対して固くなるような事はなく、いまでは何だか皆を高所から見下しているような涼しい余裕が出来ていて、自由に冗談も言えるし、これもつまり、女に好かれたいなどという息ぐるしい慾望《よくぼう》を、この半箇月ほどの間に全部あっさり捨て去ったせいかも知れぬが、自分でも不思議なほど、心に少しのこだわりも無く楽しく遊んだのだ。好くも好かれるも、五月の風に騒ぐ木の葉みたいなものだ。なんの我執も無い。あたらしい男は、またひとつ飛躍をしました。

その夜、摩擦がすんで、報告の時間に、アメリカの進駐軍がいよいよこの地方にも来るという知らせを、拡声機を通して聞きながら、ベッドの引出しをさぐり、マア坊の贈物を取り出し、包をほどいた。

三寸四方くらいの小さい包で、中には、シガレットケースが入っていた。「ここを出てから持って歩いてね、ひばりは紳士だから、きっと要るわよ」という先刻の不可解な言葉の意味も、これでわかった。

それを箱から出して、ちょっとひっくりかえしたりして見ているうちに、僕は何だかひどく悲しくなって来た。うれしくないのだ。あながち、世間のニュウスのせいばかりでも無かったようだ。

6

それは、ステンレッスというのか、ケーキナイフなどに使ってあるクロームのような金属で出来た銀色の、平たいケースである。蓋《ふた》には薔薇《ばら》の蔓《つる》を図案化したような、こんがらかった細い黒い線の模様があって、その蓋の縁には小豆色のエナメルみたいなものが塗られてある。このエナメルが無ければよいのに、このエナメルの不要な飾りのために、マア坊の言うように、「ちょっと地味」だし、また「ちっとも上等でなく」なっている。でもまあ、せっかくマア坊が買って来てくれたのだから、とにかく大事にしまって置くべきであろう。

どうも、しかし、愉快でない。もらって、こんな事を言うのはいけないが、本当にちっとも嬉《うれ》しくないのだ。よその女のひとから、ものをもらうのは、はじめての経験であるが、実に妙に胸苦しくていけないものだ。はなはだ後味のわるいものだ。僕は、引出しの奥の一ばん底に、ケースを隠した。早く忘れてしまいたい。

ケースには、僕も、少し閉口して、持てあましの形だが、しかし、こんな経緯に依《よ》って、マア坊のよさを少しでも君にわかってもらいたくて、以上、御報告の一文をしたためた次第だ。どうだね、少しはマア坊を見直したかね。やっぱり、竹さんのほうがいいかね。御感想をお聞かせ下さい。

きょうは、つくしのベッドに、隣りの「白鳥の間」の固パンが移って来た。姓名は須川五郎《すがわごろう》、二十六歳。法科の学生だそうで、なかなかの人気者らしい。色浅黒く、眉《まゆ》が太く、眼はぎょろりとしてロイド眼鏡をかけて、鷲鼻《わしばな》で、あまり感じはよくないが、それでも、助手さんたちから、大いに騒がれているのだそうだ。どうも、男から見ていやなやつほど、女に好かれるようだ。固パンの出現に依って、「桜の間」の空気も、へんにしらじらしいものになって来た。かっぽれは、既に少しく固パンに対して敵意を抱いているようだ。きょうの夕食前の摩擦の時にも、助手さんたちは固パンに向って英語を色々たずねて、

「ねえ、教えてよ。ごめんなさいね、ってのは英語でどういうの。」

「アイ、ベッグ、ユウア、パアドン。」固パンは、ひどく気取って答える。

「覚えにくいわ。もっと簡単な言いかたが無いの？」

「ヴェリイ、ソオリイ。」実に気取って言う。

「それじゃあね。」と別な助手さんが、「どうぞお大事にね、ってことを何というの？」

「プリイズ、テッキャア、オブ、ユアセルフ。」take careを、テッキャアと発音する。

なんとも、どうも、きざな事であった。

助手さんたちは、それでも大いに感心して聞いている。かっぽれには、僕以上に固パンの英語が癇《かん》にさわるらしく、小さい声でれいの御自慢の都々逸《どどいつ》、『末は博士か大臣か、よしな書生にゃ金が無い』とかいうのを歌ったりして、とにかく、さかんに固パンを牽制《けんせい》しようとあせっている様子であった。

僕はしかし、元気だ。きょう体重をはかったら、四百匁《もんめ》ちかく太っていた。断然、好調である。

九月十六日

衛生について

1

こないだから、女の事ばかり書いて、同室の諸先輩に就いての報告を怠っていたようだから、きょうは一つ「桜の間」の塾生《じゅくせい》たちの消息をお伝え申しましょう。きのう「桜の間」では喧嘩《けんか》があった。とうとう、かっぽれが固パンに敢然と挑戦《ちょうせん》したのだ。

原因は梅干である。

それが甚《はなは》だ、どうにもややこしい話なのである。かっぽれには、かねて、瀬戸の小《こ》鉢《ばち》があって、それに梅干をいれて、ごはんの度に、ベッドの下の戸棚《とだな》から取出しては梅干をつついていた。けれども、このごろ、その梅干にかびが生えはじめた。かっぽれは、これは容《い》れ物の悪いせいではあるまいかと考えた。小鉢の蓋《ふた》がよく合わぬので、そこから細菌が忍び入り、このようにかびが生える結果になったのに違いないと考えた。かっぽれは、なかなか綺麗《きれい》好きなひとなんだ。どうにも気になる。何かよい容れ物があるまいかと、かっぽれは前から思案にくれていたというような按配《あんばい》なのだ。ところが、きのうの朝食の時、お隣りの固パンがやはり、食事の度毎《たびごと》に持出していたらっきょうの瓶《びん》が、ちょうど空いたのを、かっぽれは横目で見とどけ、あれがいいと思った。口も大きいし、そうして、しっかり栓《せん》も出来る。いかなる細菌も、あの瓶の中には忍び込む事が出来まい。もう空いたのだから、固パンも気軽く貸してくれるだろう。固パンに頭を下げるのは癪《しゃく》だが、でも、細菌を防ぐためには、どうしてもあのらっきょうの瓶が必要である。衛生を重んじなければならぬ。そう思って、かっぽれは、食事がすんでから、おそるおそる固パンに空瓶の借用を申し出た。

固パンは、かっぽれの顔をまっすぐに見て、

「こんなものを、どうするのです。」

その言い方が、かっぽれに、ぐっと来たというのである。前からこの二人の間には暗雲が低迷していたのである。かっぽれは、この健康道場第一等の色男を以《もっ》て任じていたのに、最近に到《いた》って固パンがめきめき色男の評判を高めて、かっぽれの影は薄くなり、むしゃくしゃしていた矢先だったのである。

「こんなもの？　須川さん、そんな言い方をしてもいいのですか。」かっぽれの言い方も妙である。

「なぜ、いけないのです。」固パンは、にこりともしない。どうにも堅くるしく、気取っている男なのである。

「わかりませんかねえ。」かっぽれは、少しおされ気味になって、にやにやと無理に笑って、「私があなたから、まさか、豚のしっぽを借りようとしたわけではなし、こんなもの、とにべもなく言われては、私の立つ瀬が無くなります。」いよいよ妙だ。

「僕は豚のしっぽなんて事は言いません。」

「わからない人だね。」かっぽれは、少し凄《すご》くなった。「かりにお前さんが、豚のしっ

ぽと言わなくたって、こちとらには、ぴんと来るんだから仕様がねえじゃないか。馬《ば》鹿《か》にしなさんな。大学生だって左官だって、同じ日本国の臣民じゃないか。よくもおれを、豚のしっぽみたいに扱いましたね。おれが豚のしっぽなら、お前さんは、とかげのしっぽだ。一視同仁というものだ。おれには学はねえが、それでも衛生を尊ぶ事だけは、知っているのだ。人間、衛生を知らなけれゃ、犬畜生と同じわけのものなんだ。」

何が何だか、さっぱりわけのわからない口説《くぜつ》になって来た。

2

固パンは一向それに取合わず、両手を頭のうしろに組んで、仰向にベッドの上に寝ころがった。度胸のある男のように見えた。かっぽれは、ベッドの上にあぐらを掻《か》いて、からだを前後左右にゆすぶり、腕まくりするやら、自分の膝《ひざ》を自分のこぶしでぽんぽん叩《たた》くやら、しきりにやきもきして、

「え、おい、聞いているのですか、そこな大学生。まさか柔道を使やしねえだろうな。大学生には時たまあれを使うやつがあるから恐れいる。あいつぁ、ごめんだぜ。いいかい、はっきり言って置くけど、この道場は、柔道の道場でもなければ、また、色男

修行の道場でもないんですぜ。場長の清盛《きよもり》も、こないだの講話で言っていた。諸君は選手である。結核の必ず全治するという証拠を、日本全国に向って示すところの選手である。切に自重を望む、と言いましたがね。おれはあの時、涙が出たね。男子、義を見てせざれば勇なきなり、というわけのものだ。勇に大勇あり小勇あり、ともいうべきわけのところだ。だから、人間、智仁勇、この三つが大事というわけになるんだ。女にもてるなんて、問題になるわけのものじゃ決してないんだ。」ほとんど支離滅裂である。それでも、かっぽれは顔を青くしてさらに声を張り上げ、「だから、それだから、衛生が大事だというわけの事に自然になって行くんだ。常に衛生、火の用心というのは、だから、そこのところを言ってると思うんだ。いやしくも一個の人間を豚のしっぽと較《くら》べられるわけのものじゃ絶対に無いんだ。」

「やめろ、やめろ。」と越後獅子《えちごじし》が仲裁にはいった。越後獅子は、それまでベッドの上に黙って寝ころんでいたのだが、その時むっくり起きてベッドから降り、かっぽれのうしろから肩を叩いて、やめろやめろ、とちょっと威厳のある口調で言ったのである。

かっぽれは、くるりと越後獅子のほうに向き直って、越後獅子に抱きついた。そうして越後獅子の懐《ふところ》に顔を押し込むようにして、うわっ、うわっ、と声を一つずつ区切って泣出した。廊下には、他《ほか》の部屋の塾生たちが、五、六人まごついて、こちらの様子をうかがっている。

「見ては、いけない。」と越後獅子は、その廊下の塾生たちに向って呶鳴《どな》った。「喧嘩ではないぞ！　単なる、単なる、ううむ、単なる、単なる、ううむ。」と唸《うな》って、とほうに暮れたように、僕のほうをちらと見た。

「お芝居。」と僕は小声で言った。

「単なる、」と越後は元気を恢復《かいふく》して、「芝居の作用だ。」と叫んだ。

芝居の作用とは、どういう意味か解しかねるが、僕のような若輩から教えられた事をそのまま言うのは、沽券《こけん》にかかわると思って、とっさのうちに芝居の作用という珍奇な言葉を案出して叫んだのではないかと思われる。おとなというものは、いつも、こんな具合いに無理をして生きているのかも知れない。

かっぽれは、それこそ親獅子のふところにかき抱かれている児獅子《こじし》というような形で、顔を振り振り泣きじゃくり、はっきり聞きとれぬような、ろれつの廻《まわ》らぬ口調で、くどくどと訴えはじめた。

「おれは、生れてから、こんな赤恥をかいた事はねえのだ。育ちが、悪くねえのです。おれは、おやじにだって殴られた事はねえのだ。それなのに、豚のしっぽ同然にあしらわれて、はらわたが煮えくりかえって、おれは、すじみちの立った挨拶《あいさつ》を仕様と思ったんだ。一ばんいい事ばかり言ったのです。一ばんいいところばかり選んで言おうと思ったんだ。本当に、おれは、一ばんのいい事だけを言ってやったつもりなんだ。それなのに、それを、ベッドに寝ころがって知らん振りして、なんだ、あの態度は！　くやしくて、残念でならねえのです。なんだ、あの態度は！　ひとが一ばんいい事を言っているのに、あの態度は！　つくづく世間が、イヤになった。ひとが一ばんいい事を、――」

だんだん同じ様な事ばかり繰り返して言うようになった。

越後は、かっぽれをそっとベッドに寝かせてやった。かっぽれは、固パンのほうに背を向けて寝て、顔を両手で覆《おお》って、しばらくしゃくり上げていたが、やがて眠ったみたいに静かになった。八時の屈伸鍛錬の時間になっても、その形のままで、じっとしていた。

3

実に妙な喧嘩であった。けれども、昼食の頃にはもう、もとの通りのかっぽれさんにかえっていて、固パンが、れいのらっきょうの空瓶を綺麗に洗って来て、どうぞ、と言って真面目《まじめ》に差出した時にも、すみません、とぴょこんとお辞儀をして素直に受け取り、そうして昼食がすんでから、梅干を一つずつ瀬戸の小鉢から、らっきょうの瓶に、たのしそうに移していた。世の中の人が皆、かっぽれさんのようにあっさりしていたら、この世の中も、もっと住みよくなるに違いないと思われた。

喧嘩の事に就いては、これくらいにして、ついでにもう一つ簡単な御報告がある。きょうの午後の摩擦は、竹さんだった。僕は、竹さんに君のことを少し言った。

「竹さんを、とても好きだと言っている人があるんだけど。」

竹さんは、摩擦の時には、ほとんど口をきかない。いつも黙って涼しく微笑《ほほえ》んでいる。

「マア坊なんかより、竹さんのほうが十倍もいいと言ってた。」

「誰《だれ》や。」沈黙女史も、つい小声で言った。マア坊よりもいい、というほめ方が、いたく気にいった様子である。女って、あさはかなものだ。

「うれしいかい？」

「好かん。」竹さんはそう一こと言ったきりで、シャッシャッと少し手荒く摩擦をつづける。眉《まゆ》をひそめて、不機嫌《ふきげん》そうな顔だ。

「怒ったの？　そのひとは、本当にいいやつなんだがね。詩人だよ。」

「いやらしい。ひばりは、このごろ、あかんな。」左の手の甲で自分の額の汗をぬぐって言った。

「そうかね、それじゃもう教えない。」

竹さんは黙っていた。黙って摩擦をつづけた。摩擦がすんで引きあげる時に、竹さんはおくれ毛を掻《か》き上げて、妙に笑い、

「ヴェリイ、ソオリイ。」と言った。

ごめんなさいね、って言ったつもりなんだろう。ちょっと竹さんも、わるくないね。どうだい、君、そのうちにひまを見て、当道場へやって来ないか。君の大好きな竹さんを見せてあげますよ。冗談、失礼。朝夕すずしくなりました。常に衛生、火の用心とはここのところだ。僕と二人ぶんの御勉強おねがい申し上げます。

九月二十二日

コスモス

1

さっそくの御返事、たのしく拝読いたしました。高等学校へはいると、勉強もいそがしいだろうに、こんなに長い御手紙を書くのは、たいへんでしょう。これからは、いちいちこんな長い御返事の必要はありません。勉強のさまたげになるのではないかと、それが気になります。

竹さんに、あんな事を言うとはけしからぬとのお叱《しか》り。おそれいりました。けれども、「もう僕は君をお見舞いに行けなくなった」というお言葉には賛成いたしかねます。君も、ずいぶん気が小さい。こだわらずに、竹さんに軽く挨拶《あいさつ》出来るようでなければ、新しい男とは言えません。色気を捨てる事ですね。詩三百、思い邪《よこしま》無し、とかいう言葉があったじゃありませんか。天真爛漫《らんまん》を心掛けましょう。こないだお隣りの越後《えちご》獅子《じし》に、

「僕の友だちで、詩の勉強をしている男があるんですが、」と言いかけたら、越後は

即座に、

「詩人は、きざだ。」と乱暴極まる断定を下したので、僕は少しむっとして、

「でも、詩人は言葉を新しくすると昔から言われているじゃありませんか。」と言い返した。越後獅子は、にやりと笑って、

「そう。こんにちの新しい発明が無ければいけない。」と無雑作に答えたが、越後も、ちょっと、あなどりがたい事を言うと思った。賢明な君の事だから、すでにお気づきの事と思いますが、どうか、これからは、詩の修行はもとより、何につけても、君の新しい男としての真の面目を見せて下さるよう、お願いします。なんて、妙に思いあがった、先輩ぶった言い方をしましたが、なに、竹さんなんかの事は気にするな、というだけの事なんだ。勇気を出して、当道場を訪問して、竹さんをひとめ見るといい。現物を見ると、君の幻想は、たちまち雲散霧消する。何せもうただ立派で、そうして大鯛《おおだい》なんだからね。それにしても君は、ずいぶん竹さんに打ち込んだものだね。僕があれほど、マア坊の可愛《かわい》らしさを強調して書いてやっても、「マア坊とやらいう女性などは、出来そこないの映画女優の如《ごと》く」なんておっしゃって、一向にみとめてはくれず、ひたすら竹さん竹さんなんだから恐れいりました。しばらく竹さんに就いての御報告はひかえようと思う。この上、君に熱をあげられて、寝込まれでもしたら大変

だ。

きょうは一つ、かっぽれさんの俳句でも御紹介しましょうか。こんどの日曜の慰安放送は、塾生たちの文芸作品の発表会という事になって、和歌、俳句、詩に自信のある人は、あすの晩までに事務所に作品を提出せよとの事で、かっぽれは、僕たちの「桜の間」の選手として、お得意の俳句を提出する事になり、二、三日前から鉛筆を耳にはさみ、ベッドの上に正坐《せいざ》して首をひねり、真剣に句を案じていたが、けさ、やっとまとまったそうで、十句ばかり便箋《びんせん》に書きつらねたのを、同室の僕たちに披露《ひろう》した。まず、固パンに見せたけれども、固パンは苦笑して、

「僕には、わかりません。」と言って、すぐにその紙片を返却した。次に、越後獅子に見せて御批評を乞《こ》うた。越後獅子は背中を丸めて、その紙片をねらうようにつくづくと見つめ、

「けしからぬ。」と言った。

下手だとか何とか言うなら、まだしも、けしからぬという批評はひどいと思った。

2

かっぽれは、蒼《あお》ざめて、

「だめでしょうか。」とお伺いした。

「そちらの先生に聞きなさい。」と言って越後は、ぐいと僕の方を顎《あご》でしゃくった。かっぽれは、僕のところに便箋を持って来た。僕は不風流だから、俳句の妙味などてんでわからない。やっぱり固パンのように、すぐに返却しておゆるしを乞うべきところでもあったのだが、どうも、かっぽれが気の毒で、何とかなぐさめてやりたく、わかりもしない癖に、とにかくその十ばかりの句を拝読した。そんなにまずいものではないように僕には思われた。月並とでもいうのか、ありふれたような句であるが、これでも、自分で作るとなると、なかなか骨の折れるものなのではあるまいか。

乱れ咲く乙女心の野菊かな、なんてのは少しへんだが、それでも、けしからぬと怒るほどの下手さではないと思った。けれども、最後の一句に突き当って、はっとした。越後獅子が憤慨したわけも、よくわかった。

露の世は露の世ながらさりながら
誰やらの句だ。これは、いけないと思った。けれども、それをあからさまに言って、かっぽれに赤恥をかかせるような事もしたくなかった。

「どれもみな、うまいと思いますけど、この、最後の一句は他《ほか》のと取りかえたら、もっとよくなるんじゃないかな。素人《しろうと》考えですけど。」

「そうですかね。」かっぽれは不服らしく、口をとがらせた。「その句が一ばんいいと私は思っているんですがね。」

そりゃ、いい筈《はず》だ。俳句の門外漢の僕でさえ知っているほど有名な句なんだもの。

「いい事は、いいに違いないでしょうけど。」

僕は、ちょっと途方に暮れた。

「わかりますかね。」かっぽれは図に乗って来た。「いまの日本国に対する私のまごころも、この句には織り込まれてあると思うんだが、わからねえかな。」と、少し僕を軽蔑《けいべつ》するような口調で言う。

「どんな、まごころなんです。」と僕も、もはや笑わずに反問した。

「わからねえかな。」と、かっぽれは、君もずいぶんトンマな男だねえ、と言わんばかりに、眉《まゆ》をひそめ、「日本のいまの運命をどう考えます。露の世でしょう? その露の世は露の世である。さりながら、諸君、光明を求めて進もうじゃないか。いたずらに悲観する勿《なか》れ、といったような意味になって来るじゃないか。これがすなわち私の日本に対するまごころというわけのものなんだ。わかりますかね。」

しかし、僕は内心あっけにとられた。この句は、君、一茶《いっさ》が子供に死なれて、露の世とあきらめてはいるが、それでも、悲しくてあきらめ切れぬという気持の句だった筈ではなかったかしら。それを、まあ、ひどいじゃないか。きれいに意味をひっくりかえしている。これが越後の所謂《いわゆる》「こんにちの新しい発明」かも知れないが、あまりにひどい。かっぽれのまごころには賛成だが、とにかく古人の句を盗んで勝手な意味をつけて、もてあそぶのは悪い事だし、それにこの句をそのまま、かっぽれの作品として事務所に提出されては、この「桜の間」の名誉にもかかわると思ったので、僕は、勇気を出して、はっきり言ってやった。

3

「でも、これとよく似た句が昔の人の句にもあるんです。盗んだわけじゃないでしょうけど、誤解されるといけませんから、これは、他のと取りかえたほうがいいと思うんです。」

「似たような句があるんですか。」

かっぽれは眼を丸くして僕を見つめた。その眼は、溜息《ためいき》が出るくらいに美しく澄んでいた。盗んで、自分で気がつかぬ、という奇妙な心理も、俳句の天狗《てんぐ》たちには、あり得る事かも知れないと僕は考え直した。実に無邪気な罪人である。まさに思い邪無しである。

「そいつは、つまらねえ事になった。俳句には、時々こんな事があるんで、こまるのです。何せ、たった十七文字ですからね。似た句が出来るわけですよ。」どうも、かっぽれは、常習犯らしい。「ええと、それではこれを消して、」と耳にはさんであった鉛筆で、あっさり、露の世の句の上に棒を引き、「かわりに、こんなのはどうでしょう。」と、僕のベッドの枕元《まくらもと》の小机で何やら素早くしたためて僕に見せた。

コスモスや影おどるなり乾《ほし》むしろ

「けっこうです。」僕は、ほっとして言った。下手でも何でも、盗んだ句でさえなければ今は安心の気持だった。「ついでに、コスモスの、と直したらどうでしょう。」と安心のあまり、よけいの事まで言ってしまった。

「コスモスの影おどるなり乾むしろ、ですかね。なるほど、情景がはっきりして来ますね。偉いねえ。」と言って僕の背中をぽんと叩《たた》いた。「隅《すみ》に置けねえや。」

僕は赤面した。

「おだてちゃいけません。」落ちつかない気持になった。「コスモスや、のほうがいいのかも知れませんよ。僕には俳句の事は、全くわからないんです。ただ、コスモスの、としたほうが、僕たちには、わかり易《やす》くていいような気がしたものですから。」

そんなもの、どっちだっていいじゃないか、と内心の声は叫んでもいた。

けれども、かっぽれは、どうやら僕を尊敬したようである。これからも俳句の相談に乗ってくれと、まんざらお世辞だけでもないらしく真顔で頼んで、そうして意気揚々と、れいの爪先《つまさ》き立ってお尻《しり》を軽く振って歩く、あの、音楽的な、ちょんちょん歩きをして自分のベッドに引き上げて行き、僕はそれを見送り、どうにも、かなわない気持であった。俳句の相談役など、じっさい、文句入りの都々逸《どどいつ》以上に困ると思った。どうにも落ちつかず、閉口の気持で、僕は、

「とんでもない事になりました。」と思わず越後に向って愚痴を言った。さすがの新しい男も、かっぽれの俳句には、まいったのである。

越後獅子は黙って重く首肯した。

けれども話は、これだけじゃないんだ。さらに驚くべき事実が現出した。かけさの八時の摩擦の時には、マア坊が、かっぽれの番に当っていて、そうして、かっぽれが彼女に小声で言っているのを聞いてびっくりした。

「マア坊の、あの、コスモスの句、な、あれは悪くねえけど、でも、気をつけろ。コスモスや、てのはまずいぜ。コスモスの句、コスモスの、だ。」

おどろいた。あれは、マア坊の句なのだ。

4

そういえば、あの句にはちょっと女の感覚らしいものがあった。とすると、あの、乱れ咲く乙女心の野菊かな、とかいう変な句も、くさい。やっぱりあれも、マア坊か誰か助手さんの作った句なのではあるまいか。何だか、あの十の俳句がことごとくあやしくなって来た。実に、ひどいひとだ。本当に、あきれるばかりだ。あの露の世の句にしても、また、このコスモスの句にしても、これは「桜の間」の名誉にかかわる、などと大袈裟《おおげさ》な事は言わずとも、かっぽれさんの人格問題として、これは、いったい、どんな事になるのだろうと、はらはらしたが、でも、それからまた、かっぽれとマア坊との間に交された会話を聞いて安心し、たいへんいい気持になったのだ。

「コスモスの句って、どんなの？　わすれてしまったわ。」マア坊は、のんびりしている。

「そうかい。それじゃ、おれの句だったかな？」あっさりしている。

「カクランの句じゃない？　あなたはいつか、カクランと俳句の交換だか何だか、こっそりやってたわね。わあい、だ。」

「してみると、カクランの句かな？」落ちついたものである。淡泊と言おうか、軽快と言おうか、形容の言葉に窮するくらいだ。「カクランの句にしては、うますぎるよ。きゃつ、盗みやがったな。」すでにここに到《いた》っては、天衣無縫とでもいうより他は無い。「こんど、おれは、あの句を出すんだ。」

「慰安放送？　あたしの句も一緒に出してよ。ほら、いつか、あなたに教えてあげたでしょう？　乱れ咲く乙女心の、という句。」

果して然《しか》りだ。しかし、かっぽれは、一向に平気で、

「うん。あれは、もう、いれてあるんだ。」

「そう。しっかりやってね。」

僕は微笑した。

これこそは僕にとって、所謂《いわゆる》「こんにちの新しい発明」であった。この人たちには、作者の名なんて、どうでもいいんだ。みんなで力を合せて作ったもののような気がしているのだ。そうして、みんなで一日を楽しみ合う事が出来たら、それでいいのだ。芸術と民衆との関係は、元来そんなものだったのではなかろうか。ベートーヴェンに限るの、リストは二流だのと、所謂その道の「通人」たちが口角泡《あわ》をとばして議論している間に、民衆たちは、その議論を置き去りにして、さっさとめいめいの好むところの曲目に耳を澄まして楽しんでいるのではあるまいか。あの人たちには、作者なん

て、てんで有り難くないんだ。一茶が作っても、かっぽれが作っても、マア坊が作っても、その句が面白《おもしろ》くなけりゃ、無関心なのだ。社交上のエチケットだとか、または、趣味の向上だなんて事のために無理に芸術の「勉強」をしやしないのだ。自分の心にふれた作品だけを自分流儀で覚えて置くのだ。それだけなんだ。僕は芸術と民衆との関係に就いて、ただいま事新しく教えられたような気がした。

きょうの手紙は、妙に理窟《りくつ》っぽくなったけれども、でも、まあ、こんなかっぽれの小さい挿話《そうわ》でも、君の詩の修行に於《お》いて何か「新しい発明」にでも役立ってくれたら、と思って、この手紙を破らずにこのまま差し上げる事にしました。

僕は、流れる水だ。ことごとくの岸を撫《な》でて流れる。

僕はみんなを愛している。きざかね。

九月二十六日

妹

1

僕がいつも君に、こんな下手な、つまらぬ手紙を書いて、時々ふっと気まりの悪いような思いに襲われ、もうこんな、ばかばかしい手紙なんか書くまいと決意する事も再三あったが、しかし、きょう或《あ》るひとの実に偉大な書翰《しょかん》に接し、上には上があるものだと、つくづく感歎《かんたん》して、世の中には、こんなばかげた手紙を書くおかたもあるのだから、僕の君に送る手紙などは、まだしも罪が軽いほうだ、と少しく安堵《あんど》した次第である。どうも、君、世の中にはさまざまの事がある。あのひとが、あんな恐るべき手紙をものするとは、全く、神か魔かと疑ってみたくなるくらいだ。とにかく、なんとも、ひどいんだ。

それでは、きょうは一つその偉大なる書翰に就いてちょっと書いてみましょう。けさは、道場で秋の大掃除がありました。掃除はお昼前にあらかたすんだけれど、午後も日課はお休みになって、そうして理髪屋が二人出張して来て、塾生《じゆくせい》の散髪日という事になったのです。五時頃《ごろ》、僕は散髪をすまして、洗面所で坊主頭《ぼうずあたま》を洗っていると、誰《だれ》か、すっと傍《そば》へ寄って来て、

「ひばり、やっとるか。」

マア坊である。

「やっとる、やっとる。」僕は、石鹸《せっけん》を頭にぬたくりながら、頗《すこぶ》るいい加減の返辞を

した。どうも、このごろ、このきまりきった挨拶《あいさつ》の受け答えが、めんどうくさくて、うるさくって、たまらないのである。

「がんばれよ。」

「おい、その辺に僕の手拭《てぬぐ》いが無いか。」僕は、がんばれよの呼びかけには答えず、眼をつぶったまま、マア坊のほうに両手を出した。

右手にふわりと便箋《びんせん》のようなものが載せられた。片目を細くあけて見ると、手紙だ。

「なんだい、これは。」僕は顔をしかめて尋ねた。

「ひばりの意地わる。」マア坊は笑いながら僕を睨《にら》んだ。「なぜ、よしきた、と言わないの。がんばれよ、と言われて、ようしきた、と答えない人は、病気がわるくなっているのよ。」

僕は、いやな気がした。いよいよ、むくれて、

「それどころじゃないんだ。頭を洗っているんじゃないか。なんだい、この手紙は。」

「つくしから来たのよ。おしまいの所に、歌が書いてあるでしょう？　その意味といて。」

石鹸が眼に流れ込まないように用心しながら、両方の眼を渋くあけて、その便箋のおしまいの所の歌を読んでみた。

相見ずて日長《け》くなりぬ此頃《このごろ》は如何《いか》に好去《さき》くやいぶかし吾妹《わぎも》

つくしも、しゃれてると思った。

「こんなの、わからんかねえ。これは、万葉集からでも取った歌にちがいない。つくしの作った歌じゃないぜ。」やいたわけではないが、ちょっと、けちをつけてやった。

「どんな意味？」低く言って、いやにぴったり寄り添って来た。

「うるさいな。僕は頭を洗ってるんだ。後で教えてあげるから、手紙はその辺に置いといて、僕の手拭いを持って来てくれないか。部屋に置き忘れて来たらしいんだ。ベッドの上に無ければ、ベッドの枕元《まくらもと》の引出しの中にある。」

「意地わる！」マア坊は僕の手から便箋をひったくって、小走りに部屋のほうへ走って行った。

2

竹さんの口癖は、「いやらしい」だし、マア坊のは「意地わる」である。以前は、言われる度に、ひやりとしたものだが、いまでは馴《な》れっこになって、まるで平気だ。

さて、それでは、マア坊のいない間に、さっきの歌の「如何に好去《さき》くや」というところを、なんと解釈してやったらいいか、考えて置かなければならぬ。あそこが、ちょっとむずかしかったので、手拭いにかこつけて、即答を避けたというわけでもあったのだ。僕は「如何にさきくや」の解釈の仕方を考え考え、頭の石鹼を洗い落していたら、マア坊は、手拭いを持って来て、そうしてこんどは真面目《まじめ》な顔で、何も言わずに、手渡すとすぐにすたすたと向うへ行ってしまった。

はっと思った。僕が悪いとすぐに思った。どうも僕はこのごろ、すれたというのか麻痺《まひ》したというのか、いつのまにやらこの道場の生活に狎《な》れて、ここへ来た当時の緊張を失い、マア坊などに話かけられても、以前のような興奮を覚えないし、まるで鈍感になって、助手が塾生の世話をするのは当り前の事で、特別の好意だの、何だの、そんなものはどうだっていいとさえ思うようになっていた状態でもあったので、つい、ぶあいそに手拭いを持って来いなんて言ってしまって、あれでは、マア坊も怒るだろう。こないだも、竹さんに、「ひばりは、このごろ、あかんな。」と言われたけれど、本当に、僕にはこのごろ少し「あかん」ところがある。けさの大掃除の時に、塾生全部が屋内のほこりを避ける意味で、新館の前庭にちょっと出たが、おかげで僕は実に久し振りで土を踏む事が出来た。時々こっそり、裏のテニスコートなどに降りてみる事はあっても、正々堂々の外出の許可を得たのは、僕がここへ来てからはじめての事であった。僕は松の幹を撫《な》でた。松の幹は生きて血がかよっているものみたいに、温かかった。僕はしゃがんで、足もとの草の香の強さに驚き、それから両手で土を掬《すく》い上げて、そのしっとりした重さに感心した。自然は、生きている、という当り前の事が、なまぐさいほど強く実感せられた。けれども、そんな驚きも、十分間くらい経《た》ったら消滅してしまった。何も感じなくなった。痲痺してしまって平気になった。僕はそれに気がついて、人間の馴致性《じゅんち》というのか、変通性というのか、自身のたより無さに呆《あき》れてしまった。最初のあの新鮮なおののきを、何事に於《お》いても、持ちつづけていたいものだ、とその時つくづく思ったのだが、この道場の生活に対しても、僕はもうそろそろいい加減な気持を抱きはじめているのではなかろうか、とマア坊に怒られてはっと思い当ったというわけなのだ。マア坊にだって誇りはあるのだ。すみれの花くらいの小さい誇りかも知れないが、そんな、あわれな誇りをこそ大事にいたわってやらなければならぬ。僕はいま、マア坊の友情を無視したという形である。つくしからの内緒の手紙を、僕に見せるという事は、或《ある》いは、マア坊は今では、つくし以上に僕に好意を寄せているのだという、マア坊のもったいない胸底をあかしてくれた仕草なのかも知れない。いや、それほど自惚《うぬぼ》れて考えなくても、とにかく僕は、マア坊の信頼を裏切ったのは確かだ。僕が以前ほどマア坊を好きでなくなったからと言ったって、それは、僕のわがままだ。僕は人の好意にさえ狎れてしまっている。僕は、シガレットケースをもらった事さえ忘れている。よろしくない。実に悪い。

「がんばれよ。」と呼びかけられたら、その好意に感奮して、大声で、

「ようしきた！」と答えなければならぬ。

3

あやまちを改むるにはばかる事なかれだ。新しい男は、出直すのも早いんだ。洗面所から出て、部屋へ帰る途中、炭部屋の前でマア坊と運よく逢《あ》った。

「あの手紙は？」と僕はすぐに尋ねた。

遠いところを見ているような、ぼんやりした眼つきをして、黙って首を振った。

「ベッドの引出し？」ひょっとしたらマア坊は、さっき手拭いを取りに行った時に、あの手紙を、僕のベッドの引出しにでも、ほうり込んで来たのではあるまいかと思って聞いてみたのだが、やはり、ただ首を振るだけで返辞をしない。女は、これだからいやだ。よそから借りて来た猫《ねこ》みたいだ。勝手にしろ、とも思ったが、しかし、僕にはマア坊のあわれな誇りをいたわらなければならぬ義務がある。僕は、それこそ、まさしく、猫撫で声を出して、

「さっきは、ごめんね。あの歌の意味はね、」と言いかけたら、

「もういい。」と、ぽいと投げ棄《す》てるように言って、さっさと行ってしまった。実に、異様にするどい口調であった。僕は突き刺されたような気がした。女って、凄《すご》いものだね。僕は部屋へ帰って、ベッドの上にごろりと寝ころがり、「万事、休す」と心の中で大きく叫んだ。

ところが、夕食の時、お膳《ぜん》を持って来たのは、マア坊である。冷たくとり澄まして、僕の枕元の小机の上にお膳を置き、帰りしなに固パンのところに立寄って、とたんに人が変ったようにたわいない冗談を言い出し、きゃっきゃっと騒ぎはじめて、固パンの背中をどんと叩いて、固パンが、こら！と言ってマア坊のその手をつかまえようとしたら、

「いやあ。」と叫んで逃げて僕のところまで来て、僕の耳元に口を寄せ、

「これ見せたげる。あとで意味教えて。」とひどく早口で言って小さく折り畳んだ便箋を僕に手渡し、同時に固パンのほうに向き直り、

「やい、こら、固パン、白状せい。」と大声で言って、「テニスコートで、お江戸日本橋を歌っていらっしゃったのは、どなたです。」

「知らんよ、知らんよ。」と固パンは、顔を赤くして懸命に否定している。

「お江戸日本橋なら、おれだって知ってらあ。」とかっぽれは不平そうに小声で言っ

て、食事にとりかかった。

「どなたも、ごゆっくり。」とマア坊は笑いながら一同の者に会釈《えしやく》して、部屋を出て行った。何がなんだか、わけがわからない。マア坊にいい加減になぶられているような気がして、あまり愉快でなかった。そうして僕の手には一通の手紙が残された。僕は他人の手紙など見たくない。しかし、マア坊の小さい誇りをいたわるために、一覧しなければならぬ。やっかいな事になったと思いながら、食後にこっそり読んでみたが、いや、これが君、実に偉大な書翰であったのだ。恋文というものであろうか、何やら、まるで見当がつかない。あんな常識円満のおとなしそうな西脇《にしわき》つくし殿も、かげでこんな馬鹿げた手紙を書くとは、まことに案外なものである。おとなというのは、みんなこのような愚かな甘い一面を隠し持っているものであろうか。とにかく、ちょっとその書翰の文面を書き写してお目にかけましょうか。洗面所では終りの一枚のほんの一端だけを読まされたのだが、こんどは始めからの三枚の便箋全部を手渡しされたのである。以下はその偉大なる手紙の全文である。

4

「過ぎし想《おも》い出の地、道場の森、私は窓辺によりかかり、静かに人生の新しい一頁《ページ》とも云《い》うべき事柄《ことがら》を頭に描きつつ、寄せては返す波を眺《なが》めている。静かに寄せ来る波……然《しか》し、沖には白波がいたく吠《ほ》えている。然して汐風《しおかぜ》が吹き荒れているが為《ため》に。」というのが書き出しだ。万葉集以上に難解な文章だ。なんの意味も無いじゃないか。これではマア坊も当惑する筈《はず》だ。つくしは、この道場を出て、それからつくしの故郷の北海道のほうの病院に行ったのだが、その病院は、どうやら海辺に建っているらしい。それだけはわかるのだが、あとは何の意味やら、さっぱりわからない。珍らしい文章である。もう少し書き写してみましょう。文脈がいよいよ不可思議に右往左往するのである。

「夕月が波にしずむとき、黒闇《こくあん》がよもを襲うとき、空のあなたに我が霊魂を導く星の光あり、世はうつり、ころべど、人生を正しく生きんがために努力しよう！　男だ！　男だ！　男だ!!　頑張《がんば》って行こう。私は今ここに貴女《あなた》を妹と呼ばして頂きたい。私には今与えられた天分と云おうか、何と云っていいか、ああ、やはり恋人と云って熱愛すべき方がいい。」

なんの事やら、さっぱりわからぬ。そうして、この辺から、文脈がますます奇怪に荒れ狂う。実に怒濤《どとう》の如《ごと》きものだ。

「それは人じゃない、物じゃない、学問であり、仕事の根源であり、日々朝夕愛すべき者は科学であり、自然の美である。共にこの二つは一体となって私を心から熱愛してくれるであろうし、私も熱愛している。ああ私は妹を得、恋人を得、ああ何と幸福であろう。妹よ!! 私の!! 兄のこの気持、念願を、心から理解してくれることと思う。それであって私の妹だと思い、これからも御便りを送ってゆきたいと思う。わかってくれるだろう、妹よ!!

えらい堅い文章になって申わけありませんでした。然も御世話になりし貴女に妹などと申して済みませんが、理解して下さることと思います。貴女の年頃になれば男女とも色んなことを考える頃なれど、あまり神経を使うというのか、深い深い事を考えないようにして下さい。私も俗界を離れます。きょうはいいお天気ですが、風が強いです。偉大なる自然! われ泣きぬれて遊ばん! おわかりの事と思う。きょうのこの手紙、よくよく味わい繰返し繰返し熟読されたし。有難《ありがと》うよ、マサ子ちゃん!! がんばれよ、わがいとしき妹!!

では最後に兄として一言。

相見ず《け》て日長くなりぬ此頃は如何に好去《さき》くやいぶかし吾妹《わぎも》

正子様

一夫《かずお》兄より《つ》」

まず、ざっと、こんなものだ。一夫兄よりなんて、自分の名前に兄を附けるのも妙な趣向だが、とにかく、これは最後の万葉の歌一つの他は、何が何やらさっぱりわからない。ひどいものだと思う。真似《まね》して書こうたって、書けるものではない。実に、破天荒とでもいうべきだ。けれども、西脇一夫氏という人間は、決して狂人ではない。内気なやさしい人なんだ。あんないい人が、こんな滅茶苦茶《めちゃくちゃ》な手紙を書くのだから、実際、この世の中には不思議な事があるものだ。マア坊が「意味教えて」と言うのも無理がない。こんな手紙をもらった人は災難だ。悩まざるを得ないだろう。名文と言おうか、魔文と言おうか、どうもこの偉大なる書翰《しょかん》を書き写したら、妙に手首がだるくなって、字がうまく書けなくなって来た。これで失敬しよう。また出直す。

十月五日

試《し》煉《れん》

1

一昨日は、どうも、つくし殿の名文に圧倒され、ペンが震えて字が書けなくなり、尻切《しりきれ》とんぼのお手紙になって失礼しました。あの日、夕食後に僕が、あの手紙を読んで呆然《ぼうぜん》としていたら、マア坊が、廊下の窓から、ちらと顔をのぞかせて、「読んだ？」とでもいうような無言のお伺いの眼つきをして見せたので、僕は、軽く首肯《うなず》いてやった。すると、マア坊も、真面目《まじめ》にこっくり首肯いた。ひどく、あの手紙を気にしているらしい。西脇さんも罪な人だと僕はその時、へんな義憤みたいなものを感じた。そうして、僕はマア坊をたまらなく、いじらしく思った。白状すると、僕はその時以来、あらたにまた、マア坊に新鮮な魅力を感じたのだ。鈍感な男ではなくなったというわけだ。いつのまにやら、そうなっていた。どうも秋は、いけない。なるほど、秋は、かなしいものだ。笑っちゃいけない。まじめなのだ。

全部、話そう。あの、大掃除の翌《あく》る日、マア坊が朝の八時の摩擦に、金盥《かなだらい》をかかえてひょいと部屋の戸口にあらわれ、そうして笑いを嚙《か》み殺しているような表情で、まっすぐに僕のところへ来た。こんなに早くマア坊が僕の番にまわって来るとは思いがけなかった事なので、僕はほとんど無意識に、

「よかったね。」と小声で言ってしまった。うれしかったのだ。

「いい加減言ってる。」マア坊はうるさそうに言って、そうして、さっさと僕の摩擦に取りかかり、「けさは竹さんの番だったのよ。竹さんに他《ほか》の御用が出来たから、あたしが代ったの。わるい？」ひどく、あっさりした口調である。僕には、それが少し

不満だったので、何も答えず、黙っていた。マア坊も黙っている。次第に息ぐるしく、窮屈になって来た。この道場へ来た当座も、僕はマア坊の摩擦の時には、妙に緊張して具合いの悪い思いをしたものだが、ふたたびあの緊張感がよみがえって来て、どうも、窮屈でかなわなかった。摩擦が、すんだ。

「ありがとう。」僕は寝呆《ねぼ》け声で言った。

「手紙、かえして！」マア坊は、小声で、けれども鋭く囁《ささや》いた。

「枕元《まくらもと》の引出しにある。」僕は仰向に寝たまま顔をしかめて言った。あきらかに僕は不機嫌《ふきげん》だった。

「いいわ、お昼食がすんだら、洗面所へちょっといらっしゃらない？　その時かえして。」

そう言い棄《す》て僕の返辞も待たず、さっさと引き上げて行った。

不思議なくらいよそよそしかった。こっちがちょっと親切にしてあげると、すぐにあんなに、つんけんする。よろしい、それならば、僕にも考えがある。思い切り、こっぴどく、やっつけてやろう、と僕は覚悟して、お昼の休憩時間を待った。

お昼ごはんは、竹さんが持って来た。お膳《ぜん》の隅《すみ》に竹細工の小さい人形が置かれてある。顔を挙げて竹さんに、これは？　と眼で尋ねたら、竹さんは、顔をしかめて烈《はげ》しくイヤイヤをして、誰《だれ》にも言うな、というような身振りをした。僕は浮かぬ顔をして、うなずいた。全く、不可解であった。

2

「けさ、道場の急用で、まちへ行って来たのや。」と竹さんは普通の音声で言った。

「お土産か。」と僕は、なぜだか、がっかりしたような気持で、元気の無い尋ね方をした。

「可愛《かわい》いやろ？　藤娘《ふじむすめ》や。しまっとき。」と姉のような、おとなびた口調で言って立ち去った。

僕は、ぽかんとした気持だった。少しもうれしくない。人の好意には素直に感奮すべきだと前の日に思いをあらたにした矢先ではあったが、どういうものか、僕には竹さんのこんな好意は有り難くない。それは僕が、この道場に来た当初から変らずに持ちつづけていた感情で、いまさらどうにも動かしがたいのだ。竹さんは、助手の組長で、そうして道場の皆に信頼されている立派な人なのだから、もっと、しっかりしなければならぬ。マア坊なんかとは、わけが違うのだ。こんな、つまらぬ人形なんかを買って来て、藤娘や、可愛いやろ？　もないもんだ。

僕は、ごはんを食べながら、つくづくとお膳の隅の、その藤娘と称する二寸ばかりの高さの竹細工の人形を眺《なが》めたが、見れば見るほど、まずい人形だった。どうも趣味がわるい。これは駅の売店で埃《ほこり》をかぶって店《たな》ざらしになっていたしろものに違いない。気のいい人は、必ず買い物が下手なものだが、竹さんも、どうやら、ごたぶんにもれぬほうらしい。ちょっと不良じみたマア坊なんかのほうが、ずっと気のきいた買い物をする。仕方の無いものだ。僕は、竹細工の始末に窮した。つっかえしてやろうかとさえ思ったが、前の日に、すみれの花くらいのあわれな誇りをこそ大事にいたわってやらなければ、などと殊勝な覚悟を極《き》めた手前もあり、しょんぼりした気持で、その土産はひとまずベッドの引出しにしまい込んで置く事にした。けれども、竹さんの事をあまり書くと、君がまた熱をあげるといけないから、これくらいにして置いて、さて、そのお昼ごはんの後に、僕はとにかくマア坊のお指図どおりに、洗面所へ行ってみた。マア坊は、洗面所の一ばん奥の壁にぴったり背中をつけてこちら向きに立って、くすくす笑っていた。僕はちらと不愉快なものを感じた。

「君は、時々こんな事をするんだろう。」と、自分にも意外な言葉が出た。

「え？　どうして？」と、少し笑いながら眼をまんまるくして僕の顔を見上げた。僕は、まぶしかった。

「塾生を時々ここへ、」ひっぱり込んで、と言いかけたのだが、流石《さすが》にそれはひどく下品な言葉のように思われたから、口ごもった。

「そう？　そんなら、よしましょう。」と軽く言って、お辞儀するように上体を前にこごめて歩きかけた。

「手紙を持って来たよ。」僕は手紙を差出した。

「ありがとう。」とちっとも笑わずに受取って、「ひばりも、やっぱり、だめね。」

「なぜ、だめなんだ。」僕のほうが受け身になった。

「あたしを、そんな女だと思っていたのね。ひばり、」と顔を蒼《あお》くして僕の顔をまっすぐに見て、「恥かしくない？」

「恥かしい。」僕は、あっさりかぶとを脱いだ。「やいたんだ。」

マア坊は、金歯を光らせて笑った。

3

「僕、その手紙を読んだよ。」大いにとっちめてやるつもりであったのだが、竹さんからつまらぬ藤娘なんてお土産をもらって、出鼻をくじかれ、マア坊に対してうしろめたいものさえ感じて意気があがらず、憂鬱《ゆううつ》にちかい気持でこの洗面所に来てみると、マア坊が、あんまりなまめかしかったので、男子として最も恥ずべきやきもちの心が起り、つい、あらぬ事を口走って、ただちにマア坊に糺明《きゅうめい》せられ、今は、ほとんど駄《だ》目《め》になった。

「全部読んだよ。面白かった。つくしって、いいひとだね。僕は、好きになっちゃった。」心にもない、あさはかなお追従《ついしょう》ばかり言っている。

「でも、意外だわ。こんな手紙。」マア坊は仔細《しさい》らしく首をひねり、便箋《びんせん》をひらいて眺めた。

「うん、僕もちょっと意外に思った。」僕の場合、あんまり下手で意外だったのだ。

「まったく、意外だわ。」マア坊にとっては、いかにも、重大な事らしい。

「君のほうからも、手紙を出したんだろう。」またもや要らない事を言ってしまって、ひやりとした。

「出したわ。」けろりとしている。

僕は急に面白くなくなった。

「それじゃ君が誘惑したのだ。君は不良少女みたいだ。そんなのを、オタンチンっていうのだ。ミイチャンハアチャンともいうし、チンピラともいうし、また、トッピンシャンともいうんだ。けしからんじゃないか、君は。」と思い切り罵倒《ばとう》してやったが、マア坊はこんどは怒るどころか、げらげら笑い出した。

「まじめに聞いてくれよ。殊《こと》に、つくしには奥さんがある。笑い事じゃないんだぜ。」

「だから、奥さんにお礼状を出したの。つくしが道場を出る時、あたしがまちの駅まで送って行って、その時に奥さんから白足袋を二足いただいたから、あたし、奥さんに礼状を出しといたの。」

「それだけか。」

「それだけよ。」

「なあんだ。」僕は、機嫌を直した。「それだけの事だったのか。」

「ええ、そうよ。それなのに、こんなお手紙を寄こすんだもの、いやで、いやで、身《み》悶《もだ》えしちゃったわ。」

「何も身悶えしなくたって、いいじゃないか。君は、本当は、つくしを好きなんだろう。」

「好きだわ。」

「なあんだ。」僕は、また面白くなくなって来た。「馬鹿にしていやがる。つまらない。奥さんのある人を好きになったって、仕様が無いじゃないか。あれは仲のよさそうな夫婦だったぜ。」

「君は不真面目だ。」

「だって、ひばりを好きになっても仕様が無いでしょう?」

「何を言ってやがる。話が違うよ。」僕はいよいよ不機嫌になった。

僕は何も君に、好きになってもらおうと思ってやしないよ。」

「ばか、ばか。ひばりは、なんにも知らないのよ。なんにも知らないくせに、ひばりなんかは、」と言いかけて、くるりとうしろを向いてヒイと泣き出した。そうして、それこそ身悶えして、

「あっちへ、行って!」と強く言った。

4

僕は出処進退に窮した。口をとがらして洗面所をぶらぶら歩いているうちに、何だか、僕も一緒に泣きたくなって来た。

「マア坊。」と呼ぶ僕の声は、ふるえていた。「そんなに、つくしを好きなのか。僕だって、つくしを好きだよ。あれは、やさしい、いい人だったからな。マア坊が、つくしを好きになるのも無理がないと思うんだ。泣け、泣け、うんと泣け。僕も一緒に泣くぜ。」

どうしてあんな気障《きざ》な事を言ったのだろう。いま考えてみると夢のような気がする。

僕は泣こうと思った。しかし、ちょっと眼頭《めがしら》が熱くなっただけで、涙は一滴も出なかった。僕は眼を大きく睜《みは》って、洗面所の窓からテニスコートの黄ばみはじめた銀杏《いちょう》を黙って眺めていた。

「早く、」いつの間にやらマア坊が、僕の傍《そば》にひっそりと立っていて、「お部屋へお帰り。人に見られると、わるいわ。」と気味のわるいほど静かな、落ちついた口調で言った。

「見られたってかまわない。悪い事をしているわけじゃないんだ。」そう言いながら、僕の胸は妙に躍った。

「とんまねえ、ひばりは。」と僕と並んで洗面所の窓からテニスコートのほうを眺めながら、ひとり言のように、「ひばりが来てから、道場も変っちゃったなあ。なんにも知らないでしょう？　ひばりのお父さんて、偉いお方ですってね。場長さんが、いつかそうおっしゃってたわ。世界的な学者ですってね。」

「貧乏なので、世界的なのだ。」ひどく淋《さび》しくなって来た。お父さんとは、もう二箇月も逢《あ》わない。相変らず、障子が震動するほどの大きな音をたてて鼻をかんでいるであろうか。

「血筋がいいのね。ひばりが来たら、道場が本当に、急にあかるくなったわ。みんなの気持も変ってしまった。あんないい子を見たことが無いって、竹さんも言ってた。竹さんはめったに他人の噂《うわさ》なんかしないひとなんだけど、ひばりには夢中なのよ。竹さんだけでなく、キントトだって、たまねぎだって、みんなそうなのよ。でも塾生さんたちにいやな噂を立てられて、ひばりに迷惑がかかるような事になるといけないから、みんな気をつけて、ひばりに近寄らないようにしているのよ。」

僕は苦笑した。けちくさい愛情だと思った。

「そいつぁ、敬遠というものなんだ。好きなんじゃないんだ。」

「あら、あんなこと。」マア坊は僕の背中を軽く叩《たた》いて、その手をそのままそっと背中に置いた。「あたしは違うのよ。あたしは、ひばりをちっとも好きでないの。だから、こうして二人きりで話したってかまわないのよ。思い違いしないでね。あたしは、

――」

僕はマア坊の傍からそっと離れ、

「せいぜい、つくしと文通するさ。僕は、はっきり言うけど、つくしの手紙の下手さには呆《あき》れた。」

「知ってるわ。下手な手紙だからお見せしたんじゃないの。いい手紙だったら、誰《だれ》が見せるもんか。あたしは、つくしの事など、なんとも思ってやしないわ。そんなに人

を馬鹿にするもんじゃないわ。」言葉も態度も別人のように露骨で下品になって来た。

「あたしはもう、だめなのよ。あなたは知らないでしょう？　とんまだから、気がつかないんだ。あたしは、あなたといい仲だって事を、もう、みんなに言われているのよ。どうするの？　そう言われてもいいの？」

顔を伏せて右肩を突き出し、くすくす笑いながらその肩先で僕をぐいぐい押すのである。

5

「よせ、よせ。」と僕は言った。こんな時には、それより他に言い方が無いものだ。とんでもない事になったと思った。

「困る？　どうなの？　ね、この上、また恥をかかすの？　ゆうべ、お月さまが、あかるくて、眠れなくて、庭へ出て、それから、ひばりの枕元の、カアテンが、少しあいていたので、のぞいてみたの、知ってる？　ひばりは、月の光を浴びて、笑いながら、眠ってたわ。あの寝顔、よかったな。ね、ひばり、どうするの？」

とうとう壁際《かべぎわ》まで押しつけた。僕は、なんだか、ばからしくなって来た。

「無理だよ。どだい無理だよ。僕は二十なんだ。困るんだ。おい、誰か、こっちへ来るぜ。」ぱたぱたと、洗面所のほうへやって来るスリッパの足音が聞える。

「だめねえ、そんなんじゃないのよ。」マア坊は僕から離れて、顔を仰向にして髪を掻《か》き上げ、あははと笑った。顔はお湯からあがり立てみたいに、ぽっと赤かった。

「もう、講話の時間だ。失敬するぜ。僕は、時間におくれるなんて、だらしない事はきらいなんだ。」

僕は洗面所から走り出た。とたんに、

「竹さんと仲よくしちゃ駄目よ。」とマア坊が、細い声で言った。その声が、一ばん僕の心にしみた。

どうも、秋は、いけない。

部屋へ帰ったら、まだ講話は始まらず、かっぽれが、ベッドにひっくりかえって、れいの都々逸《どどいつ》なるものを歌っていた。みちの芝が人に踏まれても朝露によみがえるとかいう意味の、前にも幾度か聞かされた都々逸であるが、その時だけは、いつものような閉口迷惑を感ぜず、素直に耳傾けて拝聴したのだから奇妙なものだ。僕は気が弱くなってしまったのかも知れない。

やがて講話がはじまり、日支文明の交流という題で、岡木という若い先生が、主として医学の交流に就いて、昔からのいろいろな例証を挙げて具体的にわかり易《やす》く説明して下さった。日本と支那《しな》とは、いつも互いに教え合って進んで来た国だという事が、いまさらの如《ごと》く深く首肯せられ、反省させられるところも多かったが、けれども、それにつけても、僕のきょうの秘密が、どうにも気がかりになって、早くマア坊の事なんか忘れてしまい、以前のような何のくったくも無い模範的な塾生になりたいとつくづく思った。

いったい、あの、マア坊がいけないのだ。もう少し聡明《そうめい》な女かと思っていたら、案外な、愚かな女だった。さっき、あんな、思い余ったような素振りをいろいろしてみせたが、あれには、何の意味も無いという事は僕だって知っている。僕には馬鹿な自《うぬ》惚《ぼ》れは無い。マア坊はいつも自分の事ばかり考えているのだ。つくしの事も、僕の事も、問題じゃないんだ。ただ、自分の美しさ、あわれさに陶然としていたいのだ。無邪気なふりを装っているけれども、どうしてなかなか虚栄心が強いのだから、誰にも負けたくないだろうし、そうして、ひどい慾張《よくば》りなんだから、ひとのものは何でも欲しいだろうし、マア坊の策略くらいは僕にだって看破できる。

6

マア坊は、あの、つくしの手紙を僕に見せて、やっぱり少し威張りたかったのではあるまいか。けれども僕がその手紙をひどく馬鹿にしているのを、マア坊は敏感に察して、たちまち態度をかえ、泣くやら、押すやら、あらぬ事を口走る結果になったのに違いない。すみれほどの誇りどころか、あのひとの自尊心の高さは、女王さまみたいだ。とても、いたわりきれるものでない。僕とマア坊といい仲だって事をみんなが言い囃《はや》していると言っていたが、ばかばかしい。僕は今まで、マア坊の事で人から、ひやかされた事は一回も無い。マア坊ひとりが騒いでいるのだ。マア坊には、たしなみのない、本質的な育ちのいやしさがある。本当に、越後《えちご》の言うように、母親がいけない人だったのかも知れない。落ちついて考えるに随《したが》って、腹が立って来た。マア坊には、道場の助手としての資格が無いと思った。道場は神聖なところだ。みんな一心に結核征服を念じて朝夕の鍛錬に精進しているところなのだ。もう一度、マア坊があんな露骨な言動を示したならば、僕は断然、組長の竹さんに訴えて、マア坊を道場から追放してもらおうと覚悟した。

そのように覚悟をきめたら、やっと僕は、さっきの洗面所に於ける悪夢に就いて、そんなに、こだわりを感じないようになった。

あれは、悪い夢だ。悪い夢は、人生につながりの無いものだ。君を殴った夢を見たって、僕はその翌日、君におわびを言いには行かない。僕はそんな感傷的な宗教家、または詩人の心を持ってはいない。あたらしい男は、ややこしい事は大きらいだ。

　夢には、こだわらぬつもりだが、しかし、その洗面所の悪夢の翌日、つまり、けさの、未明に、僕はもう一つ夢を見た。そうして、これは、いい夢だ。いい夢は、忘れたくない。人生に、何かつながりを持たせたい。これは、是非とも君にも知らせてあげたい。竹さんの夢だ。竹さんは、いい人だね。けさ、つくづくそう思った。あんな人は、めったにいない。君が竹さんに熱を上げるのも無理はないと思った。君は流石《さすが》に詩人だけあって、勘がいい。眼が高い。偉い。君があまり、竹さんに熱を上げるので、寝込まれたりしても困ると思って、その後、竹さんに就いての御報告を控えめにしていたが、そんな心配は全然不要だという事が、けさ、はっきりわかった。

　竹さんを、どんなに好いても、竹さんはその人を寝込ませたり堕落させたりなんかしない人だ。どうか、竹さんを、もっと、うんと好いてくれ。僕も、君に負けずに竹さんを、もっとうんと信頼するつもりだ。それにつけても、マア坊は馬鹿な女だねえ。竹さんとはまるで逆だ。全くお説の通り、映画女優の出来損いそのものであった。きのう、あれから、マア坊が夜の八時の摩擦に、自分の番でも無いのに「桜の間」にやって来て、あの、お昼の事などはきれいに忘れてしまったように、固パンや、かっぽれを相手にきゃあきゃあ騒ぎ、そのとき、僕の摩擦は竹さんであったが、竹さんはれいの通り、無言でシャッシャッとあざやかな手つきで摩擦して、マア坊たちのつまらぬ冗談にも時々にっこり笑い、マア坊がつかつかと僕たちの傍へやって来て、「竹さん、手伝いましょうか。」と乱暴な、ふざけた口調で言っても、「おおきに。」と軽く会釈《えしやく》して、「すぐ、すみます。」と澄まして答える。

7

僕は、こんな具合いに落ちついて、しゃんとしている竹さんを好きなのである。僕に下手な好意を示したりする時の竹さんは、ぶざまで、見られたものでない。マア坊が、くるりと廻《まわ》れ右してまた固パンのほうへ行った時、僕は、「マア坊って、きざな人だね。」と小声で竹さんに言った。

「芯《しん》は、いい子や。」と竹さんは、いつくしむような口調で、ぽつんと答えた。

やはり竹さんはマア坊より、人間としての格が上かな？　とその時ひそかに思った。

竹さんは、さっさと摩擦をすませて、金盥をかかえ、隣りの「白鳥の間」へ摩擦の応援に出かけて、そのあとへ、マア坊がにやにや笑ってまたもや僕のベッドを訪れ、小さい声で、

「竹さんに、何か言った。たしかに言った。あたしは、知ってる。」

「きざな子だって言ったんだ。」

「意地わる！　どうせ、そうよ。」案外、怒らぬ。「ね、あれ、持ってる？」両手の指で四角の形を作って見せる。

「ケースかい？」

「うん。どこに、しまってあるの？」

「そのへんの引出しだ。返してもいいぜ。」

「あら、いやだわ。一生、持っててね。お邪魔でしょうけど。」妙に、しんみり言って、それから、いきなり大声で、「やっぱり、ひばりの所から一ばんお月さまがよく見える。かっぽれさん、ちょっと来て！　ここで並んでお月さまを拝もうよ。明月や、なんて俳句をよもうよ。いかが？」

どうも、さわがしい。

その夜は、そんな事で、格別の異変も無く寝に就いたが、夜明けちかく、ふと眼がさめた。廊下の残置燈《ざんちとう》の光で部屋はぼんやり明るい。枕元の時計を見ると、五時すこし前だった。外は、まだ、まっくらのようだ。窓から誰か見ている。マア坊！　とすぐ頭にひらめいた。白い顔だ。たしかに笑って、すっと消えた。僕は起きてカアテンをはねのけて見たが、何も無い。へんてこな気持だった。寝呆《ねぼ》けたのかしら。いくらマア坊が滅茶な女だって、まさか、こんな時間に。僕も案外、ロマンチストだ、と苦笑してベッドにもぐったが、どうにも気になる。しばらくして、遠くの洗面所のほうから、しゃっしゃっというお洗濯《せんたく》でもしているような水の音が幽《かす》かに聞えて来た。あれだ！　と思った。どういう理由でそう思ったのか、わからない。さっき笑って消えた人は、あれだ。たしかに、あそこに、いま、いるのだ。そう思うと、我慢が出来なくなって、そっと起きて、足音を忍ばせて廊下に出た。

洗面所には、青いはだかの電球が一つ灯《とも》っている。のぞいて見ると、絣《かすり》の着物に白いエプロンをかけて、丸くしゃがみ込んで、竹さんが、洗面所の床板を拭《ふ》いていた。手拭《てぬぐい》をあねさんかぶりにして、大島のアンコに似ていた。振りかえって僕を見て、それでも黙って床板を拭いている。顔がひどく痩《や》せ細って見えた。道場の人たちは悉《ことごと》く、まだ、しずかに眠っている。竹さんは、いつもこんなに早く起きて掃除をはじめているのであろうか。僕は、うまく口がきけず、ただ胸をわくわくさせて竹さんの拭き掃除の姿を見ていた。白状するが、僕はこの時、生れてはじめての、おそろしい慾望に懊悩《おうのう》した。夜の明ける直前のまっくらい闇《やみ》には、何かただならぬ気配がうごめいているものだ。

8

どうも、洗面所は、僕には鬼門である。

「竹さん、さっき、」声が咽喉《のど》にひっかからまる。喘《あえ》ぎ喘ぎ言った。「庭へ出た？」

「いいえ、」振り向いて僕を見て、少し笑い、「ぼんぼん、なにを寝呆けて言ってんのや。ああ、いやらし。裸足《はだし》やないか。」

気がついてみると、いかにも僕は、はだしであった。あんまり興奮してやって来たので、草履をはくのを忘れていた。

「気のもめる子やな。足、お拭き。」

竹さんは立ち上り、流しで雑巾《ぞうきん》をじゃぶじゃぶ洗い、それからその雑巾を持って僕の傍《そば》へ来てしゃがんで、僕の右の足裏も、左の足裏も、きゅっきゅっと強くこするようにして拭いてくれた。足だけでなく、僕の心の奥の隅《すみ》まで綺麗《きれい》になったような気がした。あの奇妙な、おそろしい慾望も消えていた。僕は、足を拭いてもらいながら竹さんの肩に手を置いて、

「竹さん、これからも、甘えさせてや。」とわざと竹さんみたいな関西訛《なま》りで言ってみた。

「お淋《さび》しいやろなあ。」と竹さんは少しも笑わず、ひとりごとのように小声で言って、「さ、これ貸したげるさかいな、早く御不浄へ行って来て、おやすみ。」

竹さんは自分のはいているスリッパを脱いで僕のほうにそろえて差し出した。

「ありがとう。」平気なふうを装ってスリッパをはき、「僕は寝呆けたのかしら。」

「御不浄に起きたのと違うの？」竹さんは、またせっせと床板の拭き掃除をはじめて、おとなびた口調で言った。

「そうなんだけど。」

まさか、窓の外に女の顔が見えた、なんて馬鹿らしい事は言えない。自分の心が濁っていたから、あんな幻影も見えたのだろう。いやらしい空想に胸をおどらせて、はだしで廊下へ飛び出して来た自分の姿を、あさましく、恥かしく思った。毎日こんな真暗い頃《ころ》に起きて余念なく黙々と拭き掃除している人もあるのに。

僕は、壁によりかかって、なおもしばらく竹さんの働く姿を眺めて、つくづく人生の厳粛を知らされた。健康とは、こんな姿のものであろうと思った。竹さんのおかげで、僕の胸底の純粋の玉が、さらに爽《さわ》やかに透明なものになったような気がした。

君、正直な人っていいものだね。単純な人って、尊いものだね。僕はいままで、竹さんの気のよさを少し軽蔑《けいべつ》していたが、あれは間違いだった。さすがに君は眼が高い。

とても、マア坊なんかとは較《くら》べものにも何も、なるもんじゃない。竹さんの愛情は、人を堕落させせない。これは、たいしたものだ。僕もあんな、正しい愛情の人になるつもりだ。僕は一日一日高く飛ぶ。周囲の空気が次第に冷く澄んで来る。

男児畢生《ひっせい》危機一髪とやら。あたらしい男は、つねに危所に遊んで、そうして身軽く、くぐり抜け、すり抜けて飛んで行く。

こうして考えてみると、秋もまた、わるくないようだ。少し肌寒《はださむ》くて、いい気持。マア坊の夢は悪い夢で、早く忘れてしまいたいが、竹さんの夢は、もしこれが夢であったら、永遠に醒《さ》めずにいてくれるといい。

のろけなんかじゃあ、ないんだよ。

十月七日

固パン

1

拝啓。ひどい嵐《あらし》だったね。野分《のわき》というものなのかしら。これでは、アメリカの進駐軍もおどろいているだろう。E市にも、四、五百人来ているそうだが、まだこの辺には、いちども現われないようだ。矢鱈《やたら》におびえて、もの笑いになるな、と場長からの訓辞もあったし、ここの道場の人たちは、割合いに泰然としている。ただひとり、助手のキントトさんだけ、ちょっとしょんぼりしていて、皆にからかわれている。キントトさんは、二、三日前、雨の中を用事でE市に行って来たそうだが、道場へ帰って夜、皆と一緒に就寝してから、シクシク泣いた。どうしたの？　どうしたの？　と皆にたずねられて、キントトさんのしゃくり上げながら物語るのを聞けば、おおよそ次の如《ごと》き事情であったという。

キントトさんは、まちで用事をすまして、帰りのバスを待合所で待っていたら、どしゃ降りの中を、アメリカの空《から》のトラックが走って来て、そうしてどうやら故障を起したらしく、バスの待合所のちょうど前でとまり、運転台から子供のような若いアメリカ兵が二人飛び降り、雨に打たれながら修理にとりかかって、なかなか修理がすまぬ様子で、濡鼠《ぬれねずみ》の姿でいつまでも黙々と機械をいじくり、やがて、キントトさんたちのバスがやって来たが、キントトさんは待合所から走り出て、バスに乗りかけ、その時まるで夢中で、自分の風呂敷《ふろしき》包の中の梨《なし》を一つずつそのアメリカの少年たちに与え、サンキュウという声を背後に聞いてバスの奥に駈《か》け込んだとたんに発車。それだけの事であったが、道場へ帰り着き、次第に落ちついて来ると共に、何とも言えずおそろしく、心配で心配でたまらなくなり、ついに夜、蒲団《ふとん》を頭からかぶってひとりでめそめそ泣き出すに到《いた》ったのだというのである。このニュウスはもうその翌朝、早くも道場全体にひろがり、無理もないと言う者もあり、けしからぬという者もあり、わけがわからんと言う者もあり、とにかくみんな大笑いであった。キントトさんは、からかわれても、にこりともせず、首を振って、まだ胸がどきどきすると言っている。

それと、もうひとり、同室の固パンさんが、このごろひどく浮かぬ顔をしている。何か煩悶《はんもん》の様子に見受けられたが、果して彼にもまた一種奇妙な苦労があったのである。

いったいこの固パンという人物は、秘密主義というのか、もったい振っているというのか、僕たちをてんで相手にせず、いつまでも他人行儀で、はなはだ気づまりな存在であったが、おとといの夜、あのような嵐で、七時少し過ぎた頃《ころ》から停電になって、そのために夜の摩擦も無かったし、また拡声機も停電のため休みになって、夜の報道も聞かれなかったから、塾生たちは、みんな早寝という事になったのである。けれども、風の音がひどいので、誰も眠られず、かっぽれは小声で歌をうたうし、越後獅子《えちごじし》は、自分のベッドの引出しから蠟燭《ろうそく》を捜し出して、それに点火して枕元《まくらもと》に立て、ベッドの上に大あぐらをかいて自分のスリッパの修繕に一生懸命である。

「ひどい風ですね。」

と、固パンが、妙に笑いながら私たちのほうへやって来た。固パンが、他人のベッドのところへ遊びに来るなんて、実に珍らしい事であった。

2

蛾《が》が燈火を慕って飛んで来るように、人間もまた、こんな嵐の夜には、蠟燭の貧しげな光でもなつかしく、吸い寄せられて来るのかも知れない、と僕は思った。

「ええ、」僕は上半身を起して彼を迎え、「進駐軍も、この嵐には、おどろいているでしょう。」と言った。

彼はいよいよ妙に笑い、

「いや、なに、それがねえ、」と少しおどけたような口調で言い、「問題はその進駐軍なんです。とにかく君、これを読んでみて下さい。」そうして、僕に一枚の便箋《びんせん》を手渡した。

便箋には英語が一ぱい書かれている。

「英語は僕、読めません。」と僕は顔を赤くして言った。

「読めますよ。君たちくらいの中学校から出たての年頃が一ばん英語を覚えているものです。僕たちはもう、忘れてしまいました。」にやにや笑いながら言って、僕のベッドの端に腰をおろし、僕にだけ聞えるように急に声を低くして、「実はね、これは僕の書いた英文なんです。きっと文法の間違いがあるだろうから、君に直してもらいたいんです。読めばわかるだろうが、どうもこの道場の人たちは、僕をよっぽど英語の達人だと買いかぶっているらしく、いまにこの道場へアメリカの兵隊が来たら、或《ある》いは僕を通訳としてひっぱり出すかも知れないんだ。その時の事を思うと、僕は心配で仕様がないんですよ。察してくれたまえ。」と言って、てれ隠しみたいにうふふと笑った。

「だって、あなたは本当に英語がよくお出来になるようじゃありませんか。」と僕は、便箋をぼんやり眺《なが》めながら言った。

「冗談じゃない。とてもそんな通訳なんて出来やしないよ。どうも僕は少し調子に乗って、助手たちに英語の披露《ひろう》をしすぎたんだ。これで通訳なんかにひっぱり出されて、僕がへどもどまごついているところを見られたら、あの助手たちが、どんなに僕を軽《けい》蔑《べつ》するか、わかりゃしない。どうも、こんなに弱った事は無い。このごろ、それが心配で、夜もよく眠られぬくらいなんだ。御賢察にまかせるよ。」と言って、また、うふふと笑った。

僕は便箋の英文を読んで見た。ところどころ僕の知らない単語などがあったが、だいたい次のような意味の英文であった。

君、怒リ給《たも》ウコト勿《なか》レ。コノ失礼ヲ許シ給エ。我輩ハアワレナ男デアル。ナゼナラバ、我輩ハ英語ニ於《お》イテ、聞キトルコトモ、言ウコトモ、ソノホカノコトモ、スベテ赤子《あかご》ノ如《ごと》キデアル。ソレラノ行為ハ、我輩ノ能力ノハルカ、カナタニ横タワッテイルノデアル。ノミナラズ、カツマタ、我輩ハ肺病デアル。君、注意セヨ！　アア、危イ！　君ニ伝染ノ可能性スコブル多大デアル。シカシナガラ、我輩ハ君ヲ深ク信ジル。神ノ御名《みな》ニ於イテ、君ハ非常ニ気品高キ紳士デアルコトヲ認メル。君ハ必ズコノアワレナ男ニ同情ヲ持ツデアロウコトヲ我輩ハ疑ワナイノデアル。我輩ハ英語ノ会話ニ於イテ、ホトンド不具者デアルガ、カロウジテ、読ム事ト書ク事ガ出来ル。モシ、君ガ充分ノ親切心ト忍耐力トヲ保有シテイルナラバ、君ノ今日ノ用事ヲコノ紙片ニ書キシタタメテ欲シイ。シカシテ、一時間ノ忍耐ヲ示シテ欲シイ。我輩ハソノ期間ニ、我輩自身ヲ我輩ノ私室ニ密閉シ、君ノ文章ヲ研究シ、シカシテ、我輩ノ答ヲ、我輩ノ能力ノ最大ヲ致シテ書キシタタメルデアロウ。

君ノ健康ヲ熱烈ニ祈ル。我輩ノ貧弱ニシテ醜悪ナル文章ヲ決シテ怒リ給ウナ。

つくしのあの奇怪にして不可解な手紙に較《くら》べて、このほうは流石《さすが》にちゃんと筋道がとおっている。けれども僕は、読みながら可笑《おか》しくて仕様が無かった。固パン氏が、通訳として引っぱり出される事をどんなに恐怖し、また、れいの見栄坊《みえぼう》の気持から、もし万一ひっぱり出されても、何とかして恥をかかずにすまして、助手さんたちの期待を裏切らぬようにしたいと苦心惨憺《さんたん》して、さまざま工夫をこらしている様《さま》が、その英文に依《よ》っても、充分に、推察できるのである。

「まるでもうこれは、重大な外交文書みたいですね。堂々たるものです。」と僕は、笑いを嚙《か》み殺して言った。

「ひやかしちゃいけません。」と固パンは苦笑して僕からその便箋をひったくり、「どこか、ミステークがなかったですか？」

「いいえ、とてもわかり易《やす》い文章で、こんなのを名文というんじゃないでしょうか。」

「迷うほうのメイブンでしょう？」と、つまらぬ洒落《しゃれ》を言い、それでも、ほめられて悪い気はしないらしく、ちょっと得意げな、もっともらしい顔つきになり、「通訳となると、やはり責任がね、重くなりますから、僕は、それはごめんこうむって筆談にしようと思っているんですよ。どうも僕は英語の知識をひけらかしすぎたので、或いは、通訳として引っぱり出されるかも知れないんです。いまさら逃げかくれも出来ず、やっかいな事になっちゃいましたよ。」と、いやにシンミリした口調で言って、わざとらしい小さい溜息《ためいき》を吐《つ》いた。

人に依っていろいろな心配もあるものだと僕は感心した。

嵐のせいであろうか、或いは、貧しいともしびのせいであろうか、その夜は私たち同室の者四人が、越後獅子の蠟燭の火を中心にして集り、久し振りで打解けた話を交した。

「自由主義者ってのは、あれは、いったい何ですかね？」と、かっぽれは如何《いか》なる理由からか、ひどく声をひそめて尋ねる。

「フランスでは、」と固パンは英語のほうでこりたからであろうか、こんどはフランスの方面の知識を披露する。「リベルタンってやつがあって、これがまあ自由思想を謳歌《おうか》してずいぶんあばれ廻ったものです。十七世紀と言いますから、いまから三百年ほど前の事ですがね。」と、眉《まゆ》をはね上げてもったいぶる。「こいつらは主として宗教の自由を叫んで、あばれていたらしいです。」

「なんだ、あばれんぼうか。」とかっぽれは案外だというような顔で言う。

「ええ、まあ、そんなものです。たいていは、無頼漢《ぶらいかん》みたいな生活をしていたのです。芝居なんかで有名な、あの、鼻の大きいシラノ、ね、あの人なんかも当時のリベルタンのひとりだと言えるでしょう。時の権力に反抗して、弱きを助ける。当時のフランスの詩人なんてのも、たいていもうそんなものだったのでしょう。日本の江戸時代の男伊達《おとこだて》とかいうものに、ちょっと似ているところがあったようです。」

「なんて事だい、」とかっぽれは噴き出して、「それじゃあ、幡随院《ばんずいいん》の長兵衛《ちょうべえ》なんかも自由主義者だったわけですかねえ。」

4

しかし、固パンはにこりともせず、

「そりゃ、そう言ってもかまわないと思います。もっとも、いまの自由主義者というのは、タイプが少し違っているようですが、フランスの十七世紀の頃のリベルタンってやつは、まあたいていそんなものだったのです。花川戸《はなかわど》の助六《すけろく》も鼠小僧次郎吉《ねずみこぞうじろきち》も、或いはそうだったのかも知れませんね。」

「へええ、そんなわけの事になりますかねえ。」とかっぽれは、大喜びである。越後獅子も、スリッパの破れを縫いながら、にやりと笑う。

「いったいこの自由思想というのは、」と固パンはいよいよまじめに、「その本来の姿は、反抗精神です。破壊思想といっていいかも知れない。圧制や束縛が取りのぞかれたところにはじめて芽生える思想ではなくて、圧制や束縛のリアクションとしてそれらと同時に発生し闘争すべき性質の思想です。よく挙げられる例ですけれども、鳩《はと》が或る日、神様にお願いした、『私が飛ぶ時、どうも空気というものが邪魔になって早く前方に進行できない、どうか空気というものを無くして欲しい』神様はその願いを聞き容《い》れてやった。然《しか》るに鳩は、いくらはばたいても飛び上る事が出来なかった。つまりこの鳩が自由思想です。空気の抵抗があってはじめて鳩が飛び上る事が出来るのです。闘争の対象の無い自由思想は、まるでそれこそ真空管の中ではばたいている鳩のようなもので、全く飛翔《ひしょう》が出来ません。」

「似たような名前の男がいるじゃないか。」と越後獅子はスリッパを縫う手を休めて言った。

「あ、」と固パンは頭のうしろを掻《か》き、「そんな意味で言ったのではありません。これは、カントの例証です。僕は、現代の日本の政治界の事はちっとも知らないのです。」

「しかし、多少は知っていなくちゃいけないね。これから、若い人みんなに選挙権も被選挙権も与えられるそうだから。」と越後は、一座の長老らしく落ちつき払った態度で言い、「自由思想の内容は、その時、その時で全く違うものだと言っていいだろう。真理を追及して闘った天才たちは、ことごとく自由思想家だと言える。わしなんかは、自由思想の本家本元は、キリストだとさえ考えている。思い煩《わずら》うな、空飛ぶ鳥を見よ、播《ま》かず、刈らず、蔵に収めず、なんてのは素晴らしい自由思想じゃないか。わしは西洋の思想は、すべてキリストの精神を基底にして、或いはそれを敷衍《ふえん》し、或いはそれを卑近にし、或いはそれを懐疑し、人さまざまの諸説があっても結局、聖書一巻にむすびついていると思う。科学でさえ、それと無関係ではないのだ。科学の基礎をなすものは、物理界に於いても、化学界に於いても、すべて仮説だ。肉眼で見とどける事の出来ない仮説から出発している。この仮説を信仰するところから、すべての科学が発生するのだ。日本人は、西洋の哲学、科学を研究するよりさきに、まず聖書一巻の研究をしなければならぬ筈だったのだ。わしは別に、クリスチャンではないが、しかし日本が聖書の研究もせずに、ただやたらに西洋文明の表面だけを勉強したところに、日本の大敗北の真因があったと思う。自由思想でも何でも、キリストの精神を知らなくては、半分も理解できない。」

それから、みんな、しばらく、黙っていた。かっぽれまで、思案深げな顔をして、無言で首を振ったり何かしている。

「それからまた、自由思想の内容は、時々刻々に変るという例にこんなのがある。」と越後獅子は、その夜は、ばかに雄弁だった。どこやら崇高な、隠者とでもいうような趣きさえあった。実際、かなりの人物なのかも知れない。からださえ丈夫なら、いまごろは国家のためにも相当重要な仕事が出来る人なのかも知れないと僕はひそかに考えた。「むかし支那《しな》に、ひとりの自由思想家があって、時の政権に反対して憤然、山奥へ隠れた。時われに利あらずというわけだ。そうして彼は、それを自身の敗北だとは気がつかなかった。彼には一ふりの名刀がある。時来《ときき》たらば、この名刀でもって政敵を刺さん、とかなりの自信さえ持って山に隠れていた。十年経《た》って、世の中が変った。時来れりと山から降りて、人々に彼の自由思想を説いたが、それはもう陳腐な便乗思想だけのものでしか無かった。彼は最後に名刀を抜いて民衆に自身の意気を示さんとした。かなしい哉《かな》、すでに錆《さ》びていたという話がある。十年一日の如《ごと》き、不変の政治思想などは迷夢に過ぎないという意味だ。日本の明治以来の自由思想も、はじめは幕府に反抗し、それから藩閥を糾弾し、次に官僚を攻撃している。君子は豹変《ひょうへん》するという孔子《こうし》の言葉も、こんなところを言っているのではないかと思う。支那に於いて、君子というのは、日本に於ける酒も煙草《たばこ》もやらぬ堅人《かたじん》などを指さしていうのと違って、六芸《りくげい》に通じた天才を意味しているらしい。天才的な手腕家といってもいいだろう。これが、やはり豹変するのだ。美しい変化を示すのだ。醜い裏切りとは違う。キリストも、いっさい誓うな、と言っている。明日の事を思うな、とも言っている。実に、自由思想家の大先輩ではないか。狐《きつね》には穴あり、鳥には巣あり、されど人の子には枕《まくら》するところ無し、とはまた、自由思想家の嘆きといっていいだろう。一日も安住をゆるされない。その主張は、日々にあらたに、また日にあらたでなければならぬ。日本に於いて今さら昨日の軍閥官僚を攻撃したって、それはもう自由思想ではない。便乗思想である。真の自由思想家なら、いまこそ何を置いても叫ばなければならぬ事がある。」

「な、なんですか？　何を叫んだらいいのです。」かっぽれは、あわてふためいて質問した。

「わかっているじゃないか。」と言って、越後獅子はきちんと正坐《せいざ》し、「天皇陛下万歳！　この叫びだ。昨日までは古かった。しかし、今日に於いては最も新しい自由思想だ。十年前の自由と、今日の自由とその内容が違うとはこの事だ。それはもはや、神秘主義ではない。人間の本然の愛だ。今日の真の自由思想家は、この叫びのもとに死すべきだ。アメリカは自由の国だと聞いている。必ずや、日本のこの自由の叫びを認めてくれるに違いない。わしがいま病気で無かったらなあ、いまこそ二重橋の前に立って、天皇陛下万歳！　を叫びたい。」

固パンは眼鏡をはずした。泣いているのだ。僕はこの嵐の一夜で、すっかり固パンを好きになってしまった。男って、いいものだねえ。マア坊だの、竹さんだの、てんで問題にも何もなりゃしない。以上、嵐の燈火と題する道場便り。失敬。

十月十四日

口　紅

1

御返事をありがとう。先日の「嵐《あらし》の夜の会談」に就いての僕の手紙が、たいへん君の御気に召したようで、うれしいと思っている。君の御意見に依《よ》れば、越後獅子《えちごじし》こそ、当代まれに見る大政治家で、或《あ》るいは有名な偉い先生なのかも知れないという事であるが、しかし、僕にはそのようには思われない。いまはかえって、このような巷間《こうかん》無名の民衆たちが、正論を吐いている時代である。指導者たちは、ただ泡《あわ》を食って右往左往しているばかりだ。いつまでもこんな具合いでは、いまに民衆たちから置き去りにされるのは明かだ。総選挙も近く行われるらしいが、へんな演説ばかりしていると、民衆はいよいよ代議士というものを馬鹿にするだけの結果になるだろう。

選挙と言えば、きょうこの道場に於《お》いて、とても珍妙な事件が起った。きょうのお昼すぎ、お隣りの「白鳥の間」から、次のような回覧板が発行せられた。曰《いわ》く、婦人に参政権を与えられたるは慶賀に堪えざるも、このごろの当道場に於ける助手たちの厚化粧は見るに忍びざるものあり、かくては、参政権も泣きます、仄聞《そくぶん》するに、アメリカ進駐軍も、口紅毒々しき婦人を以《もっ》てプロステチュウトと誤断すという、まさに、さもあるべし、これはひとり当道場の不名誉たるのみならず、ひいては日本婦人全体の恥辱なり云々《うんぬん》とあって、それから、お化粧の目立ちすぎる助手さんの綽名《あだな》が洩《も》れなく列記されてあり、「右六名のうち、孔雀《くじやく》の扮装《ふんそう》は最も醜怪なり。馬肉をくらいたる孫悟空《そんごくう》の如《ごと》し。われらしばしば忠告を試みたるも、更に反省の色なし。よろしく当道場より追放すべし。」と書添えられていた。

お隣りの「白鳥の間」には、前から硬骨漢がそろっていて、助手さんたちに人気のある固パンさんなどは、その「白鳥の間」にいたたまらなくなって、こちらの「桜の間」に逃げて来たような按配《あんばい》でもあったのだ。「桜の間」は、越後獅子の人徳のおかげか、まあ、春風駘蕩《しゅんぷうたいとう》の部屋である。こんどの回覧板も、これはひどい、とまず、かっぽれが不承知を称《とな》えた。固パンも、にやりと笑って、かっぽれを支持した。「ひどいじゃありませんか。」とかっぽれは、越後獅子にも賛意を求めた。「人間は、一視同仁ですからね、追放しなくたっていいと思いますがね。人間の本然の愛というものは、どんな場合にだって忘れられるわけのものじゃないんだ。」

越後獅子は黙って幽《かす》かに首肯《うなず》いた。

かっぽれは、それに勢いを得て、

「ね、そういうわけのものでしょう？　自由思想ってのは、そんなケチなものである筈《はず》のわけが無いんだ。そちらの若先生はどうです。私の論は間違ってはいないと思うんだ。」と僕にも同意をうながした。

「でも、お隣りの人たちだって、まさか、本当に追放しようとは思ってないんでしょう？　ただ、あの人たちの心意気のほどを皆に示そうとしているんじゃないのかな。」と僕が笑いながら言ったら、

「いや、そんなんじゃない。」とかっぽれは言下に否定して、「どだい、婦人参政権と口紅との間には、致命的な矛盾があるべきわけのものではないと思うんだ。あいつら

は、ふだん女にもてねえもんだから、こんな時に、仕返しを仕様とたくらんでいるのに違いない。」と喝破《かつぱ》した。

2

そうして、それから、れいの一ばんいいところを言い出し、

「世に大勇と小勇あり、ですからね、あいつらは、小勇というわけのものなんだ。おれの事を、パイパンと言っていやがるんです。かねがね癪《しやく》にさわっていたんだ。かっぽれという綽名だって、おれはあんまり好きじゃねえのだが、パイパンと言われちゃ、黙って居られねえ。」あらぬ事で激昂《げつこう》して、ベッドから降りて帯をしめ直し、「おれは、この回覧板をたたきかえして来る。自由思想は江戸時代からあるんだ。人間、智仁勇が忘れられないとはここのところだ。じゃ皆さん、私にまかせてくれますね。私はこれを叩《たた》きかえして来るつもりですからね。」顔色が変っている。

「待った、待った。」越後獅子はタオルで鼻の頭を拭《ふ》きながら言った。「あんたが行っちゃいけない。ここは、そちらの先生にでもまかせなさい。」

「ひばりに、ですか?」かっぽれは大いに不満の様子である。「失礼ながら、ひばりには荷が重すぎますぜ。お隣りの奴《やつ》らとは、前々からの行きがかりもあるんだ。今に

はじまった事じゃねえのです。パイパンと言われて、黙って引っこんで居られるわけのものじゃないんだ。自由と束縛、というわけのものなんだ。自由と束縛、君子豹変《くんしひょうへん》ということにもなるんだ。あいつらには、キリストの精神がまるでわかってやしねえ。場合に依っては、おれの腕の立つところを見せてやらなくちゃいけねえのだ。ひばりには、無理ですぜ。」

「僕が行って来ます。」僕はベッドから降りて、するりとかっぽれの前を通り抜け、同時に、かっぽれから回覧板を取り上げて、部屋を出た。

「白鳥の間」では、「桜の間」の返事を待ちかねていた様子であった。僕がはいって行ったら、八人の塾生《じゅくせい》がみんなどやどやと寄って来て、

「どうだい、痛快な提案だろう？」

「桜の間の色男たちは弱ったろう。」

「まさか、裏切りやしないだろうな。」

「塾生みんな結束して、場長に孔雀の追放を要求するんだ。あんな孫悟空に、選挙権なんかもったいない。」

などと、口々に言って、ひどくはしゃいでいる。みんな無邪気な、いたずらっ児《こ》のように見えた。

「僕にやらせてくれませんか。」と僕は誰《だれ》よりも大きい声を出してそう言った。

一時、ひっそりしたが、すぐにまた騒ぎ出した。

「出しゃばるな、出しゃばるな。」

「ひばりは、妥協の使者か。」

「桜の間は緊張が足りないぞ。いまは日本が大事な時だぞ。」

「四等国に落ちたのも知らないで、べっぴんの顔を拝んでよだれを流しているんじゃねえか。」

「なんだい、出し抜けに、何をやらせてくれと言うんだい。」

「今晩、就寝の時間までに、」と僕は、背伸びして叫んだ。「お知らせしますから、もしその僕の処置がみなさんの気に入らなかったら、その時には、みなさんの提案にしたがいます。」

又ひっそりとなった。

3

「君は、僕たちの提案に反対なのか。」と、しばらくして、青大将という眼《め》つきの凄《すご》い三十男が僕に尋ねた。

「大賛成です。それに就いて僕に、とっても面白《おもしろ》い計画があるんです。それを、やらせて下さい。お願いします。」

みんな少し、気抜けがしたようだった。

「よろしいですね。ありがとう。この回覧板は、晩までお借り致します。」僕は素早く部屋を出た。これでいいのだ。むずかしい事は無いんだ。あとは竹さんにたのめばいい。

部屋へ帰って来たら、かっぽれは、

「だめだなあ、ひばりは。おれは、廊下へ出て聞いていたんだ。あんな事じゃ、なんにもならんじゃねえか。キリスト精神と君子豹変のわけでも、どんと一発言ってやればよかったんだ。自由と束縛！　と言ってやってもいいんだ。やつら、道理を知らねえのだから、すじみちの立った事を言ってやるのが一ばんなのだ。自由思想は空気と鳩《はと》だ、となぜ言ってやらねえのかな。」としきりに口惜《くや》しがっていた。

「晩まで僕に、まかせて置いて下さい。」とだけ言って僕は、自分のベッドに寝ころがった。さすがに少し疲れたのである。

「まかせろ、まかせろ。」と越後が寝たまま威厳のある声で言ったので、かっぽれもそれ以上は言わずに、しぶしぶ寝てしまった様子である。

僕には別に、計画なんか無いんだ。ただ、この回覧板を竹さんに見せると、竹さんは、いいようにしてくれるだろうと楽観していたのである。二時の屈伸鍛錬のときに、竹さんが部屋の前の廊下を通って、ちょっと僕の方を見たので、僕はすかさず右手で小さく、おいでおいでをした。竹さんは軽く首肯《うなず》いて、すぐに部屋へはいって来た。

「何か御用？」と真面目《まじめ》に尋ねる。

僕は脚の運動をしながら、

「枕元《まくらもと》、枕元。」と小声で言った。

竹さんは枕元の回覧板を見て、手に取り上げ、ざっと黙読してから、

「これ、貸してや。」と落ちついた口調で言ってその回覧板を小脇《こわき》にはさんだ。

「あやまちを改むるに、はばかる事なかれだ。早いほうがいい。」

竹さんは何もかも心得顔に、幽かに首肯き、それから枕元の窓のほうに行って、黙って窓の外の景色を眺《なが》めている様子である。

しばらくして、窓の外に向い、

「源さん、御苦労さまやなあ。」と少しも飾らぬ自然の口調で呟《つぶや》いた。窓の下で、小使いの源さんという老人が、二、三日前から草むしりをはじめているのだ。

「お盆すぎにな、」と源さんは窓の下で答える。「いちどむしったのに、またこのよう

に生えて来る。」

僕は、竹さんの「御苦労さまやなあ」という声の響きに唸《うな》るほど、感心していた。回覧板の事など、ちっとも気にしていないらしい落ちついた晴朗の態度にも感心したが、それよりも、あのいたわりの声の響きの気品に打たれた。御大家のお内儀が、庭番のじいやに、縁先から声をかけるみたいな、いかにも、のんびりしたゆとりのある調子なのである。非常に育ちのいいものを感じさせた。いつか越後も言っていたが、竹さんのお母さんは、よっぽど偉い人だったのに違いない。竹さんにまかせたら、この厚化粧の一件も、きっとあざやかに軽く解決せられるだろうと、僕はさらに大いに安心した。

4

そうして僕のその信頼は、僕の予期以上に素晴らしく報いられた。四時の自然の時間に、突如、廊下の拡声機から、

「そのまま、そのままの位置で、気楽にお聞きねがいます。」という事務員の声が聞えて、「かねて問題になって居《お》りました助手さんのお化粧に就いて、ただいま助手さんたちから自発的に今日限りこれを改める由《よし》を申し出てまいりました。」

わあっ、という歓声が隣りの「白鳥の間」から聞えて来た。臨時放送は、さらに続いて、

「きょうの夕食後に、それぞれお化粧を洗い落し、おそくとも今晩七時半の摩擦の時には、アメリカの人たちにへんな誤解をされない程度の簡素なよそおいで、塾生諸君にお目にかかるそうでございます。なお、次に、助手の牧田さんが、一言、塾生諸君におわび申し上げたいそうで、どうか牧田さんのこの純情を汲《く》んでやって下さい。」

牧田さんというのは、れいの孔雀だ。孔雀は、小さいせきばらいをして、

「私こと、」と言った。

お隣りの部屋から、どっと笑声が起った。僕たちの部屋でも、みんなにやにや笑っている。

「私こと、」こおろぎの鳴くような細い可憐《かれん》な声だ。「時節も場所がらも、わきまえませず、また、最年長者でもありますのに、ふつつかにて、残念な事をいたしました。深くおわび申し上げます。今後も、何とぞ、よろしくお導き下さいまし。」

「よし、よし。」という声が隣りの部屋から聞えた。

「可哀《かわい》そうに。」とかっぽれは、しんみり言って僕のほうを横眼で見た。僕は、少しつらかった。

「最後に、」と事務の人が引きとり、「これは助手さんたち一同からのお願いでありますが、牧田さんの従来の綽名は、即刻改正していただきたい、との事でございます。きょうの臨時放送は、これだけです。」

「白鳥の間」から、すぐ回覧板が来た。

「一同満足せり。ひばりの労を多とす。孔雀は、私こと、と改名すべし。」

かっぽれは、その綽名の提案にすぐ反対を表明した。「私こと」という綽名をつけるのは、いかになんでも残酷すぎるというのである。

「むごいじゃねえか。あれでも一生懸命で言ったんだぜ。純情を汲み取ってくれって言われたじゃねえか。空飛ぶ鳥を見よ、というわけのものなんだ。一視同仁じゃねえか。人をのろわば穴二つというわけのものになるんだ。おれは絶対反対だ。孔雀がおしろいを落して黒い地肌《じはだ》を見せるってわけのものだから、これは、カラスとでも改めたらいいんだ。」

このほうが、かえって辛辣《しんらつ》で残酷だ。なんにもならない。

「孔雀が簡素になったんだから、孔雀の上の字を一つ省略して雀《すずめ》とでもするさ。」越後はそう言って、うふふと笑った。

雀も、すこし理に落ちて面白くないが、まあ長老の意見だし、回覧板に、「私こと」

は酷に過ぎたり、「雀」など穏当ならん、と僕が書き込んで、かっぽれに持たせてやった。「白鳥の間」には、ほうぼうの部屋から綽名の提案が殺到していたそうであるが、結局、「私こと」に落ちつくかも知れない。どうも、あの時の孔雀の、小さいせきばらいを一つして、さて、「私こと」と言い出したところは、なんとも、よろしくて、忘れられないものだった。「私こと」以外の綽名は、色あせて感ぜられる。

5

七時の摩擦の時には、キントトと、マア坊と、カクランと、竹さんが、それぞれ金《かな》盥《だらい》をかかえて「桜の間」にやって来た。竹さんは、澄まして、まっすぐに僕のところに来た。キントトと、マア坊は、このたびのお化粧の注意人物として数え挙げられていたのであるが、その夜、僕たちの部屋へやって来た時の様子を見るに、髪の形などちょっと変ったようにも見えるが、しかしまだ何だかお化粧をしているようだ。

「マア坊は、まだ口紅をつけてるようじゃないか。」と僕は小声で竹さんに言ったら、竹さんは、シャッシャッと摩擦をはじめて、

「あれでも、ずいぶん、拭《ふ》いたり洗ったりして大騒ぎや。いちどに改めろ言うても、それぁ無理。若いのやさかい。」

「竹さんの働きは、大したものだね。」

「まえに、場長さんからも、幾度となく御注意があったんや。きょうの事務所からの放送を、場長さんもお聞きになって、いい御機嫌《ごきげん》やった。きょうの放送は誰の発案かね、とおっしゃるさかいな、ひばりの発明や、とうちが申し上げたら、愉快な子ですなあ、ってな、あの笑わない場長さんが、にやにやっと笑い居った。」竹さんも、きょうの口紅事件では、さすがに少し興奮したのか、いつになくおしゃべりだ。

「僕の発明じゃあないよ。」軍功の帰趨《きすう》は分明にして置かなければならぬ。

「同じ事や。ひばりが言わなかったら、うちだって、動きとうはない。すき好んで憎まれ役を買うひとなんてあるかいな。」

「憎まれたのかね。」

「ううん。」れいの特徴のある涼しい笑顔で首を振り、「憎まれやしないけどな、うちは、つらかった。」

「孔雀の挨拶《あいさつ》は、ちょっと僕も、つらかったよ。」

「うん。牧田さんな、あのひと自分から挨拶させてと申し込んで来たのや。悪気の無い、いいひとや。お化粧が下手らしいな。うちだって、少しは口紅さしてんのやけど、わからんやろ？」

る。

「わからんくらいなら、いいのや。」と平気な顔して、シャッシャッと摩擦をつづけ

「なあんだ、同罪か。」

女だなあ、と思った。そうして僕は、この道場へ来てはじめて、竹さんを、可愛《かわい》らしいと思った。大鯛《おおだい》だって、ばかには出来ない。

どうだい、君。僕は、あらためて君に、当道場の訪問をすすめる。ここには、尊敬するに足る女性がひとりいる。これは、僕のものでもなければ、君のものでもない。これは、日本のいま世界に誇り得る唯一《ゆいいつ》の宝だ。なんていうと少し大袈裟《おおげさ》なほめ方になってしまって、われながら閉口だが、とにかく、色気無しに親愛の情を抱かせる若い女は少いものではあるまいか。君も、もう竹さんに対しては、色気なんてそんなものは持っていない筈である。親愛の気持だけだろうと思う。ここに、僕たち新しい男の勝利がある。男女の間の、信頼と親愛だけの交友は、僕たちにでなければわからない。所謂《いわゆる》あたらしい男だけが味《あじわ》い得るところの天与の美果である。この清潔の醍醐味《だいごみ》が欲しかったら、若き詩人よ、すべからく当道場を御訪問あれ。

もっとも君は、既に、君の周囲に於いて、さらにすぐれた清潔の美果を味っているかも知れないが。

十月二十日

花《か》宵《しょう》先生

1

昨日の御訪問、なんとも嬉《うれ》しく存じました。その折には、また僕には花束。竹さんとマア坊には赤い小さな英語の辞典一冊ずつのお土産。いかにも詩人らしい、親切な思いつきで、殊《こと》にも、竹さんとマア坊にお土産を持って来てくれたのは有難《ありがた》かった。あの人たちから僕は、シガレットケースと、それから竹細工の藤娘《ふじむすめ》をもらって、少し閉口だったけれども、でも、そのうちに何かお返しをしなければならぬのではあるまいかと、内心、ちょっと気になっていたところへ、君が気をきかせてお土産を持って来てくれたので、ほっとしました。君には、僕よりもっと新しい一面があるようだ。僕はどうも、女のひとからものをもらったり、また、ものを贈ったりするのに、いささか、こだわりを感ずる。いやらしいと思うのだ。ここが、少し僕の古いところかも知れないね。君のように、てれずに、あっさり贈答できるように修行しよう。僕は君からまた一つものを教えられたような気がした。君の爽《さわ》やかな美徳を見たと思いました。

マア坊が「お客様ですよ」と言って、君を部屋へ案内して来た時には、僕の胸が、内出血するほど、どきんとした。わかってくれるだろうか。久しぶりに君の顔を見た喜びも大きかったが、それよりも、君とマア坊が、まるで旧知の間柄《あいだがら》のように、にこにこ笑って並んで歩いて来たのを見て、仰天したのだ。お伽噺《とぎばなし》のような気がした。これと似たような気持を、僕は去年の春にも、一度味わった。

去年の春、中学校を卒業と同時に肺炎を起し、高熱のためにうつらうつらして、ふと病床の枕元《まくらもと》を見ると、中学校の主任の木村先生とお母さんが笑いながら何か話合っている。あの時にも、僕は胆《きも》をつぶした。学校と家庭と、まるっきり違った遠い世界にわかれて住んでいるお二人が、僕の枕元で、お互い旧知の間柄みたいに話合っているのが実に不思議で、十和田湖《とわだこ》で富士を見つけたみたいな、ひどく混乱したお伽噺のような幸福感で胸が躍った。

「すっかり元気そうになったじゃないか。」と君が言って、僕に花束を手渡して、僕がまごついていたら君は、マア坊に極めて自然の態度で、

「粗末な花瓶《かびん》で結構ですから、ひばりに貸してやって下さい。」と頼んで、マア坊は

首肯《うなず》いて花瓶を取りに行って、僕は、まあ、本当に夢のようだったよ。何がなんだか、わからなくなって、

「マア坊を前から知ってるの？」と下手な質問さえ飛び出して、

「君の手紙で知ってるじゃないか。」

「そうか。」

と二人で大笑いしたっけね。

「マア坊だって事、すぐにわかった？」

「ひとめ見てわかった。予想より、ずっと感じがいい。」

「たとえば？」

「しつこいな。まだ気があるんだね。予想してたほど、下品じゃない。ほんの子供じゃないか。」

「そうかしら。」

「でも、わるくない。骨の細い感じだね。」

「そうかしら。」

僕は、いい気持だった。

2

マア坊が細長い白い花瓶を持って来た。

「ありがとう。」と君は受取り、無雑作に花を挿《さ》して、「これは後で、竹さんにでも挿し直していただくんだな。」

と言ったが、あれは少し、まずかったぜ。君がすぐにポケットから、れいの小さい辞典を取り出してマア坊にあげても、マア坊はそんなに嬉しそうな顔もせず、黙って叮嚀《ていねい》にお辞儀をして、すたすた部屋を出て行ったが、あれはやっぱりマア坊が少し気を悪くした証拠だぜ。マア坊は、あんな、よそよそしい叮嚀なお辞儀なんかするひとじゃないんだ。でも君には、竹さんの他《ほか》のひとは、てんで問題じゃないんだから仕様が無い。

「お天気がいいから二階のバルコニイへ行って、話そう。いまはお昼休みだから、かまわないんだ。」

「君の手紙でみんな知ってるよ。そのお昼休みの時間をねらって来たんだ。それに、きょうは日曜だから、慰安放送もあるし。」

笑いながら部屋を出て、階段を上って、そのころから僕たちは、急に固くなって、やたらに天下国家を論じ合ったのは、あれは、どういうわけなんだろう。尊いお方に僕たちの命はすでにおあずけしてあるのだし、僕たちは御言いつけのままに軽くどこへでも飛んで行く覚悟はちゃんと出来ていて、もう論じ合う事柄も何もない筈なのに、それでも互いに興奮して、所謂《いわゆる》新日本再建の微衷を吐露し合ったが、男の子って、どんな親しい間柄でも、久し振りで逢《あ》った時には、あんな具合いに互いに高邁《こうまい》の事を述べ合って、自分の進歩を相手にみとめさせたい焦躁《しょうそう》にかられるものなのかも知れないね。バルコニイに出てからも、君は、日本の初歩教育からして駄目《だめ》なんだと怒り、

「小さい時にどんな教育を受けたかという事でもう、その人の一生涯《いっしょうがい》がきまってしまうのだからね。もっと偉い大人物を配すべきだと思うんだ。」

「そうだ。報酬ばかり考えているような人間では駄目だ。」

「そうとも、そうとも。功利性のごまかしで、うまく行く筈はないんだ。おとなの駈《かけ》引《ひ》きは、もうたくさんだ。」

「全くさ。表面のハッタリなんて古いよ。見え透いてるじゃないか。」

君も、僕と同じくらいに議論は下手のようである。僕たちは、なんだか、同じ様な事ばかり繰り返し繰り返し言っていたようだったぜ。

そうして、そのうちに僕たちのその下手な議論もだんだん途切れがちになって来て、

「単なる」とか「要するに」とか「とにかく」とか「結局」とかいう言葉ばかりたくさん飛び出て、だれてしまって、その時、下の玄関の前の芝生にひょいと竹さんが現われた。僕は思わず、

「竹さん！」と呼んだ。君は同時にズボンのバンドをしめ上げたね。あれは、どういう意味なんだい？　竹さんは右手を額にあてて、バルコニイを見上げ、

「何や？」と言って笑ったが、あの時の竹さんの姿態は悪くなかったじゃないか。

「竹さんを、とても好きだと言ってる人が、いまここに来ているんだ。」

「よせ、よせ。」と君は言った。実際、あんな時には、よせ、よせ、という間の抜けた言葉しか出ないものなんだ。僕にも経験がある。

3

「いやらし！」と竹さんが言ったね。それから首を四十五度以上も横に傾けて、君に向って、「いらっしゃいまし。」と笑いながら言ったら君は、顔を真赤にして、ぴょこんとお辞儀をしたね。それから君は不平そうに小声で、

「なんだ、すごい美人じゃないか。馬鹿《ばか》にしてやがる。君はまた、ただ大きくて堂々とした立派なひとだと手紙に書いてたもんだから、僕は安心してほめてたんだが、な

あんだ、スゴチンじゃないか。」

「予想と違ったかね。」

「違った、違った、大違い。堂々として立派なんて言うから、馬みたいなひとかと思っていたら、なあんだ、あれは、すらりとしているとでも形容しなくちゃいけない。色だって、そんなに黒くないじゃないか。あんな美人は、僕はいやだ。危険だ。」など早口で言っているうちに竹さんは、軽く会釈《えしやく》して旧館のほうに行ってしまいそうになったので、君はあわてて、

「ちょっと、君、ちょっと竹さんを呼びとめてくれ給《たま》え。お土産があるんだ。」とポケットをさぐり、れいの小型辞典を取り出した。

「竹さん！」と僕が大声で言って呼びとめたら、

「失礼ですけど、ほうりますよ。これは、ひばりから、たのまれたんです。僕からじゃありませんよ。」と君が、颯《さ》っと赤い表紙の可愛い辞典を投げてやったところなんかは、やっぱりあざやかなものだった。僕は、ひそかに君に敬服した。竹さんは、君の清潔な贈り物を上手に胸に受けとめて、

「おおきに。」と、君に向って、お礼を言ったたね。君が何と言ったって、竹さんは、君からの贈り物だという事を知っているのだ。旧館のほうに歩いて行く竹さんのうし

ろ姿を眺《なが》めながら、君は溜息《ためいき》をついて、

「危険だ、あれは危険だ。」とひどく真面目《まじめ》に呟《つぶや》くので、僕は可笑《おか》しかった。

「危険なもんか。真暗い部屋にたった二人きりでいたって大丈夫なひとだよ。僕は、もう試験ずみだ。」

「君は、とんちんかんだからねえ。」と僕をあわれむような口調で言って、「君には美人、不美人の区別がわからんのじゃないか？」

僕は、むっとした。君こそ、なんにも、わからないくせに。竹さんが君に、そんなに美しく見えたとしたら、それは、竹さんの心の美しさが、君の素直な心に反映したのだ。冷静に観察すると、竹さんなんか、ちっとも美人じゃない。マア坊のほうが、はるかに綺麗《きれい》だ。竹さんの品性の光が、竹さんを美しく見せているだけの話だ。女の容貌《ようぼう》に就いては、僕のほうが君より数等きびしい審美眼を具有しているつもりだがね。けれども、あの時、女の顔の事などで議論するのは、下品な事のように思われたから、僕は黙っていたのだ。どうも、竹さんの事になると、僕たちはむきになってしまって、ちょっと気まずくなる傾向があるようだ。よろしくないね。本当に、君、僕を信じてくれ給え。竹さんは美人じゃないよ。危険な事なんか無いんだ。危険だなんて、可笑しいじゃないか。竹さんは、君と同じくらい、ただ生真面目《きまじめ》な人なんだ。

僕たちは、しばらく黙ってバルコニイに立っていたが、ふいと君が、お隣りの越後獅子は大月花宵《おおつきかしょう》という有名な詩人だという事を言い出したので、竹さんの事も何も吹っ飛んでしまった。

4

「まさか。」僕は夢見るようであった。

「どうも、そうらしい。さっき、ちらと見て、はっと思ったんだ。僕の兄貴たちは皆あの人のファンで、それで僕も小さい時からあの人の顔は写真で見てよく知っているんだ。僕もあの人の詩のファンだった。君だって、名前くらいは知っているだろう。」

「そりゃ、知っている。」

僕は、どうも詩というものは苦手だけれども、それでも、大月花宵の姫百合《ひめゆり》の詩や、鷗《かもめ》の詩は、いまでも暗誦《あんしょう》できるくらいによく知っている。その詩の作者と僕は、この数箇月ベッドを並べて寝ていたとは、にわかに信じられぬ事であった。僕には詩というものがちっともわからぬけれども、君も御存じのとおり、天才の詩人というものを尊敬する事に於《お》いては、敢《あ》えて人後に落ちないつもりだ。

「あのひとが、ねえ。」しばらくは、感無量であった。

「いや、はっきりした事はわからんよ。」と君は少しうろたえて、「さっき、ちらと見ただけなんだから。」

とにかくそれでは、もっと、こまかに観察してみようという事になり、そろそろ日曜慰安放送の時間もせまって来ていたし、僕たちは階下の「桜の間」に帰った。越後は寝ていた。僕には、あの時ほど越後が立派に見えた事は無い。それこそ、まさに、眠れる獅子のように見えた。僕たちは顔を見合せ、ひそかに首肯《うなず》き、二人一緒に思わず深い溜息をついたっけね。緊張のあまり、僕たちは、話も何もろくに出来ず、窓を背にして立ったまま、ただ黙ってレコオドの放送を聞いていたっけ。番組が進んで、いよいよその日の呼び物の助手さんたちの二部合唱「オルレアンの少女」がはじまった時、君は右肘《みぎひじ》で僕の横腹を強く突いて、

「この歌は、花宵先生が作ったんだ。」とひどく興奮の態《てい》で囁《ささや》いてくれたが、そう言われて僕も思い出した。僕が子供の頃《ころ》に、この歌は、花宵先生の傑作として、少年雑誌に挿画《さしえ》入りで紹介せられたりなどして、大はやりのものであった。僕たちは、ひそかに越後の表情を注視した。越後はそれまでベッドの上に仰向けに寝て、軽く眼を閉じていたのだが、「オルレアンの少女」の合唱がはじまったら眼をひらいて、こころもち枕から頭をもたげるようにして耳を澄まし、やがてまたぐったりとなって眼をつ

ぶって、ああ、眼をつぶったまま、とても悲しそうに幽《かす》かに笑った。君は、右手でこぶしを作って空間を打つような、妙な仕草をして、それから僕に握手を求めた。僕たちは、ちっとも笑わずに、固く握手を交したっけね。いま思うと、あれはいったい何のための握手だったのか、わけがわからないけれども、あの時には、とてもじっとしては居られず、握手でもしなければ、おさまらぬ気持だったものね。君も僕も、ずいぶん興奮していた。「オルレアンの少女」が済んだ時、君は、「じゃあ、失礼しよう。」と奇怪な嗄《しわが》れた声で言い、僕も首肯いて、君を送って廊下へ出て、「たしかだ！」と二人、同時に叫んだ。

5

ここまでの事は、君もご存じの筈だが、さて、君とわかれて、ひとりで部屋へ引返した時には、僕の気持は興奮を通り越して、ほとんど蒼《あお》ざめるほどの恐怖の状態であった。わざと越後を見ないようにして、僕はベッドに仰向けに寝ころがったが、不安と恐怖と焦躁とが奇妙にいりまじった落ちつかない気持で、どうにも、かなわなくなって、とうとう小さい声で、

「花宵先生！」と呼びかけてしまった。

返辞が無い。僕は、思い切って、ぐいと花宵先生のほうに顔をねじ向けた。越後は黙々として屈伸鍛錬をはじめている。僕も、あわてて運動にとりかかった。脚を大の字にひらき、両方の手の指を、小指から順に中へ折り込みながら、

「あの歌を誰《だれ》が作ったか、なんにも知らずに歌っていたんでしょうね。」と割に落ついて尋ねる事が出来た。

「作者なんか、忘れられていいものだよ。」と平然と答えた。いよいよ、この人が、花宵先生である事は間違い無いと思った。

「いままで、失礼していました。さっき友人に教えられて、はじめて知ったのです。あの友人も僕も、小さい頃から、あなたの詩が好きでした。」

「ありがとう。」と真面目に言って、「しかし、いまでは越後のほうが気楽だ。」

「どうして、このごろ詩をお書きにならないのですか。」

「時代が変ったよ。」と言って、ふふんと笑った。

胸がつまって僕は、いい加減の事は言えなくなった。しばらく二人、黙って運動をつづけた。突如、越後が、

「人の事なんか気にするな！　お前は、ちかごろ、生意気だぞ！」と、怒り出した。

僕は、ぎょっとした。越後が、こんな乱暴な口調で僕にものを言ったのは、いままで一度も無かった。とにかく早くあやまるに限る。

「ごめんなさい。もう言いません。」

「そうだ。何も言うな。お前たちには、わからん。何も、わからん。」

実に、まったく、気まずい事になってしまった。詩人というものは、こわいものだ。何が失礼に当るか、わかったもんじゃない。その日一日、僕たちは一ことも言葉を交さなかった。助手さんたちが摩擦に来て、僕にいろいろ話かけても、僕は終始ふくれた顔をして、ろくに返辞もしなかった。内心は、マア坊なんかに、お隣りの越後こそ実に「オルレアンの少女」の作者なのだという事を知らせて、驚ろかしてやりたくて、うずうずしていたのだが、越後から「何も言うな」と口どめされているし、まあ、仕方なく、ゆうべは泣き寝入りの形だったのだ。

けれども、けさ、思いがけなく、この激怒せる花宵先生と、あっさり和解できて、ほっとした。けさ、久し振りで越後の娘さんが、越後を見舞いにやって来た。キヨ子さんといって、マア坊と同じくらいの年恰好《としかっこう》で、痩《や》せて、顔色の悪い、眼の吊《つ》り上ったおとなしい娘さんだ。僕たちは、ちょうど朝ごはんの最中だった。娘さんは、持って来た大きい風呂敷《ふろしき》包をほどきながら、

「つくだ煮を少し作って来ましたけど。」

「そうか。いますぐいただこう。出しなさい。お隣りのひばりさんにも半分あげなさい。」

おや？ と思った。越後は今まで僕を呼ぶのに、そちらの先生だの、書生さんだの、小柴《こしば》君だのというばかりで、ひばりさんなんて変に親しげな呼び方をした事は一度も無かったのだ。

6

娘さんは、僕のところへ、つくだ煮を持って来た。

「いれものが、ございますかしら。」

「はあ、いや、」僕は、うろたえて、「そこの戸棚《とだな》に。」と言いながら、ベッドから降りかけたら、

「これでございますか？」娘さんは、しゃがんで僕のベッドの下の戸棚から、アルマイトの弁当箱を取り出した。

「はあ、そうです。すみません。」

ベッドの下にうずくまって、つくだ煮をその弁当箱に移しながら、

「いま、おあがりになります？」

「いいえ、もう、食事はすみました。」

娘さんは弁当箱をもとの戸棚に収めて立ち上り、

「まあ、綺麗《きれい》。」

と君が滅茶苦茶《めちゃくちゃ》に投げ入れて行ったあの菊の花をほめたのだ。君があの時、竹さんに直してもらえ、なんて要らない事を言ったので、なんだか竹さんに頼むのも、てれくさくなって、また、マア坊に頼むのも、わざとらしいし、あの花は、ついあのままになっていたのだ。

「きのう友人が、いい加減に挿《さ》して行ったのです。直してくれるひとも無いし。」

娘さんは、ちらと越後の顔色をうかがった。

「直しておやり。」越後も食事がすんだらしく爪楊子《つまようじ》を使いながら、にやにや笑って言った。どうも、けさは機嫌《きげん》がよすぎて、かえって気味が悪い。

娘さんは顔を赤くして、ためらいながらも枕元に寄って来て、菊の花をみんな花瓶《かびん》から抜いて、挿し直しに取りかかった。いいひとに直してもらえて、僕はとても嬉《うれ》しかった。

越後はベッドの上に大きくあぐらを搔《か》いて、娘さんの活花《いけばな》の手際《てぎわ》をいかにも、たの

しそうに眺めながら、

「もういちど、詩を書くかな。」と呟いた。

下手な事を言って、また、呶鳴《どな》られるといけないから、僕は黙っていた。

「ひばりさん、きのうは失敬。」と言って、ずるそうに首をすくめた。

「いいえ、僕こそ、生意気な事を言って。」

実に、思いがけず、あっさりと和解が出来た。

「また、詩を書くかな。」ともう一度、同じ事を繰り返して言った。

「書いて下さい。本当に、どうか、僕たちのためにも書いて下さい。先生の詩のように軽くて清潔な詩を、いま、僕たちが一ばん読みたいんです。僕にはよくわかりませんけど、たとえば、モオツァルトの音楽みたいに、軽快で、そうして気高く澄んでいる芸術を僕たちは、いま、求めているんです。へんに大袈裟《おおげさ》な身振りのものや、深刻めかしたものは、もう古くて、わかり切っているのです。焼跡の隅《すみ》のわずかな青草でも美しく歌ってくれる詩人がいないものでしょうか。現実から逃げようとしているのではありません。苦しさは、もうわかり切っているのです。僕たちはもう、なんでも平気でやるつもりです。逃げやしません。命をおあずけ申しているのです。身軽なものです。そんな僕たちの気持にぴったり逢うような、素早く走る清流のタッチを持った芸術だけが、いま、ほんもののような気がするのです。いのちも要らず、名も要らずというやつです。そうでなければ、この難局を乗り切る事が絶対に出来ないと思います。空飛ぶ鳥を見よ、です。主義なんて問題じゃないんです。そんなものでごまかそうたって、駄目です。タッチだけで、そのひとの純粋度がわかります。問題は、タッチです。音律です。それが気高く澄んでいないのは、みんな、にせものなんです。」

僕は、不得手な理窟《りくつ》を努力して言ってみた。言ってから、てれくさく思った。言わなければよかったと思った。

7

「そんな時代に、なったかなあ。」花宵先生は、タオルで鼻の頭を拭《ふ》いて、仰向けに寝ころがり、「とにかく早くここから出なくちゃいけない。」

「そうです、そうです。」

僕は、この道場へ来てはじめて、その時、ああ早く頑丈《がんじょう》なからだになりたいとひそかに焦慮したよ。もったいない事だが、天の潮路を、のろくさく感じた。

「君たちは別だ。」と先生は、僕のそんな気持を、さすがに敏感に察したらしく、「あせる事はない。落ちついてここで生活していさえすれば、必ず、なおる。そうして立派に日本再建に役立つ事が出来る。でも、こっちはもう、としをとっているし、」と言いかけた時に、娘さんがどうやら活花を完成させたらしく、

「まえよりかえって、わるくなったようですわ。」と明るい口調で言い、父のベッドに近寄り、こんどは極めて小さい声で、「お父さん！　また、愚痴を言ってるのね。いまどき、そんなの、はやらないわよ。」ぷんぷん怒っている。

「わが述懐もまた世に容《い》れられずか。」越後はそう言って、それでも、ひどく嬉しそうに、うふうふと笑った。

僕もさっきの不覚の焦躁《しょうそう》などは綺麗に忘れ、ひどく幸福な気持で微笑《ほほえ》んだ。

君、あたらしい時代は、たしかに来ている。それは羽衣のように軽くて、しかも白砂の上を浅くさらさら走り流れる小川のように清冽《せいれつ》なものだ。芭蕉《ばしよう》がその晩年に「かるみ」というものを称えて、それを「わび」「さび」「しおり」などのはるか上位に置いたとか、中学校の福田和尚先生から教わったが、芭蕉ほどの名人がその晩年に於いてやっと予感し、憧憬《しようけい》したその最上位の心境に僕たちが、いつのまにやら自然に到達しているとは、誇らじと欲《ほっ》するも能《あた》わずというところだ。この「かるみ」は、断じて軽薄と違うのである。慾《よく》と命を捨てなければ、この心境はわからない。くるしく努力して汗を出し切った後に来る一陣のそよ風だ。世界の大混乱の末の窮迫の空気から生

れ出た、翼のすきとおるほどの身軽な鳥だ。これがわからぬ人は、永遠に歴史の流れから除外され、取残されてしまうだろう。ああ、あれも、これも、どんどん古くなって行く。君、理窟も何も無いのだ。すべてを失い、すべてを捨てた者の平安こそ、その「かるみ」だ。

けさ、越後に向って極めて下手くそな芸術論みたいな事を述べて、それからひどくてれくさい思いをしたが、でも、越後の娘さんもまた僕たちのひそかな支持者らしいという事に気がついて、大いに自信を得て、さらにここに新しい男としての気焔《きえん》を挙げさせていただき、前説の補足を試みた次第である。

ついでながら、君の当道場に於ける評判も、はなはだよろしい。大いに気をよくして、いただきたい。君がちょっとこの道場を訪問しただけで、この道場の雰囲気《ふんいき》が、急に明るくなったといってもあながち過言ではないようだ。だいいち、花宵先生が十年も若返った。竹さんも、マア坊も、君によろしくと言っている。マア坊の曰《いわ》く、

「いい眼をしているわね。天才みたいね。まつげが長くて、まばたきするたんびに、パチンパチンという音が聞えた。」マア坊の言うことは大袈裟である。信じないほうがいい。竹さんの批評を御紹介しようか。そんなに固くならずに、平然とお聞き流しを願う。竹さんの曰く、

「ひばりとは、いい取組みや。」

それだけである。但《ただ》し、顔を赤くして言った。以上。

十月二十九日

竹さん

1

謹啓。きょうは、かなしいお知らせを致します。もっとも、かなしいといっても、恋しいという字にカナしいと振仮名をつけたみたいな、妙な気持のカナしさだ。竹さんがお嫁に行くのだ。どこへお嫁入りするかというと、場長さんだ。ここの健康道場場長、田島医学博士その人のところに、お輿入《こしい》れあそばすのだ。僕はきょうマア坊からその事を聞いた。

まあ、はじめから話そう。

けさは、お母さんが僕の着換えやら、何やらどっさり持って道場へお見えになった。お母さんは、月に二度ずつ僕の身のまわりのものを整理しにやって来るのだ。僕の顔

をのぞき込んで、

「そろそろ、ホームシックかな？」とからかう。まいどの事だ。

「或《ある》いはね。」と僕も、わざと嘘《うそ》を言う。これも、まいどの事だ。

「きょうはお母さんを、小梅橋までお見送りして下さるんだそうですね。」

「誰《だれ》が？」

「さあ、どなたでしょうか。」

「僕？　外へ出てもいいの？　お許しが出たの？」

お母さんは首肯《うなず》いて、

「でも、いやだったら、よござんす。」

「いやなもんか。僕はもう一日に十里だって歩けるんだ。」

「或いはね。」とお母さんは、僕の口真似《くちまね》をして言った。

四箇月振りで、寝巻を脱ぎ絣《かすり》の着物を着て、お母さんと一緒に玄関へ出ると、そこに場長が両手をうしろに組んで黙って立っていた。

「歩けますか、どうですか。」とお母さんがひとりごとのようにして言って笑ったら、

「男のお子さんは、満一歳から立って歩けます。」と場長さんは、にこりともせず、そんな下手な冗談を言って、「助手をひとりお供させます。」

事務所からマア坊が白い看護服の上に、椿《つばき》の花模様の赤い羽織をひっかけて、小走りに走って出て来て、お母さんに、どぎまぎしたような粗末なお辞儀をした。お供は、マア坊だ。

僕は新しい駒下駄《こまげた》をはいて、まっさきに外へ出た。駒下駄がへんに重くて、よろめいた。

「おっとと、あんよは上手。」と場長は、うしろで囃《はや》した。その口調に、愛情よりも、冷く強い意志を感じた。だらしないぞ！　と叱《しか》られたような気がして、僕は、しょげた。振り向きもせず、すたすた五、六歩いそぎ足で歩いたら、また、うしろで場長が、「はじめは、ゆっくり。はじめは、ゆっくり。」と、こんどは露骨に叱り飛ばすようなきびしい口調で言ったが、かえってその言葉のほうに、うれしい愛情が感ぜられた。

僕は、ゆっくり歩いた。お母さんとマア坊が、小声で何か囁《ささや》き合いながら、僕の後を追って来た。松林を通り抜けて、アスファルトの県道へ出たら、僕は軽い眩暈《めまい》を感じて、立ちどまった。

「大きいね。道が大きい。」アスファルト道が、やわらかい秋の日ざしを受けて鈍く光っているだけなのだが、僕には、それが一瞬、茫洋混沌《ぼうようこんとん》たる大河のように見えたのだ。

「無理かな？」お母さんは笑いながら、「どうかな？ お見送りは、このつぎに、お願いするとしましょうか？」

2

「平気、平気。」ことさらに駒下駄の音をカタカタと高く響かせて歩いて、「もう馴《な》れた。」と言った途端に、トラックが、凄《すさま》じい勢いで僕を追い抜き、思わず僕は、わあっ！ と叫んだ。

「大きいね。トラックが大きいね。」とお母さんはすぐに僕の口真似をしてからかった。

「大きくはないけど、強いんだ。すごい馬力だ。たしかに十万馬力くらいだった。」

「さては、いまのは原子トラックかな？」お母さんも、けさは、はしゃいでいる。

ゆっくり歩いて、小梅橋のバスの停留場が近くなった頃《ころ》、僕は実に意外な事を聞いた。お母さんと、マア坊が、歩きながらよもやまの話の末に、

「場長さんが近く御結婚なさるとか、聞きましたけど？」

「はあ、あの、竹中さんと、もうすぐ。」

「竹中さんと？ あの、助手さんの。」と、お母さんも驚いていたようであったが、

僕はその百倍も驚いた。十万馬力の原子トラックに突き倒されたほどの衝動を受けた。

お母さんのほうはすぐ落ちついて、

「竹中さんは、いいお方ですものねえ。場長さんはさすがに、眼《め》がお高くていらっしゃる。」と言って、明るく笑い、それ以上突っ込んだ事も聞かず、おだやかに他《ほか》の話に移って行った。

僕は停留場で、どんな具合いにお母さんとお別れしたか、はっきり思い出せない。ただ眼のさきが、もやもやして、心臓がコトコトと響を立てて躍っているみたいな按《あん》配《ばい》で、あれは、まったく、かなわない気持のものだ。

僕は白状する。僕は、竹さんを好きなのだ。はじめから、好きだったのだ。マア坊なんて、問題じゃなかったのだ。僕は、なんとかして竹さんを忘れようと思って、ことさらにマア坊のほうに近寄って行って、マア坊を好きになるように努めて来たのだが、どうしても駄目《だめ》なんだ。君に差し上げる手紙にも、僕はマア坊の美点ばかりを数え挙げて、竹さんの悪口をたくさん書いたが、あれは決して、君をだますつもりではなく、あんな具合いに書くことに依《よ》って僕は、僕の胸の思いを消したかったのだ。さすがの新しい男も、竹さんの事を思うと、どうも、からだが重くなって、翼が萎縮《いしゅく》し、それこそ豚のしっぽみたいな、つまらない男になりそうな気がするので、なんとかして、ここは、新しい男の面目にかけても、あっさりと気持を整理して、竹さんに対して全く無関心になりたくて、われとわが心を、はげまし、はげまし、竹さんの事をただ気がいいばかりの人だの、大鯛《おおだい》だの、買い物が下手くそだのと、さんざん悪口を言って来た僕の苦衷のほどを、君、すこしは察してくれ給《たま》え。そうして、君も僕に賛成して一緒に竹さんの悪口を言ってくれたら、あるいは僕も竹さんを本当にいやになって、身軽になれるかも知れぬとひそかに期待していたのだけれども、あてがはずれて、君が竹さんに夢中になってしまったので、いよいよ僕は窮したのさ。そこで、こんどは、僕は戦法をかえて、ことさらに竹さんをほめ挙げ、そうして、色気無しの親愛の情だの、新しい型の男女の交友だのといって、何とかして君を牽制《けんせい》しようとたくらんだ、というのが、これまでのいきさつの、あわれな実相だ。僕は色気が無いどころか、大ありだった。それこそ意馬《いば》心猿《しんえん》とでもいうべき、全くあさましい有様だったのだ。

3

君は竹さんを、凄《すご》いほどの美人だと言って、僕はやっきとなってそれを打ち消したが、それは僕だって、竹さんを凄いほどの美人だと思っていたのさ。この道場へ来た日に、僕は、ひとめ見てそう思った。

君、竹さんみたいなのが本当の美人なのだ。あの、洗面所の青い電球にぼんやり照らされ、夜明け直前の奇妙な気配の闇《やみ》の底に、ひっそりしゃがんで床板を拭《ふ》いていた時の竹さんは、おそろしいくらい美しかった。負け惜しみを言うわけではないが、あれは、僕だからこそ踏み堪《こた》える事が出来たのだ。他の人だったら、必ずあの場合、何か罪を犯したに違いない。女は魔物だなんて、かっぽれなんかよく言っているが、或いは女は意識せずに一時、人間性を失い、魔性のものになってしまっている事があるのかも知れない。

今こそ僕は告白する。僕は竹さんに、恋していたのだ。古いも新しいもありゃしない。

お母さんとわかれて、それから、膝頭《ひざがしら》が、がくがく震えるような気持で歩いて、たまらなく水が飲みたくなって、

「どこかで、少し休みたいな。」と言ったが、その声は、自分ながらおやと思ったほど嗄《しわが》れていて、誰か他の人が遠方で呟《つぶや》いている言葉のような感じがした。

「お疲れでしょう。もう少し行くと、あたしたちが時々寄って休ませてもらう家があるんですけど。」

大戦の前には三好野《みよしの》か何かしていたような形の家に、マア坊の案内ではいった。薄

暗い広い土間には、こわれた自転車やら、炭俵のようなものがころがっていて、その一隅《いちぐう》に、粗末なテーブルがひとつ、椅子《いす》が二、三脚置かれている。そうして、そのテーブルの傍《そば》の壁には大きい鏡がかけられ、へんに気味悪く白く光っているのが印象深かった。この家は商売をよしても、やはり馴染《なじみ》の人たちには、お茶ぐらい出す様子で、道場の助手さんたちが外出した時には、油を売る場所になっているのでもあろう、マア坊は平気で奥の方へ行き、番茶の土瓶《どびん》とお茶碗《ちゃわん》を持って来た。僕たちは鏡の下のテーブルに向い合って席をとり、二人で生ぬるい番茶を飲んだ。ほっと深い溜息《ためいき》をついて、少し気持も楽になり、

「竹さんが結婚するんだって？」と軽い口調で言う事が出来た。

「そうよ。」マア坊もこのごろ、なぜだか淋《さび》しそうだ。寒そうに肩を小さくすぼめて、僕の顔をまっすぐに見ながら、「ご存じじゃ、なかったの？」

「知らなかった。」不意に眼が熱くなって、困って、うつむいてしまった。

「わかるわ。竹さんだって泣いてたわ。」

「何を言っていやがる。」マア坊の、しんみりした口調が、いやらしくて、いやらしくて、むかむか腹が立って来た。「いい加減な事を言っちゃ、いけない。」

「いい加減じゃないわ。」マア坊も涙ぐんでいる。「だから、あたしが言ったじゃない

の。竹さんと仲よくしちゃいけないって。」

「仲よくなんか、しやしないよ。そんなに何でも心得ているような事を言うな。いやらしくって仕様がない。竹さんが結婚するのは、いい事だ。めでたいじゃないか。」

「だめよ。あたしは、知っているんですから。ごまかしたって、だめよ。」大きい眼から涙があふれて、まつげに溜《たま》って、それからぽろぽろ頬《ほお》を伝って流れはじめた。

「知ってるのよ。知ってるのよ。」

4

「よせよ。意味が無いじゃないか。」こんなところを、ひとに見られたら困ると思った。「なんの意味もありゃしないじゃないか。」繰返して言ったその僕の言葉も、あまり意味のあるもののようには思えなかった。

「ひばりは、全く、のんきな人ねえ。」と指先で頬の涙を拭きながら、マア坊は少し笑って言った。「いままで、場長さんと竹さんとの事をご存じじゃなかったなんて。」

「そんな下品な事は知らん。」急に、ひどく不愉快になって来た。みんなをぽかぽか殴ってやりたくなって来た。

「何が、下品なの？　結婚って、下品なものなの？」

「いや、そんな事はないが、」僕は口ごもって、「前から、何か、――」

「あらいやだ。そんな事は無いのよ。場長さんは、まじめなお方だわ。竹さんには何も言わないで、竹さんのお父さんのところにお願いにあがったのよ。竹さんのお父さんはいまこっちへ疎開《そかい》して来ているんだって。そうして竹さんのお父さんから、こないだ竹さんに話があって、竹さんは二晩も三晩も泣いてたわ。お嫁に行くのは、いやだって。」

「そんならいい。」僕は、せいせいした。

「どうしていいの？　泣いたからいいの？　いやねえ、ひばりは。」と笑いながら言って、顔を横に傾けて、眼の光りが妙に活《い》き活《い》きして来て、右腕をすっと前に出し、卓の上の僕の手を固く握った。「竹さんはね、ひばりが恋しくって泣いたのよ、本当よ。」と言って、更に強く握りしめた。僕も、わけがわからず握りかえした。意味のない握手だった。僕はすぐに馬鹿らしくなって来て、手をひっこめて、

「お茶を、ついであげようか。」とてれかくしに言ってみた。

「いいえ。」とマア坊は眼を伏せて気弱そうに、しかも、きっぱりと、不思議な断り方で断った。

「それじゃ出ようか。」

「ええ。」

小さく首肯《うなず》いて、顔を挙げた。その顔が、よかった。断然、よかった。完全の無表情で鼻の両側に疲れたような幽《かす》かな細い皺《しわ》が出来ていて、受け口が少しあいて、大きい眼は冷く深く澄んで、こころもち蒼《あお》ざめた顔には、すごい位の気品があった。この気品は、何もかも綺麗《きれい》にあきらめて捨てた人に特有のものである。マア坊も苦しみ抜いて、はじめて、すきとおるほど無慾な、あたらしい美しさを顕現できるような女になったのだ。これも、僕たちの仲間だ。新造の大きな船に身をゆだねて、無心に軽く天の潮路のままに進むのだ。幽かな「希望」の風が、頬を撫《な》でる。僕はその時、マア坊の顔の美しさに驚き「永遠の処女」という言葉を思い出したが、ふだん気障《きざ》だと思っていたその言葉も、その時には、ちっとも気障ではなく、実に新鮮な言葉のように感ぜられた。

「永遠の処女」なんてハイカラな言葉を野暮な僕が使うと、或いは君に笑われるかも知れないが、本当に僕は、あの時、あのマア坊の気高い顔で救われたのだ。

竹さんの結婚も、遠い昔の事のように思われて、すっとからだが軽くなった。あきらめるとか何とか、そんな意志的なものではなくて、眼前の風景がみるみる遠のいて望遠鏡をさかさに覗《のぞ》いたみたいに小さくなってしまった感じであった。胸中に何のこだわるところもなくなった。これでもう僕も、完成せられたという爽快《そうかい》な満足感だけが残った。

5

晩秋の澄んだ青空をアメリカの飛行機が旋回している。僕たちは、その三好野ふうの家の前に立ってそれを見上げて、

「つまらなそうに飛んでいるねえ。」

「ええ。」とマア坊は微笑《ほほえ》む。

「しかし、飛行機というものの形には、新しい美しさがある。むだな飾りが一つも無いからだろうか。」

「そうねえ。」とマア坊は小声で言って、子供のように無心に空の飛行機を見送っている。

「むだな飾りの無い姿って、いいものなんだねえ。」

それは、飛行機だけでなく、マア坊の放心状態みたいな素直な姿態に就いてのひそかな感懐でもあったのだ。

二人だまって歩いて、僕は、途《みち》で逢《あ》う女のひとの顔をいちいち注意して見て、程度

の差はあるが、いまの女のひとの顔には皆一様に、マア坊みたいな無慾な、透明の美しさがあらわれているように思われた。女が、女らしくなったのだ。しかしそれは、大戦以前の女にかえったというわけでは無い。戦争の苦悩を通過した新しい「女らしさ」だ。何といったらいいのか、鶯《うぐいす》の笹鳴《ささな》きみたいな美しさだ、とでもいったら君はわかってくれるであろうか。つまり、「かるみ」さ。

お昼すこし前に道場へ帰って来たが、往復半里以上も歩いたから、さすがに疲れて、寝巻に着換えるのもめんどうくさくて、羽織も脱がずにベッドに寝ころがって、そのまま、うとうと眠った。

「ひばり、ごはんや。」

眼を薄くあけて見ると、竹さんがお膳《ぜん》を持って笑って立っている。

ああ、場長夫人！

すぐに、はね起き、

「や、すみません。」と言って、思わず軽く頭を下げた。

「寝ぼけているな？　寝ぼすけさん。」とひとりごとのように言って、お膳を枕元《まくらもと》に置き、「着物、着たまま寝ている人があるかいな。いま風邪ひいたら一大事や。早うお寝巻に着換えたらええ。」眉《まゆ》をひそめて不機嫌《ふきげん》そうに言いながら、ベッドの引出しから寝巻を取り出し、「世話の焼けるぼんぼんや。おいで、着換えさしてあげる。」

僕はベッドから降りて兵古帯《へこおび》をほどいた。いつものとおりの竹さんだ。場長と結婚するなんて、嘘《うそ》みたいに思われて来た。なあんだ、僕はいまうとうと眠って夢を見たのだ。お母さんが来たのも夢、マア坊があの三好野みたいな家で泣いたのも夢、と一瞬そんな気がして嬉《うれ》しかったが、しかし、そうではなかった。

「いい久留米絣《くるめがすり》やな。」竹さんは僕に着物を脱がせて、「ひばりには、とてもよく似合うわよ。マア坊は果報やなあ。帰りに一緒にオバさんとこでお茶を飲んだってな。」

やはり、夢ではなかった。

「竹さん、おめでとう。」と僕が言った。

竹さんは返辞をしなかった。黙って、うしろから寝巻をかけてくれて、それから、寝巻の袖口《そでぐち》から手を入れて、僕の腕の附《つ》け根のところを、ぎゅっとかなり強く抓《つね》った。

僕は歯を食いしばって痛さを堪《こら》えた。

6

何事も無かったように寝巻に着換えて、僕は食事に取りかかり、竹さんは傍《そば》で僕の絣の着物を畳んでいる。お互いに一ことも、ものを言わなかった。しばらくして竹さ

んが、極めて小さい声で、

「かんにんね。」と囁《ささや》いた。

その一言に、竹さんの、いっさいの思いがこめられてあるような気がした。

「ひどいやつや。」と僕は、食事をしながら竹さんの言葉の訛《なま》りを真似《まね》てそっと呟《つぶや》いた。

そうしてこの一言にも、僕のいっさいの思いがこもっているような気がした。

竹さんはくすくす笑い出して、

「おおきに。」と言った。

和解が出来たのである。僕は竹さんの幸福を、しんから祈りたい気持になった。

「いつまでここにいるの？」

「今月一ぱい。」

「送別会でもしようか。」

「おお、いやらし！」

竹さんは大袈裟に身震いして、畳んだ着物をさっさと引出しにしまい込み、澄まして部屋から出て行った。どうして僕の周囲の人たちは、皆こんなにさっぱりした、いい人ばかりなのだろう。いま僕はこの手紙を、午後一時の講話を聞きながら書いているのだが、きょうの講話は、どなたが放送していらっしゃるか、わかりますか？　およろこび下さい。大月花宵先生です。大月先生の当道場に於けるこのごろの人気はたいへんなものですよ。もう越後獅子《えちごじし》なんて失礼な綽名《あだな》では呼べなくなった。君が発見して、それから、二、三日は僕も我慢して誰にも言わずにいたが、とうとうマア坊にこっそり教えて、たちまち噂《うわさ》がぱっとひろがり、何せ「オルレアンの少女」の作者だという事で無条件に尊敬せられ、場長も巡回の時に、花宵先生に向って、いままで知らずに失礼しました、という意味のおわびを言ったくらいだ。新館はもちろん、旧館の塾生《じゆくせい》たちからも、詩、和歌、俳句の添削依頼が殺到している有様だ。けれども花宵先生は、急に威張り返るとか何とか、そんな浅墓《あさはか》な素振りは微塵《みじん》も示さず、やっぱり寡言家《かげんか》の越後獅子であって、塾生たちの詩歌の添削は、たいていかっぽれに一任しているのだ。かっぽれ、このところ大得意だ。花宵先生の一番弟子のつもりで、もっともらしい顔をして、よそのひとの苦心の作品を勝手にどんどん直している。きょうは事務所からの依頼で花宵先生がはじめて講話をする事になって、「献身」と題するお話であるが、こうして拡声機を通して流れ出る声を聞いていると、非常に貴い人から教え訓《さと》されているような厳粛な気持になって来る。実に落ちついた、威厳のある声である。花宵先生は、僕が考えているよりも、もっとはるかに偉い人なのかも知れない。

お話の内容も、さすがにいい。すこしも古くないのである。

献身とは、ただ、やたらに絶望的な感傷でわが身を殺す事では決してない。大違いである。献身とは、わが身を、最も華やかに永遠に生かす事である。人間は、この純粋の献身に依ってのみ不滅である。しかし献身には、何の身支度も要らない。今日ただいま、このままの姿で、いっさいを捧《ささ》げたてまつるべきである。鍬《くわ》とる者は、鍬とった野良姿《のらすがた》のままで、献身すべきだ。自分の姿を、いつわってはいけない。献身には猶予《ゆうよ》がゆるされない。人間の時々刻々が、献身でなければならぬ。いかにして見事に献身すべきやなどと、工夫をこらすのは、最も無意味な事である、と力強く、諄々《じゅんじゅん》と説いている。聞きながら僕は、何度も赤面した。僕は今まで、自分を新しい男だ新しい男だと、少し宣伝しすぎたようだ。献身の身支度に凝り過ぎた。お化粧にこだわっていたところが、あったように思われる。新しい男の看板は、この辺で、いさぎよく撤回しよう。僕の周囲は、もう、僕と同じくらいに明るくなっている。全くこれまで、僕たちの現れるところ、つねに、ひとりでに明るく華やかになって行ったじゃないか。あとはもう何も言わず、早くもなく、おそくもなく、極めてあたりまえの歩調でまっすぐに歩いて行こう。この道は、どこへつづいているのか。それは、伸びて行く植物の蔓《つる》に聞いたほうがよい。蔓は答えるだろう。

「私はなんにも知りません。しかし、伸びて行く方向に陽《ひ》が当るようです。」

さようなら。

十二月九日

解説

奥野健男

ここには太宰治の『正義と微笑』と『パンドラの匣《はこ》』の二作を収めた。『正義と微笑』は、昭和十七年（一九四二年）六月、書き下ろし長編として錦城出版社より刊行され、『パンドラの匣』は、昭和二十年（一九四五年）十月二十二日から翌二十一年一月七日まで六十四回にわたって『河北新報』に連載され、昭和二十一年（一九四六年）六月、河北新報社より単行本として刊行された。

前者は戦争中に、書き下ろしのかたちで発表され、後者は戦争直後に、新聞連載小説として発表された、そういう発表時期や発表形式は全く異なっているが、『正義と微笑』と『パンドラの匣』とは、太宰治の全作品の中で姉妹編と言ってよいほど共通したものを持っている。ともに、太宰治の年少の友、ないしは愛読者の書いた実際の日記、手記を読み触発され、それをもとにして作者が新たに綴《つづ》った作品であり、その小説の形態も前者は日記形式であり、後者は書簡形式である。当時太宰治は既に三十代であったが、ハイティーン、あるいは二十歳前後の主人公兼日記、書簡の作者に、自己を仮託しその年齢にふさわしい目を持って、自己の内と外の世界を描いている。

それ故《ゆえ》に永遠の青春文学と言われる太宰治の作品の中でも、青春小説という名にもっともふさわしい作品になっている。作者は意識して、青春の正義心、反抗心、純粋さ、フレキシビリティ、不安、懊悩《おうのう》、挫折《ざせつ》、よろこび、勇気、生命力、虚栄、エキストリミズム（極端性）などを、ここで取り上げ、強調している。青春、特に少年から青年に脱皮、成長する青春前期を小説に書くことは難かしい。青春の自己形成のさなかにいる時は、自己を遠近感《パースペクテイブ》をもって統一的に客観的に表現することができないから、まともな小説を書くなど、とうてい不可能である。せいぜい主観的な日記か、友人や恋人への告白的な手紙を書くのがせいいっぱいである。自分の毎日の生活がまさに小説的であるから、あらためて小説を書く必要性がないのだとも言える。

青春後期から、成年の時代、人々は過ぎ去りつつある青春に、愛惜のまじったはげしい悔恨と郷愁をおぼえる。しかしその時は青春のさなかのあの疾風怒濤《しっぷうどとう》の情熱や真実を、真のリアリティをもって再現することは至難のわざである。青春期はすべてが不安定でアンバランスである。あの時、自殺するよりほかはないとまで思いつめた苦悩や、革命以外に方法はないとまで信じた正義の怒り、それらが成年になってみると、なぜあそこまで真剣だったのか、わからなくなり、色あせて感じられる。したがって回想的な多くの青春小説は、どこか生気に欠けているのだ。ただ数少ない文学者だけが、その障壁を乗り超えて、青春の暗くかつはげしく、しかも希望にみちた矛盾、混沌《こんとん》の息吹《いぶ》きを文学化し得ている。太宰治は、世間の常識や生活や倫理に妥協せず、あくまでも傷つきやすい青春の純粋さと正義と不安とを抱《いだ》き続けた作家である。それ故に『思い出』をはじめとする『晩年』などの稀有《けう》の青春小説を書くことができた。

しかし三十代も半ばの中年になると、自己の青春体験は、なんとなく照れ羞《は》ずかしく書けなくなる。さまざまな人生体験を経た分別が、世間知らずの青春時の感動の純粋さをどうしても批判してしまう。若気のいたりとして思い出したくなくなる。太宰治はそういうとき、二十歳前後の若者の日記を読んだ。彼はそこに、かつて自分も体験し、今もそうありたいと願っている青春の魂の細部にわたるリアリティを発見する。かつての自分の無限の空想、幻想が羽搏《はばた》く。彼の青春の時々の、よろこび、かなしみ、いかり、はじらい、まよいなどの心理が鮮明によみがえってくる。太宰はかつての自分を、いや今も自分の根源にある原体験を、そうありたかった理想の青春を、書かずにはいられなくなる。いわばこの二作は中年になった作者の青春への挽歌《ばんか》であり、恋歌であるのだ。

しかし実際書こうとすると、さまざまな人生の辛苦や挫折を経て、理想と現実との落差を、人生の裏表を知ってしまった作者の、鋭く深い批評眼を、世間知らずのハイティーンや二十歳の世界に閉じこめるのは難かしい。当然この時の太宰は、十六歳や二十歳の主人公の目からだけでは、どうしても表現しきれぬものを持っていた。それ故、しばしば二十歳の少年とは思えぬ表現も出てくる。逆に作者がほんとに表現したい心情が二十歳の少年の書いた文章ということによって十分書けないいらだちも感じられる。それがこの二作の物足りなさ、欠陥であるが、他面このくらい、青春の心情をディテールまで、リアリティをもって表現し得た文学はない。読んでいて、中学三年のぼくの子供に、試験の苦労や、教師や級友たちへの幻滅のくだりなど、思わず朗読して聞かせたくなるほど、今日的でもある。それほど青春の心情が、いきいきと描かれているのだ。

『正義と微笑』『パンドラの匣』の二作は、しばしば青少年向きのジュニア文学全集の類に収録され、青少年向けの作品のように受けとられている。実際、今日の青少年にもっとも読んでもらいたい作品なのであるが、作者は決してジュニア向きの小説として書いたのではない。『正義と微笑』は、『新ハムレット』『右《う》大臣《だいじん》実朝《さねとも》』と共に、まともな純文学として力をこめて書き下ろされた長編であるし、『パンドラの匣』は、はじめての新聞連載小説として大きな意気込みで書かれたものであるし、むしろ少年より大人の読者に対して心の中にある青春の純粋さをつきつける意図で書かれた、意識的、野心的な純文学作品であるのだ。

『正義と微笑』は、太平洋戦争のはじまった翌年昭和十七年の一月から三カ月かかって、甲府の温泉や武州御嶽《ぶしゅうみたけ》にこもり執筆した。太宰治の許《もと》に出入りし、小説の指導を受けていた文学仲間であり弟子であった堤重久氏の弟の、堤康久氏の昭和十年前後の十六歳から十七歳にかけての日記を元にした小説である（堤康久氏は当時中村文吾《なかむらぶんご》の芸名で前進座の若手俳優であり、戦後は『正義と微笑』の芹川進《せりかわすすむ》の芸名で演劇活動を続けている）。太宰は「あとがき」で「『正義と微笑』は青年歌舞伎《かぶき》俳優T君の少年時代の日記帳を読ませていただき、それに依《よ》って得た作者の幻想を、自由に書き綴った小説である」と述べている。

どこまで堤康久氏の日記によったのか、どこから作者の想像によるフィクションかは、堤氏の日記と照合しなくてはわからないが、堤氏の日記に書かれた事実を借りながら、主人公の心情や思想の殆《ほとん》どは太宰治の創作であろうと想像できる。なぜなら主人公、芹川進の心情は余りに太宰治的であるからだ。しかし同時に昭和十年頃《ころ》の旧制中学生、大学予科生の風俗と言動を実に巧みに日記から再現している。戦前も今日も、全く同じように受験勉強に苦しみ、愚劣な教師や友人や運動部の先輩などに悩まされ、嫌悪《けんお》しながら傷ついている。読んでいて、どうして、今日も昔も学校というものは、愚かなまま変らないのだろうと溜息《ためいき》が出て来るほどだ。

ここで太宰治は「なんじら断食するとき、偽善者のごとく、悲しき面容《おももち》をすな。」というマタイ伝六章のイエスの言葉から、「微笑もて正義を為《な》せ！」というこの作品の、いや全生涯《ぜんしょうがい》の重要なモチーフを表現している。これは前期、特に『創生記』『HUMAN LOST』『二十世紀旗手』などの作品で、われこそ受難者なりのあられもない表現、いやそれまでの生涯の大げさな身ぶりや言動に対する中期の太宰の反省である。道化とは違う、もっと自然で静かな深い微笑をたたえた青春を書きたかったのだ。

『人間には、はじめから理想なんて、ないんだ。あってもそれは、日常生活に即した理想だ。生活を離れた理想は、――ああ、それは、十字架へ行く路《みち》なんだ。そうして、それは神の子の路である。僕は民衆のひとりに過ぎない。たべものの事ばかり気にしている。僕はこのごろ、一個の生活人になって来たのだ。地を匍《は》う鳥になったのだ。

天使の翼が、いつのまにやら無くなっていたのだ。』と旧約聖書の申命記に描かれているモーゼの苦労に共感しつつ述べている。「撰《えら》ばれてある……」の宿命、使命感から、純粋な理想に生きようとして、人間失格、狂人の焼印を押され、挫折した太宰の、自分は民衆、小市民のひとりに過ぎない、一個の生活人としてつつましく生きようとする決意と諦《あきら》めとが滲《にじ》み出ている。かつて神の子として、負《マイナス》の十字架につくことを望んだ彼が……。この作品にはいたるところ聖書や讃美歌《さんびか》などが引用され、太宰のなみなみならぬキリスト教信仰への関心がうかがわれる。昭和十年頃から、太宰は聖書を愛読し、特にマタイ伝を、生きること、文学を書くことの支えにしていた。キリストの理想が、かなしみが、愛が、そして挫折と犠牲が、太宰にとっては他人事《ひとごと》ならず感じられたに違いない。そして信じること薄き自分の心を何度も反省している。しかし太宰は「われ、山にむかいて、目を挙《あ》ぐ。」と遺作『桜桃』にも書きながら、決してわが救いを、ゆるしを求めず、神の罰だけをおびえながら待ち望んでいた。かえって聖書は太宰をして、神の子としての厳しい犠牲の道を歩ませるための心の支えの役割をはたしたように思える。

「役者になりたい」と『葉』の中で既に述べている太宰は、役者を志願し、その道へ進んで行く堤氏の日記に大きな共鳴をおぼえ、作家を志願し、小説家になった自分をその中で追体験したくなったに違いない。たえず他人を意識し、道化を演じ、人の手本、しからずんば悪徳の見本となろうと願わずにいられなかった彼は、俳優志願の主人公の中にのめりこむ。「かれは、人を喜ばせるのが、何よりも好きであった！」という太宰の生涯の性格が、願望が表現されている。大実業家で政治家でもあった父が死んで没落したとは言え、気位の高い良家の子弟が、演劇を志したため、下《した》っ端《ぱ》歌舞伎役者市川菊松として稽古事《けいこごと》やドサ廻《まわ》りに苦労し、河原乞食《かわらこじき》としての屈辱を体験する。ここに津軽《つがる》の大地主の坊ちゃんが、放蕩無頼《ほうとうぶらい》の小説家になったという作者の心情が重ねられて表現されている。生活から遊離した理想と違い、現実はかく卑小であること、しかも理想を実現するためにはその卑小な屈辱の体験を経ねばならぬという作者の苦しい自覚が『正義と微笑』のテーマのように思える。主人公の読書体験を通じて太宰の文学観、演劇観が覗《のぞ》けるのも興味あるが、太平洋戦争下の国粋主義にかたまった時代、昭和十年頃の自由主義的な風潮を舞台にして、その頃、非国民扱いされかねなかったキリスト教の信仰や思想を全面に押し出した全く戦時色のない小説を書いた作者の勇気に驚かされる。

『パンドラの匣』は、戦後最初に書かれた長編小説である。しかし『パンドラの匣』には、その前身とも言うべき『雲雀《ひばり》の声』という二百枚の幻の長編小説があった。昭和十八年に書き下ろされ、小山書店から出版される予定であったが、時局に副《そ》わないものとして、当局より出版許可が得られなかった。昭和十九年ようやく出版の許可を得て、刊行の運びになったが、発行間際《まぎわ》、空襲のため本が全焼し、ついに日の目を見なかった。その時、辛《かろ》うじて残った『雲雀の声』の校正刷りをもとにして、『パンドラの匣』が書かれた。もちろん戦争下と、敗戦後は、価値観も、人の心も、生活態度も、雰囲気《ふんいき》も、社会のありさまも、すっかり変ってしまっている故、『パンドラの匣』は『雲雀の声』そのままではない。『パンドラの匣』の序章の「幕ひらく」は、敗戦体験から書きはじめられている。しかし戦争の厳しい昭和十八年にその時代の中に生きる人々を描いた小説を、敗戦後の時代の中に生きる人々を描いた小説として、書きなおせるか、そこに『パンドラの匣』の微妙かつ重要な問題があり、また小説という芸術が、時代のアクチュアリティと、不変の人間性との、どちらに本質があるのか、どちらに比重がかけられているのかという問いを、図らずも、『パンドラの匣』は投げかけているように思える。

『雲雀の声』『パンドラの匣』の下敷きになっているのは昭和十八年に肺結核で死去した木村庄助氏の闘病日記である。木村庄助氏は若くして死んだ無名の人であり、ぼくも木村氏について何も知らないが、太宰治全集の書簡集に、京都府下の木村庄助あての昭和十五年の四通の書簡があり、熱心な太宰ファンであり、療養所の生活の中から太宰に読んでもらおうといくつかの作品を送ったらしく、太宰は書簡でその文才を率直に認め、ほめている。そして昭和十八年木村庄助氏の父君に、木村氏の死去を悼《いた》み、日記を確かにあずかった旨《むね》の書簡が録されている。太宰治は、文才を認め、ひそかに将来を期待していた未見の弟子木村庄助の夭折《ようせつ》と、遺言によって送られて来た日記を読み、心動させられ、その純粋でけなげな心情を小説として発表せずにはいられない気持になったのだろう。それが『雲雀の声』を書かせ、出版不許可、全焼の災厄《さいやく》にあっても、そして戦後と情況が変っても、いや情況が変ったなら、なおさらのこと、若くして死んだ木村庄助氏の魂を、文学化せずにはいられない執念となったのだろう。死と直面し、迫り来る死におびえながらも、あくまでも生きようと闘い、明るくその日、その日をせいいっぱい生きた主人公に、かつて何度も自殺を図り、そしてようやく、つつましくもけなげに生きて行くことの尊さを知った中期の太宰は、深い衝撃をおぼえたに違いない。その心情こそ、日本の敗戦による必然の死から解放されながら、生きて行く目的を見出《みいだ》せない戦後の日本人に、生きて行くこと、毎日毎日をせいいっぱい希望をもって生きて行くことの、勇気と意義と軽やかさまで与えるに違いないと、太宰は考えたのだろう。もっと言えば敗戦と共に再び絶望や死に向って行きそうな、太宰自身を自ら支えるために『パンドラの匣』を書いたとも言える。

それ故『パンドラの匣』は太宰文学には珍しく、向日的で明るく、希望にみちた肯定的小説である。太宰は敗戦直後、全くの新しい現実、全き人間革命を夢想せずにはいられなかった。「私はなんにも知りません。しかし、伸びて行く方向に陽《ひ》が当るようです」と植物の蔓《つる》に答えさせているように楽天的であろうとした。「自由思想というのは、その本来の姿は、反抗精神です。破壊思想といっていいかも知れない」と固パンの口から述べ、フランスのリベルタンの姿を無頼《ぶらい》としたところから、織田作之助《おださくのすけ》、坂口安吾《さかぐちあんご》、石川淳《いしかわじゅん》ら戦後もっとも人々の魂に衝撃を与えた文学者たちを、太宰とともに無頼派と呼ぶ典拠のひとつとなっている。そのように『パンドラの匣』は敗戦直後の太宰の心境を知る貴重な小説であるが、一面二十歳という主人公の書簡体にしたこと、材料が戦争下のものであることのため、十分に太宰の戦後の複雑な心情を表現し得なかった恨みがある。

大体、健康道場という一風変った精神主義の結核療養所の雰囲気が、戦時下的であるのだが、戦時下に発表されれば、そこに微妙な反抗《レジスタンス》精神があらわれる筈《はず》であったが、敗戦後では、時代錯誤的である。それらは患者や看護婦たちの「やっとるか」「やっとるぞ」の合言葉などにもっとも違和感としてあらわれている。

しかし書簡体という形式の中に二十歳前後の少年から青年への、もっとも影響されやすく、不安定で、フレキシブルで、純粋な心情を、そして秘めた恋心を、実に鮮やかに表現している。書簡体の平板さをさけるため、太宰はあらゆる手練手管《てれんてくだ》を用い、書簡体故に許される主観的な、しかも友人を驚かし、だまそうとするうそなどを利用している。読者はまんまと手紙の作者にだまされる。手紙と実際のイメージの修正に奔走させられる。

『パンドラの匣』は主人公の雲雀とあだ名される可愛《かわい》い患者をめぐる、竹さんとマア坊の恋愛の対立が主題である。ところが書簡体小説故に、絶世の美人の竹さんをおばさんめかして書いたり、純情のマア坊を不良少女めかしたりして、ドンデン返しを計画している。まことに巧妙な恋愛小説である。その中で主人公がニヒリズムの底に見出した、絶望の底にきらりと光る希望を、今日に生きるよろこびを、歌いあげている。まさに美少年の向うから愛される恋愛を描いた、永遠の青春小説である。ナルシストでマゾヒストである太宰の心情が投影されている。

大きな野心をもって書き出した小説であるが、書き進むにつれて次第にむなしいつまらない気持になり、連載をはや目にきりあげ完結させる。つまり太宰が考えた新現実、真の人間革命と違う方向に戦後の日本は進んで行く。太宰は『パンドラの匣』を最後として希望にあふれた向日的小説を二度と書かず、戦後の現実に絶望的な反逆を企て、破滅への道をまっしぐらに進んで行くのだ。

（昭和四十八年七月、文芸評論家）

表記について

新潮文庫の文字表記については、原文を尊重するという見地に立ち、次のように方針を定めました。

一、旧仮名づかいで書かれた口語文の作品は、新仮名づかいに改める。
二、文語文の作品は旧仮名づかいのままとする。
三、旧字体で書かれているものは、原則として新字体に改める。
四、難読と思われる語には振仮名をつける。

なお本作品集中には、今日の観点からみると差別的表現ととられかねない箇所が散見しますが、著者自身に差別的意図はなく、作品自体のもつ文学性ならびに芸術性、また著者がすでに故人である等の事情に鑑み、原文どおりとしました。

（新潮文庫編集部）

太宰治著

走れメロス

人間の信頼と友情の美しさを、簡潔な文体で表現した「走れメロス」など、中期の安定した生活の中で、多彩な芸術的開花を示した9編。

太宰治著

お伽《とぎ》草紙

昔話のユーモラスな口調の中に、人間宿命の深淵をとらえた表題作ほか「新釈諸国噺」「清貧譚」等5編。古典や民話に取材した作品集。

太宰治著

グッド・バイ

被災・疎開・敗戦という未曾有の極限状況下の経験を我が身を燃焼させつつ書き残した後期の短編集。「苦悩の年鑑」「眉山」等16編。

太宰治著

二十世紀旗手

麻薬中毒と自殺未遂の地獄の日々――小市民のモラルと、既成の小説概念を否定し破壊せんとした前期作品集。「虚構の春」など7編。

太宰治著

惜別

仙台留学時代の若き魯迅と日本人学生との心あたたまる交友を描いた表題作と「右大臣実朝」――太宰文学の中期を代表する秀作2編。

太宰治著

新ハムレット

西洋の古典や歴史に取材した短編集。原典「ハムレット」の戯曲形式を生かし現代人の心理的葛藤を見事に描き込んだ表題作等5編。

太宰治著

きりぎりす

著者の最も得意とする、女性の告白体小説の手法を駆使して、破局を迎えた画家夫婦の内面を描く表題作など、秀作14編を収録する。

太宰治著

もの思う葦《あし》

初期の「もの思う葦」から死の直前の「如是我聞」まで、短い苛烈な生涯の中で綴られた機知と諧謔に富んだアフォリズム・エッセイ。

太宰治著

津軽通信

疎開先の生家で書き綴られた表題作、『短篇集』としてくくられた中期の作品群に、〝黄村先生〟ものと各時期の連作作品を中心に収録。

太宰治著

新樹の言葉

地獄の日々から立ち直ろうと懸命の努力を重ねた中期の作品集。乳母の子供たちと異郷で思いがけない再会をした心温まる話など15編。

太宰治著

ろまん燈籠

小説好きの五人兄妹が順々に書きついでいく物語のなかに五人の性格を浮き彫りにするという野心的な構成をもった表題作など16編。

檀一雄著

火宅の人

読売文学賞・日本文学大賞受賞(上・下)

女たち、酒、とめどない放浪……。たとえわが身は〝火宅〟にあろうとも、天然の旅情に忠実に生きたい——。豪放なる魂の記録!

井伏鱒二著

山《さん》椒《しょう》魚《うお》

大きくなりすぎて岩屋の棲家から永久に外へ出られなくなった山椒魚の狼狽をユーモア漂う筆で描く処女作「山椒魚」など初期作品12編。

井伏鱒二著

駅前旅館

昭和30年代初頭。東京は上野駅前の旅館を舞台に、番頭たちの奇妙な生態や団体客が巻き起こす珍騒動を描いた傑作ユーモア小説。

井伏鱒二著

黒い雨

野間文芸賞受賞

一瞬の閃光に街は焼けくずれ、放射能の雨の中を人々はさまよい歩く……罪なき広島市民が負った原爆の悲劇の実相を精緻に描く名作。

井伏鱒二著

さざなみ軍記・ジョン万次郎漂流記

直木賞受賞

都を追われて瀬戸内海を転戦するなま若い平家の公達の胸中や、数奇な運命に翻弄される少年漁夫の行末等、著者会心の歴史名作集。

井伏鱒二著

荻窪風土記

時世の大きなうねりの中に、荻窪の風土と市井の変遷を捉え、土地っ子や文学仲間との交遊を綴る。半生の思いをこめた自伝的長編。

梶井基次郎著

檸(れもん)檬

昭和文学史上の奇蹟として高い声価を得ている梶井基次郎の著作から、特異な感覚と内面凝視で青春の不安や焦燥を浄化する20編収録。

宮沢賢治著 新編 風の又三郎

谷川に臨む小学校に突然やってきた不思議な転校生――少年たちの感情をいきいきと描く表題作等、小動物や子供が活躍する童話16編。

宮沢賢治著 新編 銀河鉄道の夜

貧しい少年ジョバンニが銀河鉄道で美しく哀しい夜空の旅をする表題作等、童話13編戯曲1編。絢爛で多彩な作品世界を味わえる一冊。

宮沢賢治著 注文の多い料理店

生前唯一の童話集『注文の多い料理店』全編を中心に土の香り豊かな童話19編を収録。イーハトヴの住人たちとまとめて出会える一巻。

天沢退二郎編 新編宮沢賢治詩集

自己の心眼と森羅万象との絶えざる交流と融合とによって構築された独創的な詩の世界。代表詩集『春と修羅』はじめ、各詩集から厳選。

宮沢賢治著 ポラーノの広場

つめくさのあかりを辿って訪ねた伝説の広場をめぐる顛末を描く表題作、ブルカニロ博士が登場する「銀河鉄道の夜」第三次稿など17編。

伊藤信吉編 高村光太郎詩集

処女詩集「道程」から愛の詩編「智恵子抄」を経て、晩年の「典型」に至る全詩業から精選された百余編は、壮麗な生と愛の讃歌である。

三島由紀夫著

仮面の告白

女を愛することのできない青年が、幼年時代からの自己の宿命を凝視しつつ述べる告白体小説。三島文学の出発点をなす代表的名作。

三島由紀夫著

花ざかりの森・憂国

十六歳の時の処女作「花ざかりの森」以来、巧みな手法と完成されたスタイルを駆使して、確固たる世界を築いてきた著者の自選短編集。

三島由紀夫著

愛の渇き

郊外の隔絶された屋敷に舅と同居する未亡人悦子。夜ごと舅の愛撫を受けながらも、園丁の若い男に惹かれる彼女が求める幸福とは？

三島由紀夫著

盗賊

死ぬべき理由もないのに、自分たちの結婚式当夜に心中した一組の男女——精緻微妙な心理のアラベスクが描き出された最初の長編。

三島由紀夫著

禁色

女を愛することの出来ない同性愛者の美青年を操ることによって、かつて自分を拒んだ女達に復讐を試みる老作家の悲惨な最期。

三島由紀夫著

鏡子の家

名門の令嬢である鏡子の家に集まってくる四人の青年たちが描く生の軌跡を、朝鮮戦争直後の頽廃した時代相のなかに浮彫りにする。

川端康成著

雪国

ノーベル文学賞受賞

雪に埋もれた温泉町で、芸者駒子と出会った島村——ひとりの男の透徹した意識に映し出される女の美しさを、抒情豊かに描く名作。

川端康成著

伊豆の踊子

伊豆の旅に出た旧制高校生の私は、途中で会った旅芸人一座の清純な踊子に孤独な心を温かく解きほぐされる——表題作等4編。

川端康成著

愛する人達

円熟期の著者が、人生に対する限りない愛情をもって筆をとった名作集。秘かに愛を育てる娘ごころを描く「母の初恋」など9編を収録。

川端康成著

掌《てのひら》の小説

自伝的作品である「骨拾い」「日向」、「伊豆の踊子」の原形をなす「指環」等、著者の文学的資質に根ざした豊穣なる掌編小説122編。

川端康成著

舞姫

敗戦後、経済状態の逼迫に従って、徐々に崩壊していく〝家〟を背景に、愛情ではなく嫌悪で結ばれている舞踊家一家の悲劇をえぐる。

川端康成著

山の音

62歳、老いらくの恋。だがその相手は、息子の嫁だった——。変わりゆく家族の姿を描き、戦後日本文学の最高峰と評された傑作長編。

大江健三郎著

芽むしり仔撃ち

疫病の流行する山村に閉じこめられた非行少年たちの愛と友情にみちた共生感とその挫折。綿密な設定と新鮮なイメージで描かれた傑作。

大江健三郎著

個人的な体験

新潮社文学賞受賞

奇形に生れたわが子の死を願う青年の魂の遍歴と、絶望と背徳の日々。狂気の淵に瀕した現代人に再生の希望はあるのか？　力作長編。

大江健三郎著

ピンチランナー調書

地球の危機を救うべく「宇宙？」から派遣されたピンチランナー二人組！　内ゲバ殺人から右翼パトロンまでをユーモラスに描く快作。

大江健三郎著

死者の奢り・飼育

芥川賞受賞

黒人兵と寒村の子供たちとの惨劇を描く「飼育」等6編。豊饒なイメージを駆使して、閉ざされた状況下の生を追究した初期作品集。

大江健三郎著

同時代ゲーム

四国の山奥に創建された《村＝国家＝小宇宙》が、大日本帝国と全面戦争に突入した!?　特異な構想力が産んだ現代文学の収穫。

大江健三郎著

われらの時代

遍在する自殺の機会に見張られながら生きてゆかざるをえない〝われらの時代〟。若者の性を通して閉塞状況の打破を模索した野心作。

新潮文庫の新刊

永井荷風著
つゆのあとさき・カッフェー一夕話
天性のあざとさを持つ君江と悩殺されては翻弄される男たち……。にわかにもつれ始めた男女の関係は、思わぬ展開を見せていく。

村山治著
工藤會事件
北九州市を「修羅の街」にした指定暴力団・工藤會。警察・検察がタッグを組んだトップ逮捕までの全貌を描くノンフィクション。

C・フォーブス
村上和久訳
戦車兵の栄光
―マチルダ単騎行―
ドイツの電撃戦の最中、友軍から取り残されたバーンズと一輌の戦車。彼らは虎口から脱することが出来るのか。これぞ王道冒険小説。

C・S・ルイス
小澤身和子訳
ナルニア国物語2
カスピアン王子と魔法の角笛
角笛に導かれ、ふたたびナルニアの地を踏んだルーシーたち。失われたアスランの魔法を取り戻すため、新たな仲間との旅が始まる。

黒川博行著
熔果
五億円相当の金塊が強奪された。堀内・伊達の元刑事コンビはその行方を追う。脅す、騙す、殴る、蹴る。痛快クライム・サスペンス。

筒井ともみ著
もういちど、あなたと食べたい
名脚本家が出会った数多くの俳優や監督たち。彼らとの忘れられない食事を、余情あふれる名文で振り返る美味しくも儚いエッセイ集。

新潮文庫の新刊

隆慶一郎著
花と火の帝（上・下）
皇位をかけて戦う後水尾天皇と卑怯な手を使う徳川幕府。泰平の世の裏で繰り広げられた呪力の戦いを描く、傑作長編伝奇小説！

一條次郎著
チェレンコフの眠り
飼い主のマフィアのボスを喪ったヒョウアザラシのヒョーは、荒廃した世界を漂流する。愛おしいほど不条理で、悲哀に満ちた物語。

大西康之著
起業の天才！
―江副浩正　8兆円企業リクルートをつくった男―
インターネット時代を予見した天才は、なぜ闇に葬られたのか。戦後最大の疑獄「リクルート事件」江副浩正の真実を描く傑作評伝。

徳井健太著
敗北からの芸人論
芸人たちはいかにしてどん底から這い上がったのか。誰よりも敗北を重ねた芸人が、挫折を知る全ての人に贈る熱きお笑いエッセイ！

永田和宏著
あの胸が岬のように遠かった
―河野裕子との青春―
歌人河野裕子の没後、発見された膨大な手紙と日記。そこには二人の男性の間で揺れ動く切ない恋心が綴られていた。感涙の愛の物語。

帚木蓬生著
花散る里の病棟
町医者こそが医師という職業の集大成なのだ――。医家四代、百年にわたる開業医の戦いと誇りを、抒情豊かに描く大河小説の傑作。

パンドラの匣《はこ》

新潮文庫　た－2－11

昭和四十八年十月三十日　発行
平成二十一年四月十日　五十九刷改版
令和六年十二月二十日　七十七刷

著者　太宰《だざい》治《おさむ》

発行者　佐藤隆信

発行所　株式会社新潮社

郵便番号　一六二―八七一一
東京都新宿区矢来町七一
電話　編集部（〇三）三二六六―五四四〇
　　　読者係（〇三）三二六六―五一一一
https://www.shinchosha.co.jp

価格はカバーに表示してあります。

印刷・株式会社三秀舎　製本・株式会社植木製本所
Printed in Japan

ISBN978-4-10-100611-6　C0193